○现代名家经典文库○

郁达夫作品精选

郁达夫 著

云南出版集团
云南人民出版社

图书在版编目（CIP）数据

郁达夫作品精选 / 郁达夫著. -- 昆明：云南人民出版社，2019.7
ISBN 978-7-222-18456-5

Ⅰ.①郁… Ⅱ.①郁… Ⅲ.①中国文学—现代文学—作品综合集 Ⅳ.①I216.2

中国版本图书馆CIP数据核字（2019）第136372号

项目策划：杨　森
责任编辑：朱　颖
装帧设计：何洁薇
责任校对：范晓芬
责任印制：李寒东

郁达夫作品精选

郁达夫　著

出版	云南出版集团　云南人民出版社
发行	云南人民出版社
社址	昆明市环城西路609号
邮编	650034
网址	www.ynpph.con.cn
E-mail	ynrms@sina.com
开本	710mm×1000mm　1/16
印张	16
字数	230千
版次	2019年7月第1版第1次印刷
印刷	华睿林（天津）印刷有限公司
书号	ISBN 978-7-222-18456-5
定价	49.80元

如需购买图书、反馈意见，请与我社联系
总编室：0871-64109126　发行部：0871-64108507　审校部：0871-64164626　印制部：0871-64191534

版权所有　侵权必究　印装差错　负责调换

云南人民出版社微信公众号

前 言

20世纪的中国文坛名家辈出,他们借着"诗界革命""文学革命"的推动,从"五四新文学革命"前后发轫,以白话文学为主导,以思想启蒙为目标,奠定了至今一个多世纪的中国文学的主体形态。

在那样一个社会剧烈动荡、思想文化狂飙突进的年代,众多的文学名家展现出无与伦比、令人惊叹的才情。说到"才",主要指他们创作中的才华。中国白话文学创作在发端后的短短几十年时间里,诗歌、小说、散文、杂文、戏剧,每一个文学领域都有突破,都有传之后世的经典作品出现,而每一个领域又都涌现出众多的代表性人物。说到"情",文学前辈们对于国家、民族、民众的挚爱,对于乡土、亲人的眷恋,都通过他们笔下的文字传神地表达出来。"才"和"情"的历史际遇性的统一,是20世纪文学历史上一个突出的特点,也是我们得以继承的宝贵的文学遗产和思想财富。

我们从这众多的文坛名家里首选尤以才情著称的十七位,精选他们的代表性作品,编辑了"现代名家经典文库"。这十七位才情名家分别是戴望舒、胡也频、林徽因、刘半农、庐隐、鲁彦、柔石、石评梅、苏曼殊、闻一多、萧红、徐志摩、许地山、郁达夫、郑振铎、朱湘、朱自清。

选取他们,不仅因为他们的过人才华在文坛上的地位和影响,也因为他们每个人的经历和作品都充满了耐人寻味的"情"的因素,使我们久久品读而不能忘怀。但令人惋惜的是,他们中大多数人的生命之花刚刚绽放便过早地凋零了——石评梅逝世于1928年,时年26岁;胡也频逝世于1931年,时年28岁;柔石逝世于1931年,时年29岁;萧红逝世于1942年,时年31岁;徐志摩逝世于1931年,时年34岁……

在阅读他们作品的时候,我们不禁想到,如果他们的生命不是这样短暂,他们又会有多少经典的作品流传下来,又会给我们增添多少精神上的财富。

这套丛书只能说是20世纪中国文学史的一个小小的侧面和缩影,因为篇幅的限制,所选取的也只能是每位名家的少量代表性作品,难免挂一漏万,同时,在保留原作品风貌的基础上,我们按照通行标准对原作的部分文字和标点符号进行了修订和统一。

他们的生命虽然短暂,
但他们才华横溢、激情四射,
如历史夜空中一颗颗璀璨的流星;
那一个个令人久久不能忘记的名字,
让我们常常追忆那远去的才情年华……

编　者
2019年7月

目 录

郁达夫简介 1

诗 歌

咏史三首 3
晴雪园卜居 3
丙辰元日感赋 3
奉 怀 4
寄曼兄 4
木曾川看花 4
寄曼陀、养吾市师 5
日暮归舟中口占再叠前韵 5
正月六日作 5
犬山堤小步见樱花未开口占两绝 6
梦逢相识二首 6
赠隆儿两首 6
谒岳坟 7
除夜奉怀 7
宿汤山温泉夜闻猛雨两首 7
偕某某登岚山 8

养老山中作	8
辞蓝亭留谢	8
晓发东京	9
感　时	9
寄荃君	9
自述诗十八首	10
留别梅浓	12
别戴某	12
新秋偶感	12
题春江第一楼壁	13
宿钱塘江上有赠	13
己未出都口占	13
赠姑苏女子	13
寄映霞两首	14
志亡儿耀春之殇六首	14
毁家诗纪	15
南天酒楼饯别映霞两首	18
星洲既陷，厄苏岛困孤舟中，赋此见志	18
蝶恋花·赠前年冬相识之女友	18

散　文

天凉好个秋	21
灯蛾埋葬之夜	23
马缨花开的时候	29
日本的娼妇与文士	35
扬州旧梦寄语堂	38

| 郁达夫作品精选 |

一个人在途上 …………………………………… 44
预言与历史 ……………………………………… 50
志摩在回忆里 …………………………………… 52
半日的游程 ……………………………………… 57
北平的四季 ……………………………………… 61
超山的梅花 ……………………………………… 67
钓台的春昼 ……………………………………… 72
故都的秋 ………………………………………… 80
杭　州 …………………………………………… 83
还乡后记 ………………………………………… 89
江南的冬景 ……………………………………… 99
青岛、济南、北平、北戴河的巡游 ………… 103
苏州烟雨记 …………………………………… 108
仙霞纪险 ……………………………………… 118

小　说

沉　沦 ………………………………………… 125
采石矶 ………………………………………… 159
春风沉醉的晚上 ……………………………… 178
银灰色的死 …………………………………… 192

自　传

悲剧的出生 …………………………………… 209
书塾与学堂 …………………………………… 214
水样的春愁 …………………………………… 219
我的梦，我的青春！ ………………………… 225

远一程,再远一程! ………………………………… 230

孤独者 ………………………………………………… 235

海　上 ………………………………………………… 240

郁达夫简介

郁达夫（1896~1945），现代著名小说家、散文家、诗人，浙江富阳人，原名郁文，字达夫。

1896年12月7日出生于浙江富阳一个知识分子家庭，幼年生活贫困。

1911年起开始创作旧体诗。

1912年考入浙江大学预科，后因参加学生运动被开除。

1914年7月入东京第一高等学校预科，开始尝试小说创作。

1917年入东京帝国大学经济学部。

1921年6月，与郭沫若、成仿吾、张资平、田汉、郑伯奇等人在东京成立了新文学团体创造社。同年7月，第一部短篇小说集《沉沦》问世。

1922年3月，自东京帝国大学毕业后归国。5月，主编的《创造季刊》创刊号出版。7月，小说《春风沉醉的晚上》发表。

1923年至1926年间先后在北京大学、武昌师大、广东大学任教。

1926年底返沪，主持创造社出版部工作，主编《创造月刊》《洪水》半月刊，发表了《小说论》《戏剧论》等大量论著。

1928年加入太阳社，主编《大众文艺》。

1930年3月，中国左翼作家联盟成立，为发起人之一。同年12月，小说《迟桂花》发表。

1933年4月移居杭州后，写了大量山水游记和诗词。

1938年赴武汉参加军委会政治部第三厅的抗日宣传工作，并被选为中华全国文艺界抗敌协会常务理事。

1938年12月至新加坡，主编《星洲日报》等报刊副刊。

1942年，日军进逼新加坡，与胡愈之、王任叔等人撤退至苏门答腊的巴爷公务，化名赵廉。

1945年在苏门答腊失踪，据胡愈之等推测为日本宪兵杀害。1952年经中央人民政府批准，被追认为革命烈士。

胡愈之曾这样评价郁达夫：在中国文学史上，将永远铭刻着郁达夫的名字，在中国人民反法西斯战争的纪念碑上，也将永远铭刻着郁达夫烈士的名字。他的文学代表作有《怀鲁迅》《沉沦》《故都的秋》《春风沉醉的晚上》《迟桂花》等。

诗 歌

咏史三首

楚虽三户竟亡秦,万世雄图一夕湮。
聚富咸阳终下策,八千子弟半清贫。

大度高皇自有真,入关妇女几曾亲?
虞歌声里天亡楚,毕竟倾城是美人。

马上琵琶出塞吟,和戎端的爱君深。
当年若赂毛延寿,那得诗人说到今。

晴雪园卜居

元龙好据胡床卧,徐福真成物外游。
望去河山能小鲁,夜来风雨似行舟。
月明梅影人同瘦,日夕潮声海倒流。
猛忆故园寥落甚,烟花撩乱怯登楼。

丙辰元日感赋

逆旅逢新岁,飘蓬笑故吾。
百年原是客,半世悔为儒。
细雨家山远,长空雁影孤。
乡思无着处,一雁下南湖。

奉 怀

帘外风声过雁群,登楼遥望暮天云。
行经故馆空嘶马,病入新秋最忆君。
知否梦回能化蝶,记曾春尽看湔裙。
何当剪烛江南墅,重试清谈到夜分。

寄曼兄

谁从乱世识机云,兄弟飘零几处分。
天下英雄君与操,富春江树幻耶真?
如今公论尊经济,敢把文章托盛勋。
记取当时灯下语,阿连有力净河汾。

木曾川看花

原野青青春事繁,鸣禽诱我出衡门。
轻帆细雨刚三月,宠柳娇花又一春。
翠络金鞍公子马,绿罗芳草女儿裙。
阻风中酒年年事,襟上脂痕浼泪痕。

寄曼陀、养吾市师

十载风尘一腐儒,暮云千里望皇都。
紫荆庭外飞花未,银鲙江南入梦无?
衙散想曾参庙市,时平也合读阴符。
却缘家有元方在,赢得人间说小苏。

日暮归舟中口占再叠前韵

归舟遥指石桥西,渔火空江一字齐。
苹末风寒多刺骨,林梢烟淡半笼堤。
玉楼歌舞人初醉,曲岸牛羊路欲迷。
向晚独寻孤店宿,青衫灯下涤春泥。

正月六日作

回首家山路八千,烽烟横海浪连天。
草堂明日是人日,客况今年逊去年。
泗上文章初识命,淮阴风骨亦求怜。
飘零湖海元龙老,只合青门学种田。

犬山堤小步见樱花未开口占两绝

寻春我爱着先鞭,梢上红苞吐未全。
一种销魂谁解得?云英三五破瓜前。
归帆淼淼拥云烟,江上朝来霁色鲜。
东望浣溪南白帝,此身疑已到西川。

梦逢相识二首

相逢仍在水边楼,不诉欢娱却诉愁。
三月烟花千里梦,十年旧事一回头。
竹马当年忆旧游,秋风吹梦到江楼。
牧之去国双文嫁,一样伤心两样愁。

赠隆儿两首

几年沦落滞西京,千古文章未得名。
人事萧条春梦后,梅花五月又逢卿。
我意怜君君不识,满襟红泪奈卿何。
烟花本是无情物,莫倚箜篌夜半歌。

谒岳坟

拂柳穿堤到岳坟，坟前犹绕阵头云。
半庭人静莺初懒，一雨阴成草正薰。
我亦违时成逐客，今来下马拜将军。
与君此恨俱千古，拟赋长沙吊屈文。

除夜奉怀

又是一年将尽夜，不知青鬓几痕丝。
人来海外名方贱，梦返江南岁已迟。
多病所须唯药物，此生难了是相思。
明朝欲向空山遁，为恐东皇笑我痴。

宿汤山温泉夜闻猛雨两首

百道飞泉石共流，千章花木惹清愁。
离人一夜何曾睡，山雨山风横入楼。
花落千年魂不返，东风挟雨杜鹃鸣？
明朝尚有西征路，乞借天公两日晴。

偕某某登岚山

不怨开迟怨落迟,看花人正病相思。
可怜逼近中年作,都是伤心小杜诗。
烟景又当三月暮,多情虚负五年知。
岚山倘有闲田地,愿向丛林借一枝。

养老山中作

又是三春行乐日,西园飞盖夜遨游。
闲将稚子承欢酒,来上词人醉月楼。
高岭有峰皆北向,清溪无水不南流。
题诗大得山灵助,吟到更深兴未收。

辞蓝亭留谢

半寻知己半寻春,五里东风十里尘。
杨柳旗亭劳蜡屐,青山红豆羡闲身。
闭门觅句难除癖,屈节论交别有真。
说项深思何日报,仲宣犹是未归人。

晓发东京

茅店鸡声梦不安,轻车又犯晓风寒。
一肩行李尘中老,半世琵琶马上弹。
白雪几能邀俗赏,青衫自古累儒冠!
升沉莫问君平卜,襟上浪浪泪未干。

感　时

和战何年议始成,荆襄封戍尚连营。
谋倾孤注终无补,乱到萧墙岂易平?
南渡君臣争与敌,中原父老厌谈兵。
题诗大有牢骚意,泣上新亭望帝城。

寄荃君

芳草何时恨却休,王孙乞食尚飘流。
去年今日曾想见,红粉青衫两欲愁。
我久计穷朱亥市,君应望断绿珠楼。
生前料已无欢会,早作刍梁地下谋。

自述诗十八首

江湖流落廿三年，红泪频揩述此篇。
删尽定公哀艳句，依诗粉本出青莲。

前身纵不是如来，谪下红尘也可哀。
风雪四山花落夜，窦家丛桂一枝开。

王筠昆仲皆良璞，久矣名扬浙水滨。
生到苏家难作弟，排来行次第三人。

家在严陵滩下住，秦时风物晋山川。
碧桃三月花如锦，来往春江有钓船。

人言先父丧亡日，小子膏肓疾正深。
犹忆青灯秋雨夜，虚堂含泪看兄吟。

九岁题诗四座惊，阿连少小便聪明。
谁知早慧终非福，碌碌瑚琏器不成。

十三问字子云居，初读琅嬛异域书。
功业他年差可想，荒村终老注虫鱼。

左家娇女字莲仙，累我闲情赋百篇。
三月富春城下路，杨花如雪雪如烟。

一失足成千古恨，昔人诗句意何深！
广平自赋梅花后，碧海青天夜夜心。

二女明妆不可求，红儿体态也风流。
杏花又逐东风嫁，添我情怀万斛愁。

几度沧江逐逝波,风云奇气半销磨。
扬州梦醒无聊甚,剩有旗亭学醉歌。

吾生十五无他嗜,只爱兰台令史书。
忽遇江南吴祭酒,梅花雪里学诗初。

儿时曾作杭州梦,初到杭州似梦中。
笑把金樽邀落日,绿杨城郭正春风。

欲把杭州作汴京,湖山清处遍题名。
谁知西子楼台窄,三宿匆匆出凤城。

鸳湖旧忆梅村曲,莺粟人传太史歌。
日暮落帆亭下立,吴王城郭赵家河。

离家少小谁曾惯,一发青山唤不应。
昨夜梦中逢母别,可怜枕上有红冰。

鼙鼓荆襄动地来,横流到处劫飞灰。
秣陵围解君臣散,予亦苍茫过马嵬。

苍茫又过七年期,客舍栖栖五处移。
来岁桑干仍欲渡,别离应更有新诗。

留别梅浓

莫对菱花怨老奴,老奴情岂负罗敷。
一春燕燕花间泣,几夜真真梦里呼。
苏武此身原属汉,阿蛮无计更离胡。
金钗合有重逢日,留取冰心镇玉壶。

别戴某

与子交游刚五载,议论常欲倾江海。
有时击筑歌呜呜,同过坊间访朱亥。
作伴青春得几时,灞陵桥外柳如丝。
伯劳飞燕东西别,忍向江城一笛吹。
一笛江城从此去,悠悠后会知何处。
但愿他年再见时,我非故我汝非汝。
故国衰亡事纵休,子房终欲报韩仇。
莫忘祖逖中流楫,独上王生半夜楼。

新秋偶感

客里苍茫又值秋,高歌弹铗我无忧。
百年事业归经济,一夜西风梦石头。
诸葛居长怀管乐,谢安才岂亚伊周?
不鸣大鸟知何待,待溯天河万里舟。

题春江第一楼壁

匆匆临别更登楼，打叠行装打叠愁。
江上青峰江下水，不应齐向夜郎流。

宿钱塘江上有赠

绿酒红灯江上楼，几回欲去更迟留。
危樯独夜怜桃叶，细雨重帘病莫愁。
客子光阴空似梦，美人情性淡宜秋。
相逢漫问家何在，一夕横塘是旧游。

己未出都口占

芦沟立马怕摇鞭，默看城南尺五天。
此去愿戕千里足，再来不值半分钱。
塞翁得失原难定，贫士生涯总可怜。
寄语诸公深致意，凉风近在殿西边。

赠姑苏女子

语音清脆认苏州，作意欢娱作意愁。
故国烽烟伤满子，仙乡消息忆秦楼。
一春绮梦花相似，二月浓情水样流。
莫使楚天行雨去，王孙潦倒在沧洲。

寄映霞两首

朝来风色暗高楼,偕隐名山誓白头。
好事只愁天妒我,为君先买五湖舟。

笼鹅家世旧门庭,鸦凤追随自惭形。
欲撰西泠才女传,苦无椽笔写兰亭。

志亡儿耀春之殇六首

嬴博之间土已陈,千秋亭畔草如茵。
虚堂月落星繁夜,泚笔为文记耀春。
命似潘儿过七旬,佯啼假笑也天真。
两年掌上晨昏舞,慰我黔娄一段贫。
跬步还须阿母扶,褰裳言语尚模糊。
免教物在人亡后,烧出红绫半幅襦。
明眸细齿耳垂长,玉色双拳带乳香。
收取生前儿戏具,筠笼从此不开箱。
魂魄何由入梦来?东西歧路费疑猜。
九泉怕有人欺侮,埋近先茔为树槐。
生小排行列第三,阿戎原是出青蓝。
怜他阮籍猖狂甚,来对荒坟作醉谈。

毁家诗纪

离家三日是元宵,灯火高楼夜寂寥。
转眼榕城春欲暮,杜鹃声里过花朝。

扰攘中原苦未休,安危运系小瀛洲。
诸娘不改唐装束,父老犹思汉冕旒。
忽报秦关悬赤帜,独愁大劫到清流。
景升儿子终豚犬,帝豫当年亦姓刘。

中元后夜醉江城,行过严关未解醒。
寂寞渡头人独立,满天明月看潮生。

"寒风阵阵雨潇潇,千里行人去路遥。
不是有家归未得,鸣鸠已占凤凰巢。"

注:此为福州王天君殿求得签诗。

千里劳军此一行,计程戒驿慎宵征。
春风渐绿中原土,大纛初明细柳营。
碛里碉壕连作寨,江东子弟妙知兵。
驱车直指彭城道,伫看雄师复两京。

水井沟头血战酣,台儿庄外夕阳昙。
平原立马凝眸处,忽报奇师捷邳郯。

清溪曾载紫云回,照影惊鸿水一隈。
州似琵琶人别抱,地犹稽郡我重来。
伤心王谢堂前燕,低首新亭泣后杯。
省识三郎肠断意,马嵬风雨葬花魁。

凤去台空夜渐长,挑灯时展嫁衣裳。
愁教晓日穿金缕,故绣重帏护玉堂。
碧落有星烂昴宿,残宵无梦到横塘。
武昌旧是伤心地,望阻侯门更断肠。

敢将眷属比神仙,大难来时倍可怜。
楚泽尽多兰与芷,湖乡初度日如年。
绿章迭奏通明殿,朱字匀抄烈女篇。
亦欲赁春资德曜,㷀㷀初谱上鲲弦。

犹记当年礼聘勤,十千沽酒圣湖濆。
频烧绛蜡迟宵柝,细煮龙涎浣宿熏。
佳话颇传王逸少,豪情不减李香君。
而今劳燕临歧路,肠断江东日暮云。

戎马间关为国谋,南登太姥北徐州。
荔枝初熟梅妃里,春水方生燕子楼。
绝少闲情怜姹女,满怀遗憾看吴钩。
闺中日课阴符读,要使红颜识楚仇。

贫贱原知是祸胎,苏秦初不慕颜回。
九州铸铁终成错,一饭论交竟自媒。
水覆金盆收半勺,香残心篆看全灰。
明年陌上花开日,愁听人歌缓缓来。

并马汜州看木奴,粘天青草复重湖。
向来豪气吞云梦,惜别清啼陋鹧鸪。
自愿驰驱随李广,何劳叮嘱戒罗敷。
男儿只合沙场死,岂为凌烟阁上图。

汨罗东望路迢迢，郁怒熊熊火未消。
欲驾飞涛驰白马，潇湘浙水可通潮？

急管繁弦唱渭城，愁如大海酒边生。
歌翻桃叶临官渡，曲比红儿忆小名。
君去我来他日讼，天荒地老此时情。
禅心已似冬枯木，忍再拖泥带水行。

此身已分炎荒老，远道多愁驿递迟。
万死千君唯一语，为侬清白抚诸儿。

去年曾宿此江滨，归梦依依绕富春。
今日梁空泥落尽，梦中难觅去年人。

千里行程暂息机，江山依旧境全非。
身同华表归来鹤，门掩桃花谢后扉。
老病乐天腰渐减，高秋樊素貌应肥。
多情不解朱翁子，骄俗何劳五牡騑。

一纸书来感不禁，扶头长夜带愁吟。
谁知元鸟分飞日，犹剩冤禽未死心。
秋意着人原瑟瑟，侯门似海故沉沉。
沈园旧恨从头数，泪透萧郎蜀锦衾。

南天酒楼饯别映霞两首

自剔银灯照酒卮，旗亭风月惹相思。
忍抛白首盟山约，来谱黄衫小玉词。
南国固多红豆子，沈园差似习家池。
山公大醉高阳夜，可是伤春为柳枝。

愁怀端赖曲生开，厚地高天酒一杯。
未必有情难遣此，本来无物却沾埃。
杨枝上马成驰骋，桃叶横江去不回。
醉死何须人荷锸，笑他刘阮是庸才。

星洲既陷，厄苏岛困孤舟中，赋此见志

伤乱倦行役，西来又一关。
偶传如梦令，低唱念家山。
海阔回潮缓，风微夕照殷。
愿随南雁侣，从此赋刀环。

蝶恋花·赠前年冬相识之女友

客里相思浑似水。似水相思，也带辛酸味。我本逢场聊作戏，可怜误了多情你。

此去长安千万里。地北天南，后会无期矣。忍泪劝君君切记，等闲莫负雏年纪。

散 文

天凉好个秋

全先生的朋友说：中国是没有救药的了，但中国是有救药得很。季陶先生说：念佛拜忏，可以救国。介石先生说：长期抵抗，可以救国。行边会议的诸先生说：九国公约，国际联盟，可以救国。汉卿先生说：不抵抗，枕戈待旦，可以救国。血魂团说：炸弹可以救国。青年党说：法雪斯蒂可以救国。这才叫，戏法人人会变，只有巧妙不同。中国是大有救药在哩，说什么没有救药？

"九一八"纪念，只许沉默五分钟，不许民众集团集会结社。

中国的国耻纪念日，却又来得太多，多得如天主教日历上的殉教圣贤节一样，将来再过一百年二百年，中国若依旧不亡，那说不定，一天会有十七八个国耻纪念。长此下去，中国的国民，怕只能成为哑国民了，因为五分钟五分钟的沉默起来，却也十分可观。

韩刘打仗，通电上都有理由，却使我不得不想起在乡下春联摊上，为过旧历年者所老写的一副对来，叫作"公说公有理，婆说婆有理，大家有理。你过你新年，我过我新年，各自新年。"

百姓想做官僚军阀，官僚军阀想做皇帝，做了皇帝更想成仙。秦始皇对方士说："世间有没有不死之药的？若有的话，那我就吃得死了都也甘心，务必为朕去采办到来！"只有没出息的文人说："愿作鸳鸯不羡仙。"

吴佩孚将军谈仁义，郑××对李顿爵士也大谈其王道，可惜日本的参谋本部陆军省和日内瓦的国际联盟，不是孔孟的弟子。

故宫的国宝，都已被外国的收藏家收藏去了，这也是当局者很好的一个想头。因为要看的时候，中国人是仍旧可以跑上外国去看的。一个穷学生，半夜去打开当铺的门来，问当铺里现在是几点钟了？因为他那个表，是当铺里为他收藏在那里的，不就是这个意思么？

伦敦的庚款保管购办委员会，因为东三省已被日人占去，筑路的事情搁起，铁路材料可以不必再买了，正在对余下来的钱，想不出办法来。而北平的小学教员，各地的教育经费，又在各闹饥荒。我想，若中国连本部的十八省，也送给了日人的话，岂不更好？因为庚款的余资，更可以有余，而一般的教育，却完全可以不管。

节制生育，是新马儿萨斯主义，中国军阀的济南保定等处的屠杀，中部支那的"剿匪"，以及山东等处的内战，当是新新马儿萨斯主义。甚矣哉，优生学之无用也。因为近来有人在说："节产不对，择产为宜"，我故而想到了这一层。

有话则长，无话则短，不想再写了，来抄一首辛稼轩的《丑奴儿》词，权作尾声："少年不识愁滋味，爱上层楼，爱上层楼，为赋新词强说愁。而今识尽愁滋味，欲说还休，欲说还休，却道天凉好个秋。"

一九三二年九月末日

（原载1932年10月16日《论语》第3期）

灯蛾埋葬之夜

神经衰弱症，大约是因无聊的闲日子过了太多而起的。

对于"生"的厌倦，确是促生这时髦病的一个病根；或者反过来说，如同发烧过后的人在嘴里所感味到的一种空淡，对人生的这一种空淡之感，就是神经衰弱的一种征候，也是一样。

总之，入夏以来，这症状似乎一天比一天加重；迁居之后，这病症当然也和我一道地搬了家。

虽然是说不上什么转地疗养，但新搬的这一间小屋，真也有一点田园的野趣。节季是交秋了，往后的这小屋的附近，这文明和蛮荒接界的区间，该是最有声色的时候了。声是秋声，色当然也是秋色。

先让我来说所以要搬到这里来的原委。

不晓在什么时候，被印上了"该隐的印号"之后，平时进出的社会里绝迹不敢去了。当然社会是有许多层的，但那"印号"的解释，似乎也有许多样。

最重要的解释，第一自然是叛逆，在做官是"一切"的国里，这"印号"的政治解释，本尽可以包括了其他种种。但是也不尽然，最喜欢含糊的人类，有必要的时候，也最喜欢分清。

于是第二个解释来了，似乎是关于"时代"的，曰"落伍"。天南北的两极，只叫用得着，也不妨同时并用，这便是现代人的智慧。

来往于两极之间，新旧人同样的可以举用的，是第三个解释，就是所谓"悖德"。

但是向额上摩摸一下，这"该隐的印号"，原也摩摸不出来，更不必说这种种的解释。或者行窃的人自己在心虚，自以为是犯了大罪，因而起这一种叫做被迫的Complex，也说不定。天下泰平，本来是无事的，神经衰弱病者可总免不了自扰。所以断绝交游，抛撒亲串，和地狱底里的精灵一样，不敢现身露迹，只在一阵阴风里独来独往的这种行径，依小德谟克利多斯Robert Burton的分析，或者也许是忧郁病的最正确的症候。

因为背上负着的是这么一个十字架，所以一年之内，只学着行云，只学着流水，搬来搬去的尽在搬动。暮春三月底，偶尔在火车窗里，看见了些浅水平桥，垂杨古树，和几群飞不尽的乌鸦，忽而想起的，是这一个也不是城市，也不是乡村的界线地方。租定这间小屋，将几本丛残的旧籍迁移过来的，怕是在五月的初头。而现在却早又是初秋了。时间的飞逝，实在是快得很，真快得很。

小屋的前面左右，除一条斜穿东西的大道之外，全是斑驳的空地。一垄一垄的褐色土垄上，种着些秋茄豇豆之类，现在是一棵一棵的棉花也在半吐白蕊的时节了。而最好看的，要推向上包紧，颜色是白里带青，外面有一层毛茸似的白雾，菜茎柄上，也时时呈着紫色的一种外国人叫作Lettuce的大叶卷心菜；大约是因为地近上海的缘故罢，纯粹的中国田园也被外国人的嗜好所侵入了。这一种菜，我来的时候，原是很多的，现在却逐渐逐渐的少了下去。在这些空地中间，如突然想起似的，卑卑立着，散点在那里的，是一间两间的农夫的小屋，形状奇古的几株老柳榆槐，和看了令人不快的许多不落葬的棺材。此外同沟渠似的小河也有，以棺材旧板作成的桥梁也有；忽然一块小方地的中间，种着些颜色鲜艳的草花之类的卖花者的园地也有；简说一句，这里附近的地面，大约可以以江浙平地区中的田园百科大辞典来命名；而在这百科大辞典中，异乎寻常，以一张厚纸，来用淡墨铜版画印成的，要算在我们屋后矗立着的那块本来是由外国人经营的庞大的墓地。

这墓地的历史，我也不大明白，但以从门口起一直排着，直到中心的礼拜堂屋后为止的那两排齐云的洋梧桐树看来，少算算大约也总已有了六十几岁的年纪。

听土著的农人说来，这仿佛是上海开港以来，外国最先经营的墓地，现在是已经无人来过问了，而在三四十年前头，却也是洋冬至外国清明及礼拜日的沪上洋人的散步之所哩。因为此地离上海，火车不过三四十分钟，来往是极便的。

小屋的租金，每月八元。以这地段说起来，似乎略嫌贵些，但因这样的闲房出租的并不多，而屋前屋后，隙地也有几弓，可以由租户去莳花种菜，所以比较起来，也觉得是在理的价格。尤其是包围在屋的四周的寂静，同在坟墓里似的寂静，是在洋场近处，无论出多少钱也难买到的。

初搬过来的时候，只同久病初愈的患者一样，日日但伸展了四肢，躺在藤椅子上，书也懒得读，报也不愿看，除腹中饥饿的时候，稍微吸取一点简单的食物而外，破这平平的一日间的单调的，是向晚去田塍野路上行试的一回漫步。在这将落未落的残阳夕照之中，在那些青枝落叶的野菜畦边，一个人背手走着，枯寂的脑里，有时却会汹涌起许多前后不接的断想来。头上的天色老是青青的，身边的暮色也老是沉沉的。

但在这些前后没有脉络的断想的中间，有时候也忽然大小脑会完全停止工作。呆呆地立在野田里，同一根枯树似的呆呆直立在那里之后，会什么思想，什么感觉都忘掉，身子也不能动了，血液也仿佛凝住不流似的；全身就如成了"所多玛"城里的盐柱；不消说脑子是完全变作了无波纹无血管的一张扁平的白纸。

漫步回来，有时候也进一点晚餐，有时候简直茶也不喝一口，就爬进床去躺着。室内的设备简陋到了万分，电灯电扇等文明的器具是没有的。月明之夜，睡到夜半醒来的时候，床前的小泥窗口，若晒进了月亮的青练的光儿，那这一夜的睡眠，就不能继续下去了。

不单是有月亮的晚上，就是平常的睡眠，也极容易惊醒。眼睛微微的开着，鼾声是没有的，虽则睡在那里，但感觉却又不完全失去，暗室里的一声一响，虫鼠等的脚步声，以及屋外树上的夜鸟鸣声，都一一会闯进耳朵里来。若在日里陷入于这一种假睡的时候，则一边睡着，一边周围的行动事物，都会很明细的触进入意识的中间。若周围保住了绝对的安静，什么声响，什么行动都没有的时候，那在假寐的一刻中，十几年间的事情，就会很明细的，很快的，在一瞬间展开来。至于乱梦，那是更多了，多得连叙也叙述不清。

我自己也知道是染了神经衰弱症了。这原是七八年来到了夏季必发的老病。

于是就更想静养，更想懒散过去。

今年的夏季，实在并没有什么太热的天气，尤其是在我这一个离群的野寓里。

有一天晚上，天气特别的闷，晚餐后上床去躺了一忽，终觉得睡不着，就又起来，打开了窗户，和她两人坐在天井里候凉。

两人本来是没有什么话好谈，所以只是昂着头在看天上的飞云，和云堆里时时露现出来的一颗两颗的星宿。

一边慢摇着蒲扇,一边这样的默坐在那里,不晓得坐了多久了,室里桌上的一枝洋烛,忽而灭了它的芯光。

而人既不愿意动弹,也不愿意看见什么,所以灯光的有无,也毫没有关系,仍旧是默默的坐在黑暗里摇动扇子。

又坐了好久好久,天末似起了凉风,窗帘也动了,天上的云层,飞舞得特别的快。

打算去睡了,就问了一声:

"现在不晓得是什么时候了?"

她立了起来,慢慢走进了室内,走入里边房里去拿火柴去了。

停了一会,我在黑暗里看见了一丝火光和映在这火光周围的一团黑影,及黑影底下的半面她的苍白的脸。

第一枝火柴灭了,第二枝也灭了,直到了第三枝才点旺了洋烛。

洋烛点旺之后,她急急的走了出来,手里却拿着了那个大表,轻轻地说:

"不晓是什么时候了,表上还只有六点多钟呢?"

接过表来,拿近耳边去一听,什么声响也没有。我连这表是在几日前头开过的记忆也想不起来了。

"表停了!"

轻轻地回答了一声,我也消失了睡意,想再在凉风里坐它一刻。但她又继续着说:

"灯盘上有一只很美的灯蛾死在那里。"

跑进去一看,果然有一只身子淡红,翅翼绿色,比蝴蝶小一点,但全身却肥硕得很的灯蛾横躺在那里。右翅上有一处焦影,触须是烧断了。默看了一分钟,用手指轻轻拨了它几拨,我双目仍旧盯视住这扑灯蛾的美丽的尸身,嘴里却不能自

禁地说：

"可怜得很！我们把它去向天井里埋葬了罢！"

点了灯笼，用银针向黑泥松处掘了一个圆穴，把这美丽的尸身埋葬完时，天风加紧了起来，似乎要下大雨的样子。

拴上门户，上床躺下之后，一阵风来，接着如乱石似的雨点，便打上了屋檐。

一面听着雨声，一面我自语似的对她说：

"霞！明天是该凉快了，我想到上海去看病去。"

一九二八年八月作

（选自《郁达夫散文集》，1936年版，上海北新书局）

马缨花开的时候

约莫到了夜半,觉得怎么也睡不着觉,于起来小便之后,放下玻璃溺器,就顺便走上了向南开着的窗口。把窗帷牵了一牵,低身钻了进去,上半身就像是三明治里的火腿,被夹在玻璃与窗帷的中间。

窗外面是二十边的还不十分大缺的下弦月夜,园里的树梢上,隙地上,白色线样的柏油步道上,都洒满了银粉似的月光,在和半透明的黑影互相掩映。周围只是沉寂、清幽,正像是梦里的世界。首夏的节季,按理是应该有点热了,但从毛绒睡衣的织缝眼里侵袭进来的室中空气,尖淋淋还有些儿凉冷的春意。

这儿是法国天主教会所办的慈善医院的特等病房楼,当今天早晨进院来的时候,那个粗暴的青年法国医生,糊糊涂涂的谛听了一遍之后,一直到晚上,还没有回话。只傍晚的时候,那位戴白帽子的牧母来了一次。问她这病究竟是什么病?她也只微笑摇着头,说要问过主任医生,才能知道。

而现在却已经是深沉的午夜了,这些吃慈善饭的人,实在也太没有良心,太不负责任,太没有对众生的同类爱。幸而这病,还是轻的,假若是重病呢?这么的一搁,搁起十几个钟头,难道起死回生的耶稣奇迹,果真的还能在现代的二十世纪里再出来的么?

心里头这样在恨着急着,我以前额部抵住了凉阴阴的玻璃窗面,双眼尽在向窗外花园内的朦胧月色,和暗淡花阴,作无心的观赏。立了几分钟，怨了几分钟，在心里学着罗兰夫人的那句名句，叫着哭着：

"慈善呀慈善！在你这令名之下，真不知害死了多少无为的牺牲者，养肥了多少卑劣的圣贤人！"

直等怨恨到了极点的时候，忽而抬起头来一看，在微明的远处，在一堆树影的高头，金光一闪，突然间却看出了一个金色的十字架来。

"啊呀不对，圣母马利亚在显灵了！"

心里这样一转，自然而然地毛发也竖起了尖端。再仔细一望，那个金色十字架，还在月光里闪烁着，动也不动一动。注视了一会，我也有点怕起来了，就逃也似地将目光移向了别处。可是到了这逃避之所的一堆黑树荫中逗留得不久，在这黑沉沉的背景里，又突然显出了许多上尖下阔的白茫茫同心儿一样，比蜡烛稍短的不吉利的白色物体来。一朵两朵，七朵八朵，一眼望去，虽不十分多，但也并不少，这大约总是开残未谢的木兰花罢，为想自己宽一宽自己的心，这样以最善的方法解释着这一种白色的幻影，我就把身体一缩，退回自己床上来了。

进院后第二天的午前十点多钟，那位含着神秘的微笑的牧母又静静儿同游水似地来到了我的床边。

"医生说你害的是黄疸病，应该食淡才行。"

柔和地这样的说着，她又伸出手来为我诊脉。她以一只手捏住了我的臂，擎起另外一只手，在看她自己臂上的表。我一言不发，只是张大了眼在打量她的全身上下的奇异的线和色。

头上是由七八根直线和斜色线叠成的一顶雪也似的麻纱白帽子，白影下就是一张肉色微红的柔嫩得同米粉似的脸。因为是睡在那里的缘故，我所看得出来的，只是半张同《神曲》封面画上，印在那里的谭戴似的鼻梁很高的侧面形。而那只瞳仁很大很黑的眼睛哩，却又同在做梦似地向下斜俯着的。足以打破这沉沉的梦影，和静静的周围的两种刺激，便是她生在眼睑上眼睛上的那些很长很黑，虽不十分粗，但却也一根一根地明细分视得出来的眼睫毛和八字眉，与唧唧唧唧，只在她那只肥白的手臂上静走的表针声。她静寂地俯着头，按着我的臂，有时候也眨着眼睛，胸口头很细很细的一低一高地吐着气，真不知道听了我几多时的脉，忽而将身体一侧，又微笑着正向着我显示起全面来了，面形是一张中突而长圆的鹅蛋脸。

"你的脉并不快，大约养几天，总马上会好的。"

她的富有着抑扬风韵的话，却是纯粹的北京音。

"是会好的么？不会死的么？"

"啐，您说哪儿的话？"

似乎是嫌我说得太粗暴了，嫣然地一笑，她就立刻静肃敏捷地走转了身，走出了房。而那个"啐，您说哪儿的话？"的余音，却同大钟鸣后，不肯立时静息般的尽在我的脑里耳呎呎地跑着绕圈儿的马。

医生隔日一来，而苦里带咸的药，一天却要吞服四遍，但足与这些恨事相抵而有余的，倒是那牧母的静肃的降临，有几天她来的次数，竟会比服药的次数多一两回。像这样单调无聊的修道院似的病囚生活，不消说是谁也会感到厌腻的，我于住了一礼拜医院之后，率性连医生也不愿他来，药也不想再服了，可是那牧母的诊脉哩，我却只希望她从早到晨起就来替我诊视，一直到晚，不要离开。

起初她来的时候，只不过是含着微笑，量量热度，诊诊我的脉，和说几句不得不说的话而已。但后来有一天在我的枕头底下被她搜出了一册泥而宋版的Baudelaire的小册子后，她和我说的话也多了起来，在我床边逗留的时间也一次一次的长起来了。

她告诉了我Soeurs de charite（白帽子会）的系统和义务，她也告诉了我罗曼加多力克教（Catechisme）的教义总纲领。她说她的哥哥曾经去罗马朝见过教皇，她说她的信心坚定是在十五年前的十四岁的时候。而她的所最对我表示同情的一点，似乎是因为我的老家的远处在北京，"一个人单身病倒了在这举目无亲的上海，哪能够不感到异样的孤凄与寂寞呢？"尤其是觉得巧合的，两人在谈话的中间，竟发现了两人的老家，都偏处在西城，相去不上二三百步路远，在两家的院子里，是都可以听得见北堂的晨钟暮鼓的。为有这种种的关系，我入院后经过了一礼拜的时候，觉得忌淡也没有什么苦处了，因为每次的膳事，她总叫厨子特别的为我留心，布丁上的奶油也特别的加得多，有几次并且为了医院内的定食不合我的胃口，她竟爱把她自己的几盆我可以吃的菜蔬，差男护士菲列浦一盆一盆的递送过来，来和我的交换。

像这样的在病院里住了半个多月，虽则医生的粗暴顽迷，仍旧改不过来，药味的酸咸带苦，仍旧是格格难吃，但小便中的绛黄色，却也渐渐地褪去，而柔软无力的两只脚，也能够走得动一里以上的路了。

又加以时节逼进中夏，日长的午后，火热的太阳偏西一点，在房间里闷坐不住，当晚祷之前，她也常肯来和我向楼下的花园里去散一回小步。两人从庭前走出，沿了葡萄架的甬道走过木兰花丛，穿入菩提树林，到前面的假山石旁，有金色十字架竖着的圣母像的石坛圈里，总要在长椅上，坐到晚祷的时候，才走回来。

这舒徐闲适的半小时的晚步，起初不过是隔两日一次或隔日一次的，后来竟成了习惯，变得日日非去走不行了。这在我当然是一种无上的慰藉，可以打破一整天的单调生活，而终日忙碌的她似乎也在对这漫步，感受着无穷的兴趣。

又经过了一星期的光景，天气更加热起来了。园里的各种花木，都已经开落得干干净净，只有墙角上的一丛灌木，大约是蔷薇罢，还剩着几朵红白的残花，在那里妆点着景色。去盛夏想也已不远，而我也在打算退出这医药费昂贵的慈善医院，转回到北京去过夏去。可是心里虽则在这么的打算，但一则究竟病还没有痊愈，而二则对于这周围的花木，对于这半月余的生活情趣，也觉得有点依依难舍，所以一天一天的挨挨，又过了几天无聊的病囚日子。

有一天午后，正当前两天的大雨之余，天气爽朗晴和得特别可爱，我在病室里踱来踱去，心里头感觉得异样的焦闷。大约在铁笼子里徘徊着的新被擒获的狮子，或可以想象得出我此时的心境来，因为那一天从早晨起，一直到将近晚祷的时候止，一整日中，牧母还不曾来过。

晚步的时间过去了，电灯点上了，直到送晚餐来的时候，菲列浦才从他的那件白衣袋里，摸出了一封信来，这不消说是牧母托他转交的信。

信里说，她今天上中央会堂去避静去了，休息些时，她将要离开上海，被调到香港的病院中去服务。若来面别，难免得不动伤感，所以相见不如不见。末后再三叮嘱着，教我好好的保养，静想想经传上圣人的生活。若我能因这次的染病，而归依上帝，浴圣母的慈恩，那她的喜悦就没有比此更大的了。

我读了这一封信后，夜饭当然是一瓢也没有下咽。在电灯下呆坐了数十分钟，站将起来向窗外面一看，明蓝的天空里，却早已经升上了一个银盆似的月亮。大约不是十五六，也

该是十三四的晚上了。

我在窗前又呆立了一会，旋转身就披上了一件新制的法兰绒的长衫，拿起了手杖，慢慢地，慢慢地，走下了楼梯，走出了楼门，走上了那条我们两人日日在晚祷时候走熟了的葡萄甬道。一程一程的走去，月光就在我的身上印出了许多树枝和叠石的影画。到了那圣母像的石坛之内，我在那张两人坐熟了的长椅子上，不知独坐了多少时候。忽而来了一阵微风，我偶然间却闻着了一种极清幽，极淡漠的似花又似叶的朦胧的香气。稍稍移了一移搁在支着手杖的两只手背上的头部，向右肩瞟了一眼，在我自己的衣服上，却又看出了一排非常纤匀的对称树叶的叶影，和几朵花蕊细长花瓣稀薄的花影来。

"啊啊！马缨花开了！"

毫不自觉的从嘴里轻轻念出了这一句独语之后，我就从长椅子上站起了身来，走回了病舍。

一九三二年六月

（原载1932年8月1日《现代》第1卷第4期）

日本的娼妇与文士

我们因为在日本住的日子长一点,所以平时交游的日本文士,也比较得多。以常识及平时的谈吐,修养,抱负来看,总以为文士是日本的优秀分子,文人的气节,判断力,正义感,当比一般人强些。但是疾风劲草,一到了中日交战的关头,这些文士的丑态就暴露了。我们原有点被他们欺骗了的后悔,但因此也可以看出日本民族的决不能与世界各伟大民族相并立的痼疾,因此也可以断定日本的抄袭文化,决不能有在世界文化史上一点色彩的运命。矮子登场,弄了一辈子的轻薄小技,终也不过是些沐猴冠者而已。

所以会引起我这一段感慨来的原因,是因为最近读到了《日本评论》三月号上的一篇佐藤春夫的电影故事的创作。

文人的幻想,原不是可以用道义的立场来批评的。文人对于作品中模特儿的引用,原也不是可以由被引用者来提出抗议的。但是,至少至少,对于事实的歪曲、诬蔑,总也应该在一个不超过常识的范围以内才对,使用挑拨离间的策略,也应该不远离开艺术家的立场才对。

让我先来介绍佐藤的那一篇劣作《亚细亚之子》的内容。

有一位姓汪的革命文学家,在十七八年的国民革命军北伐之后,流亡在日本,与他的日本妻子,共过了十余年的放逐的生活,他本来学的是医学,他的妻子,本来是大学里学助产的看护学的。儿女也已长大了,大约两个已经进入了第一高等学校。有一天晚秋的薄暮,他的一个姓郑的中国朋友,忽而到

他的寓居去访问他了。这姓郑的使命，就是受了中国最高领袖的密谕，去煽动他回国来作抗日的宣传的。

终于卢沟桥事件爆发了，汪一个人便悄然留下了给妻与子的遗书，逃回了中国。在各地作了许多热烈的抗日的宣传。

最后他发见了自己是被人利用了，作了人家的傀儡，并且也感到了自己是供作了被报复的牺牲。更使他失望的，是他在北伐时代的一位情人，却被他的老友姓郑的骗去作了妾，藏置在杭州的金屋之中。

于是他就幡然变更，要求日本人容许他去作救济华北人民的工作，在北通州造成了一个日本式的医院，在倭寇保护下重迎他的日本妻子到了通州。

这是他那一篇劣作的大意。在这中间他处处高夸着日本皇军的胜利，日本女人爱国爱家的人格的高尚。同时也拙劣地使尽了挑拨我们违反领袖，嗾使我们依附日本去作汉奸的技巧。至于中国人的人格呢，对男人则说是出卖朋友的劣种，如姓郑者之所为，对女人则说是比日本的娼妇还不如，如那一位姓汪的爱人之所为。

介绍了这一篇劣作的内容之后，读者大约总也已经可以明白我这篇短文的主旨了吧！就是：日本的文士，却真的比中国娼妇还不如！

佐藤在日本，本来是以出卖中国野人头吃饭的。平常只在说中国人是如何如何的好，中国艺术是如何如何的进步等最大的颂词。而对于我们私人的交谊哩，也总算是并不十分大坏。但是毛色一变，现在的这一种阿附军阀的态度，和他平时的所说所行，又是怎么样的一种对比！

平时变化莫测的日本女人，如林房雄之类的行动，却是大家都晓得的。在这一个时候，即使一变而做了军阀的卵袋，原也应该，倒还可以原谅。至于佐藤呢，平时却是假冒清高，以中国之友自命的。他的这一次的假面揭开，究竟能比得上娼妇的行为不能？我所说的，是最下流的娼妇，更不必说李香君、小凤仙之流的侠伎了。

当然，日本的文士，也不可以一概说的。我们有我们的理知与判断，我们亦有我们的矜持，我们决不愿意像佐藤似的不分皂白地加以一例的阿谀的漫骂。日本老作家中，如秋田雨雀，如志贺直哉，岛崎藤村等，还是良心不昧的人。中坚作家如鹿地亘及其他的诸非战作家，更加是具有强烈的正义感的文士了。我们对那些军阀的走狗文士，只能以一笑一哭来相向，如对于摇尾或狂言之老犬一样。对于那些真正有世界眼光，有文人气节的作家，应该以全腔的热血来致敬。不分国界，不问人种也。

一九三八年五月九日作

（原载1938年5月14日汉口《抗战文艺》第1卷第4期）

扬州旧梦寄语堂

语堂兄：

乱掷黄金买阿娇，穷来吴市再吹箫。

箫声远渡江淮去，吹到扬州廿四桥。

这是我在六七年前——记得是一九二八年的秋天，写那篇《感伤的行旅》时瞎唱出来的歪诗；那时候的计划，本想从上海出发，先在苏州下车，然后去无锡，游太湖，过常州，达镇江，渡瓜步，再上扬州去的。但一则因为苏州在戒严，再则因在太湖边上受了一点虚惊，故而中途变计，当离无锡的那一天晚上，就直到了扬州城里。旅途不带诗韵，所以这一首打油诗的韵脚，是姜白石的那一首"小红唱曲我吹箫"的老调，系凭着了车窗，看看斜阳衰草、残柳芦苇，哼出来的莫名其妙的山歌。

我去扬州，这时候还是第一次；梦想着扬州的两字，在声调上，在历史的意义上，真是如何地艳丽，如何地够使人魂销而魄荡！

竹西歌吹，应是玉树后庭花的遗音；萤苑迷楼，当更是临春结绮等沉檀香阁的进一步的建筑。此外的锦帆十里，殿脚三千，后土祠琼花万朵，玉钩斜青冢双行，计算起来，扬州的古迹、名区，以及山水佳丽的地方，总要有三年零六个月才逛得遍。唐宋文人的倾倒于扬州，想来一定是有一种特别见解的；小杜的"青山隐隐水迢迢"，与"十年一觉扬州梦"，还不过是略带感伤的诗句而已，至如"君王忍把平陈业，只换雷塘数亩田","人生只合扬州死,禅智山光好墓田",那简直是说扬州可以使你的国亡,可以使你的身死,而也决无后悔的样子了,这还了得!

在我梦想中的扬州,实在太不诗意,太富于六朝的金粉气了,所以那一次从无锡上车之后,就是到了我所最爱的北固山下,亦没有心思停留半刻,便匆匆的渡过了江去。

长江北岸,是有一条公共汽车路筑在那里的;一落渡船,就可以向北直驶,直达到扬州南门的福运门边。再过一条城河,便进扬州城了,就是一千四五百年以来,为我们历代的诗人骚客所赞叹不置的扬州城,也就是你家黛玉他爸爸,在此撇下了孤儿升天成佛去的扬州城!

但我在到扬州的一路上,所见的风景,都平坦萧杀,没有一点令人可以留恋的地方,因而想起了晁无咎的《赴广陵道中》的诗句:

醉卧符离太守亭,别都弦管记曾称。

淮山杨柳春千里,尚有多情忆小胜。(小胜,劝酒女鬟也。)

急鼓冬冬下泗州,却瞻金塔在中流。

帆开朝日初生处,船转春山欲尽头。

杨柳青青欲哺乌,一春风雨暗隋渠。

落帆未觉扬州远,已喜淮阴见白鱼。

才晓得他自安徽北部下泗州,经符离(现在的宿县)由水道而去的,所以得见到许多景致,至少至少,也可以看到两岸的垂杨和江中的浮屠鱼类。而我去的一路呢,却只见了些道路树的洋槐,和秋收已过的沙田万顷,别的风趣,简直没有。连绿杨城郭是扬州的本地风光,就是自隋朝以来的堤

柳,也看见得很少。

到了福运门外,一见了那一座新修的城楼,以及写在那洋灰壁上的三个福运门的红字,更觉得兴趣索然了;在这一种城门之内的亭台园囿,或楚馆秦楼,哪里会有诗意呢?

进了城去,果然只见到些狭窄的街道,和低矮的市廛,在一家新开的绿杨大旅社里住定之后,我的扬州好梦,已经醒了一半了。入睡之前,我原也去逛了一下街市,但是灯烛辉煌,歌喉宛转的太平景象,竟一点儿也没有。"扬州的好处,或者是在风景,明天去逛瘦西湖,平山堂,大约总特别的会使我满足,今天且好好儿的睡它一晚,先养养我的脚力吧!"这是我自己替自己解闷的想头,一半也是真心诚意,想驱逐驱宿娼的邪念的一道符咒。

第二天一早起来,先坐了黄包车出天宁门去游平山堂。天宁门外的天宁寺,天宁寺后的重宁寺,建筑的确伟大,庙貌也十分的壮丽;可是不知为了什么,寺里不见一个和尚,极好的黄松材料,都断的断,拆的拆了,像许久不经修理的样子。时间正是暮秋,那一天的天气又是阴天,我身到了这大伽蓝里,四面不见人影,仰头向御碑佛像以及屋顶一看,满身出了一身冷汗,毛发都倒竖起来了,这一种阴戚戚的冷气,叫我用什么文字来形容呢?

回想起二百年前,高宗南幸,自天宁门到蜀冈,七八里路,尽用白石铺成,上面雕栏曲槛,有一道像颐和园昆明湖上的似的长廊通道,直达至平山堂下,黄旗紫盖,翠辇金轮,妃嫔成队,侍从如云的盛况,和现在的这一条黄沙曲路,只见衰草牛羊的萧条野景来一比,实在是差得太远了。当然颓井废垣,也有一种令人发思古之幽情的美感,所以鲍明远会作出那篇《芜城赋》来；但我去的时候的扬州北郭，实在太荒凉了，荒凉得连感慨都叫人抒发不出。

到了平山堂东面的功得山观音寺里，吃了一碗清茶，和寺僧谈起这些景象，才晓得这几年来，兵去则匪至，匪去则兵来，住的都是城外的寺院。寺的坍败，原是应该，和尚的逃散，也是不得已的。就是蜀冈的一带，三峰十余个名刹，现在有人住的，只剩下了这一个观音寺了，连正中峰有平山堂在的法净寺里，此刻也没有了住持的人。

平山堂一带的建筑，点缀，园囿，都还留着有一个旧日的轮廓；像平远楼的三层高阁，依然还在，可是门窗却没有了，西园的池水以及第五泉的泉路，都还看得出来，但水却干涸了，从前的树木，花草，假山，叠石，并其他的精舍亭园，现在只剩下许多痕迹，有的简直连遗址都无寻处。

我在平山堂上，瞻仰了一番欧阳公的石刻像后，只能屁也不放一个，悄悄的又回到了城里。午后想坐船了，去逛的是瘦西湖小金山五亭桥的一角。

在这一角清淡的小天地里，我却看到了扬州的好处。因为地近城区，所以荒废也并不十分厉害；小金山这面的临水之处，并且还有一位军阀的别墅（徐园）建筑在那里，结构尚新，大约总还是近年来的新筑。从这一块地方，看向五亭桥法海塔去的一面风景，真是典丽裔皇，完全像北平中南海的气象。至于近旁的寺院之类，却又因为年久失修，谈不上了。

瘦西湖的好处，全在水树的交映，与游程的曲折；秋柳影下，有红蓼青萍，散浮在水面，扁舟擦过，还听得见水草的鸣声，似在暗泣。而几个弯儿一绕，水面阔了，猛然间闯入眼来的，就是那一座有五个整齐金碧的亭子排立着的白石平

桥，比金鳌玉蝀，虽则短些，可是东方建筑的古典趣味，却完全荟萃在这一座桥，这五个亭上。

还有船娘的姿势，也很优美；用以撑船的，是一根竹竿，使劲一撑，竹竿一弯，同时身体靠上去着力，臂部腰部的曲线，和竹竿的线条，配合得异常匀称，异常复杂。若当暮雨潇潇的春日，雇一个容颜姣好的船娘，携酒与茶，来瘦西湖上回游半日，倒也是一种赏心的乐事。

船回到了天宁门外的码头，我对那位船娘，却也有点儿依依难舍的神情，所以就出了一个题目，要她在岸上再陪我一程。我问她："这近边还有好玩的地方没有？"她说："还有天宁寺、平山堂。"我说："都已经去过了。"她说："还有史公祠。"于是说由她带路，抄过了天宁门，向东走到了梅花岭下。瓦屋数间，荒坟一座，有的人还说坟里面葬着的只是史阁部的衣冠，看也原没有什么好看；但是一部《廿四史》掉尾的这一位大忠臣的战绩，是读过明史的人，无不为之泪下的；况且经过《桃花扇》作者的一描，更觉得史公的忠肝义胆，活跃在纸上了；我在祠墓的中间立着想着；穿来穿去的走着；竟耽搁了那一位船娘不少的时间。本来是阴沉短促的晚秋天，到此竟垂垂欲暮了，更向东踏上了梅花岭的斜坡，我的唱山歌的老病又发作了，就顺口唱出了这么的二十八字：

三百年来土一丘，史公遗爱满扬州；

二分明月千行泪，并作梅花岭下秋。

写到这里，本来是可以搁笔了，以一首诗起，更以一首诗终，岂不很合鸳鸯蝴蝶的体裁么，但我还想加上一个总结，以醒醒你的骑鹤上扬州的迷梦。

总之，自大业初开邗沟入江渠以来，这扬州一郡，就成了中国南北交通的要道；自唐历宋，直到清朝，商业集中于此，冠盖也云屯在这里。既有了有产及有势的阶级，则依附这阶级而生存的奴隶阶级，自然也不得不产生。贫民的儿女，就被他们迫作婢妾，于是乎就有了杜牧之的青楼薄幸之名。所谓"春风十里扬州路"者，盖指此。有了有钱的老爷，和美貌的名娼，则饮食起居（园亭），衣饰犬马，名歌艳曲，才士雅人（帮闲食客），自然不得不随之而俱兴，所以要腰缠十万贯，才能逛扬州者，以此。但是铁路开后，扬州就一落千丈，萧条到了极点。从前的运使、河督之类，现在也已经驻上了别处；殷实商户，巨富乡绅，自然也分迁到了上海或天津等洋大人的保护之区，故而目下的扬州只剩了一个历史上的剥制的虚壳，内容便什么也没有了。

扬州之美，美在各种的名字，如绿杨村，廿四桥，杏花村舍，邗上农桑，尺五楼，一粟庵等；可是你若辛辛苦苦，寻到了这些最风雅也没有的名称的地方，也许只有一条断石，或半间泥房，或者简直连一条断石，半间泥房都没有的。张陶庵有一册书，叫作《西湖梦寻》，是说往日的西湖如何可爱，现在却不对了，可是你若到扬州去寻梦，那恐怕要比现在的西湖还更不如。

你既不敢游杭，我劝你也不必游扬，还是在上海梦里想象想象欧阳公的平山堂，王阮亭的红桥，《桃花扇》里的史阁部，《红楼梦》里的林如海，以及盐商的别墅，乡宦的妖姬，倒来得好些。枕上的卢生，若长不醒，岂非快事。一遇现实，那里还有Dichtung（德语意为"诗"——编者注）呢！

一九三五年五月

（选自《郁达夫文集》，花城出版社、三联书店香港分店1982年7月版）

一个人在途上

在东车站的长廊下和女人分开以后，自家又剩了孤零丁的一个。频年飘泊惯的两口儿，这一回的离散，倒也算不得甚么特别，可是端午节那天，龙儿刚死，到这时候北京城里虽已起了秋风，但是计算起来，去儿子的死期，究竟还只有一百来天。在车座里，稍稍把意识恢复转来的时候，自家就想起了卢骚晚年的作品《孤独散步者的梦想》的头上的几句话。

　　自家除了己身以外，已经没有弟兄，没有邻人，没有朋友，没有社会了，自家在这世上，像这样的，已经成了一个孤独者了。……

然而当年的卢骚还有弃养在孤儿院内的五个儿子，而我自己哩，连一个抚育到五岁的儿子还抓不住！

离家的远别，本来也只为想养活妻儿。去年在某大学的被逐，是万料不到的事情。其后兵乱迭起，交通阻绝，当寒冬的十月，会病倒在沪上也是谁也料想不到的。今年二月，好容易到得南方，静息了一年之半，谁知这刚养得出趣的龙儿，又会遭此凶疾呢？

龙儿的病报，本是广州得着，匆促北航，到了上海，接连接了几个北京来的电报，换船到天津，已经是旧历的五月初十。到家之夜，一见了门上的白纸条儿，心里已经是跳得忙乱，从苍茫的暮色里赶到哥哥家中，见了衰病的她，因为在大众之前，勉强将感情压住，草草吃了夜饭，上床就寝，把电灯一灭，两人只有紧抱的痛哭，痛哭，痛哭，只是痛哭，气也换不过来，更那里有说一句话的余裕？

　　受苦的时间，的确脱煞过去的太悠徐，今年的夏季，只是悲叹的连续。晚上上床，两口儿，哪敢提一句话？可怜这两个迷散的灵心，在电灯灭黑的黝暗里，所摸走的荒路，每会凑集在一条线上，这路的交叉点里，只有一块小小的墓碑，墓碑上只有"龙儿之墓"的四个红字。

　　妻儿因为在浙江老家内不能和母亲同住，不得已而搬往北京当时我在寄食的哥哥家去，是去年的四月中旬。那时候龙儿正长得肥满可爱，一举一动，处处教人欢喜。到了五月初，从某地回京，觉得哥哥家太狭小，就在什刹海的北岸，租定了一间渺小的住宅。夫妻两个，日日和龙儿伴乐，闲时也常在北海的荷花深处，及门前的杨柳荫中带龙儿去走走。这一年的暑假，总算过得最快乐，最闲适。

　　秋风吹叶落的时候，别了龙儿和女人，再上某地大学去为朋友帮忙，当时他们俩还往西车站去送我来哩！这是去年秋晚的事情，想起来还同昨日的情形一样。

　　过了一月，某地的学校里发生事情，又回京了一次，在什刹海小住了两星期，本来打算不再出京了，然碍于朋友的面子，又不得不于一天寒风刺骨的黄昏，上西车站去趁车。这时候因为怕龙儿要哭，自己和女人，吃过晚饭，便只说要往哥哥家里去，只许他送我们到门口。记得那一天晚上他一个人和老妈子立在门口，等我们俩去了好远，还"爸爸！爸爸！"的叫了几声。啊啊，这几声的呼唤，是我在这世上听到的他叫我的最后的声音。

　　出京之后，到某地住了一宵，就匆促逃往上海。接续便染了病，遇了强盗辈的争夺政权，其后赴南方暂住，一直到今年的五月，才返北京。

想起来，龙儿实在是一个填债的儿子，是当乱离困厄的这几年中间，特来安慰我和他娘的愁闷的使者！

自从他在安庆生落地以来，我自己没有一天脱离过苦闷，没有一处安住到五个月以上。我的女人，夜夜和我分担当着十字架的重负，只是东西南北的奔波飘泊。然当日夜难安，悲苦得不了的时候，只教他的笑脸一开，女人和我就可以把一切穷愁，丢在脑后。而今年五月初十待我赶到北京的时候，他的尸体，早已在妙光阁的广谊园地下躺着了。

他的病，说是脑膜炎。自从得病之日起，一直到旧历端午节的午时绝命的时候止，中间经过有一个多月的光景。平时被我们宠坏了的他，听说此番病里，却乖顺得非常。叫他吃药，他就大口的吃，叫他用冰枕，他就很柔顺的躺上。病后还能说话的时候，只问他的娘，"爸爸几时回来？"，"爸爸在上海为我定做的小皮鞋，已经做好了没有？"我的女人，于惑乱之余，每幽幽的问他："龙！你晓得你这一场病，会不会死的？"他老是很不愿意的回答说："哪儿会死的哩？"据女人含泪的告诉我说，他的谈吐，绝不似一个五岁的小儿。

未病之前一个月的时候，有一天午后他在门口玩耍，看见西面来了一乘马车，马车里坐着一个戴灰白帽子的青年。他远远看见，就急忙丢下了伴侣，跑进屋里叫他娘出来，说"爸爸回来了，爸爸回来了！"因为我去年离京时所戴的，是一样的一顶白灰呢帽。他娘跟他出来到门前，马车已经过去了，他就死劲的拉住了他娘，哭喊着说："爸爸怎么不家来吓？爸爸怎么不家来吓？"他娘说慰了半天，他还尽是哭着，这也是他娘含泪和我说的。现在回想起来，自己实在不该抛弃了他们，一个人在外面流荡，致使那小小的灵心，常有望远思亲之痛。

去年六月，搬往什刹海之后，有一次我们在堤上散步，因为他看见了人家的汽车，硬是哭着要坐，被我痛打了一顿。又有一次，他是因为要穿洋服，受了我的毒打。这实在只能怪我做父亲的没有能力，不能做洋服给他穿，雇汽车给他坐。早知他要这样的早死，我就是典当强劫，也应该去弄一点钱来，满足他无邪的欲望，到现在追想起来，实在觉得对他不起，实在是我太无容人之量了。

我女人说，濒死的前五天，在病院里，叫了几夜的爸爸。她问他"叫爸爸干什么？"他又不响了，停一会儿，就又再叫起来，到了旧历五月初三日，他已入了昏迷状态，医师替他抽骨髓，他只会直叫一声"干吗？"喉头的气管，咯咯在抽咽，眼睛只往上吊送，口头流些白沫，然而一口气总不肯断。他娘哭叫几声"龙！龙！"他的眼角上，就会迸流些眼泪出来，后来他娘看他苦得难过，倒对他说：

"龙，你若是没有命的，就好好的去吧！你是不是想等爸爸回来，就是你爸爸回来，也不过是这样的替你医治罢了。龙！你有什么不了的心愿呢？龙！与其这样的抽咽受苦，你还不如快快的去吧！"

他听了这段话，眼角上眼泪，更是涌流得厉害。到了旧历端午节的午时，他竟等不着我的回来，终于断气了。

丧葬之后，女人搬往哥哥家里，暂住了几天。我于五月十日晚上，下车赶到什刹海的寓宅，打门打了半天，没有应声。后来抬头一看，才见了一张告示邮差送信的白纸条。

自从龙儿生病以后，连日连夜看护久已倦了的她，又哪里经得起最后的这一个打击？自己当到京之后，见了她的衰容，见了她的眼泪，又哪里能够不痛哭呢？

在哥哥家里小住了两三天，我因为想追求龙儿生前的遗

· 47 ·

迹,一定要女人和我仍复搬回什刹海的住宅去住它一两个月。

搬回去那天,一进上屋的门,就见了一张被他玩破的今年正月里的花灯。听说这张花灯,是南城大姨妈送他的,因为他自家烧破了一个窟窿,他还哭过好几次来的。

其次,便是上房里砖上的几堆烧纸钱的痕迹!当他下殓时烧的。

院子有一架葡萄,两颗枣树,去年采取葡萄枣子的时候,他站在树下,兜起了大褂,仰头在看树上的我。我摘取一颗,丢入了他的大褂斗里,他的哄笑声,要继续到三五分钟,今年这两颗枣树结满了青青的枣子,风起的半夜里,老有熟极的枣子辞枝自落,女人和我,睡在床上,有时候且哭且谈,总要到更深人静,方能入睡。在这样的幽幽的谈话中间,最怕听的,就是滴答的坠枣之声。

到京的第二日,和女人去看他的坟墓。先在一家南纸铺里买了许多冥府的钞票,预备去烧送给他,直到到了妙光阁的广谊园茔地门前,她方从呜咽里清醒过来,说:"这是钞票,他一个小孩如何用得呢?"就又回车转来,到琉璃厂去买了些有孔的纸钱。他在坟前哭了一阵,把纸钱钞烧化的时候,却叫着说:

"龙!这一堆是钞票,你收在那里,待长大了的时候再用。要买什么,你先拿这一堆钱去用罢。"

这一天他的坟上坐着,我们直到午后七点,太阳平西的时候,才回家来。临走的时候,他娘还哭叫着说:

"龙!龙!你一个人在这里不怕冷静的么?龙!龙!人家若来欺你,你晚上来告诉娘罢!你怎么不想回来了呢?你怎么梦也不来托一个呢?"

箱子里,还有许多散放着的他的小衣服。今年北京的天气，到七月中旬，已经是很冷了。当微凉的早晚，我们俩都想换上几件夹衣，然而因为怕见他旧时的夹衣袍袜，我们俩却尽是一天一天的挨着，谁也不说出口来，说"要换上件夹衫。"

有一次和女人在那里睡午觉，她骤然从床上坐了起来，鞋也不拖，光着袜子，跑上了上房起坐室里，并且更掀帘跑上外面院子里去。我也莫名其妙跟着她跑到外面的时候，只见她在那里四面找寻什么。找寻不着，呆立了一会，她忽然放声哭了起来，并且抱住了我急急的追问说："你听不听见？你听不听见？"哭完之后，她才告诉我说，在半醒半睡的中间，她听见"娘！娘！"的叫了几声，的确是龙的声音，她很坚定的说："的确是龙回来了。"

北京的朋友亲戚，为安慰我们起见，今年夏天常请我们俩去吃饭听戏，她老不愿意和我同去，因为去年的六月，我们无论上哪里去玩，龙儿是常和我们在一处的。

今年的一个暑假，就是这样的，在悲叹和幻梦的中间消逝了。这一回南方来催我就道的信，过于匆促，出发之前，我觉得还有一件大事情没有做了。

中秋节前新搬了家，为修理房屋，部署杂事，就忙了一个星期，又因了种种琐事，不能抽出空来，再上龙儿的墓地去探望一回。女人上东车站来送我上车的时候，我心里尽是酸一阵痛一阵的在回念这一件恨事。有好几次想和她说出来，教她于两三日后再往妙光阁去探望一趟，但见了她的憔悴尽的颜色，和苦忍住的凄楚，又终于一句话也没有讲成。

现在去北京远了，去龙儿更远了，自家只一个人，只是孤零丁的一个人。在这里继续此生中大约是完不了的飘泊。

一九二六年十月五日在上海旅馆内

（原载1926年10月《创造月刊》第1卷第5期）

预言与历史

中国在每一次动乱的时候,总有许多预言——或者也可以说是谣言——出来,有的是古本的翻印,有的是无意识的梦呓。这次倭寇来侵,沪杭、平津、冀晋的妇孺老幼,无故遭难,非战斗死伤数目,比兵士——战斗员——数目要多数倍,所以又是刘伯温、李淳风的得意之秋了:叫什么"嘉湖作战潮啦","末劫在泉唐"啦,之类。以形势来看,倭寇的不从乍浦及扬子江上游登陆,包袭上海,却是必然之势。不过前些日子,倭寇伪称关外有变,将华北大兵,由塘沽抽调南下,倒是吾人所意料不到的事情。而平汉、津浦的两路,乘现在敌势正虚的时候,还不能节节进取,如吾人之所预计一般的成功,也是吾人所难以解答的疑问。在这些情形之下,于是乎有预言。

预言倒也并不是中国独有的国粹,外国的军事学家、科学家、文学家,从历史的衍化里脱胎,以科学为根据,对近五十年中的预言却也有不少。归纳起来,总说是世界大战,必不能免,中国先必受难,而到了一九四〇年前后,就可以翻身,收最后胜利的,必然是美国。

外国邵康节,当然不会比中国鬼谷子更加可靠,只是中国的预言,纯系出乎神秘,而外国的预言,大都系根据于历史及科学的推算,两者稍有不同。

可是神秘的中国民族,往往有超出科学的事情做出来,从好的方面讲,如忍耐的程度,远在外国人之上,就是一例。更就坏的方面讲,缺点可多了,而最大的一点,就在于太信天命，不肯自强。譬如有人去算命，星者说他一年后必一定大富大贵，他在这一年里，就先不去努力，俨然摆起大富大贵的架子来了，结果，不至饿死，也必冻煞。大而至于民族，也是一样，现在到一九四〇年，足足还有三个年头，若只靠了外国人的预言，而先就不知不觉地自满起来，说不定到了一九五〇年，也还不会翻身。九国公约会议，似乎是外国预言的一个应验，但一面意德日协定，也是一个相反的应验。

常识大家斯迈侯尔氏，引古语说"天助自助者。"这虽不是预言，但从历史上的例证看来，这却是实话。所以，我们只有坚坚高垒，忍苦抗战，一面致意于后方的生产，一面快设法打通一条和外国交通的出路之一法。

（原载1937年11月17日福州《小民报·救亡文艺》）

志摩在回忆里

　　新诗传宇宙，竟尔乘风归去，同学同庚，老友如君先宿草。

　　华表托精灵，何当化鹤重来，一生一死，深闺有妇赋招魂。

　　这是我托杭州陈紫荷先生代作代写的一副挽志摩的挽联。陈先生当时问我和志摩的关系，我只说他是我自小的同学，又是同年，此外便是他这一回的很适合他身份的死。

　　做挽联我是不会做的，尤其是文言的对句。而陈先生也想了许多成句，如"高处不胜寒"，"犹是深闺梦里人"之类，但似乎都寻不出适当的上下对，所以只成了上举的一联。这挽联的好坏如何，我也不晓得，不过我觉得文句做得太好，对仗对得太工，是不大适合于哀挽的本意的。悲哀的最大表示，是自然的目瞪口呆，僵若木鸡的那一种样子，这我在小曼夫人当初次接到志摩的凶耗的时候曾经亲眼见到过。其次是抚棺的一哭，这我在万国殡仪馆中，当日来吊的许多志摩的亲友之间曾经看到过。至于哀挽诗词的工与不工，那却是次而又次的问题了；我不想说志摩是如何如何的伟大，我不想说他是如何如何的可爱，我也不想说我因他之死而感到怎么怎么的悲哀，我只想把在记忆里的志摩来重描一遍，因而再可以想见一次他那副凡见过他一面的人谁都不容易忘去的面貌与音容。

　　大约是在宣统二年（一九一〇）的春季，我离开故乡的小市，去转入当时的杭府中学读书——上一期似乎是在嘉兴府中读的，终因路远之故而转入了杭府——那时候府中的监督,记得是邵伯炯先生,寄宿舍是大方伯的图书馆对面。

当时的我,是初出茅庐的一个十四岁未满的乡下少年,突然间闯入了省府的中心,周围万事看起来都觉得新异怕人。所以在宿舍里,在课堂上,我只是诚惶诚恐,战战兢兢,同蜗牛似地蜷伏着,连头都不敢伸一伸出壳来。但是同我的这一种畏缩态度正相反的,在同一级同一宿舍里,却有两位奇人在跳跃活动。

一个是身体生得很小,而脸面却是很长,头也生得特别大的小孩子。我当时自己当然总也还是一个小孩子,然而看见了他,心里却老是在想:"这顽皮小孩,样子真生得奇怪",仿佛我自己已经是一个大孩似的。还有一个日夜和他在一块,最爱做种种淘气的把戏,为同学中间的爱戴集中点的,是一个身材长得相当的高大,面上也已经满示着成年的男子的表情,由我那时候的心里猜来,仿佛是年纪总该在三十岁以上的大人——其实呢,他也不过和我们上下年纪而已。

他们俩,无论在课堂上或在宿舍里,总在交头接耳的密谈着,高笑着,跳来跳去,和这个那个闹闹,结果却终于会出其不意地做出一件很轻快很可笑很奇特的事情来吸收大家的注意的。

而尤其使我惊异的,是那个头大尾巴小,戴着金边近视眼镜的顽皮小孩,平时那样的不用功,那样的爱看小说——他平时拿在手里的总是一卷有光纸上印着石印细字的小本子——而考起来或作起文来却总是分数得得最多的一个。

像这样的和他们同住了半年宿舍,除了有一次两次也上了他们一点小当之外,我和他们终究没有发生什么密切一点的关系;后来似乎我的宿舍也换了,除了在课堂上相聚在一块之外,见面的机会更加少了。年假之后第二年的春天,我不晓为了什么,突然离去了府中,改入了一个现在似乎也还没有关门的教会学校。从此之后,一别十余年,我和这两位奇人——

一个小孩，一个大人——终于没有遇到的机会。虽则在异乡飘泊的途中，也时常想起当日的旧事，但是终因为周围环境的迁移激变，对这微风似的少年时候的回忆，也没有多大的留恋。

民国十三四年——一九二三、四年——之交，我混迹在北京的软红尘里；有一天风定日斜的午后，我忽而在石虎胡同的松坡图书馆里遇见了志摩。仔细一看，他的头，他的脸，还是同中学时候一样发育得分外的大，而那矮小的身材却不同了，非常之长大了，和他并立起来，简直要比我高一二寸的样子。

他的那种轻快磊落的态度，还是和孩时一样，不过因为历尽了欧美的游程之故，无形中已经锻炼成了一个长于社交的人了。笑起来的时候，可还是同十几年前的那个顽皮小孩一色无二。

从这年后，和他就时时往来，差不多每礼拜要见好几次面。他的善于座谈，敏于交际，长于吟诗的种种美德，自然而然地使他成了一个社交的中心。当时的文人学者，达官丽姝，以及中学时候的倒霉同学，不论长幼，不分贵贱，都在他的客座上可以看得到。不管你是如何心神不快的时候，只教经他用了他那种浊中带清的洪亮的声音，"喂，老×，今天怎么样？什么什么怎么样了？"的一问，你就自然会把一切的心事丢开，被他的那种快乐的光耀同化了过去。

正在这前后，和他一次谈起了中学时候的事情，他却突然的呆了一呆，张大了眼睛惊问我说：

"老李你还记得起记不起？他是死了哩！"

这所谓老李者，就是我在头上写过的那位顽皮大人，和他一道进中学的他的表哥哥。

其后他又去欧洲，去印度，交游之广，从中国的社交中心扩大而成为国际的。于是美丽宏博的诗句和清新绝俗的散文，也一年年的积多了起来。一九二七年的革命之后，北京变了北平，当时的许多中间阶级者就四散成了秋后的落叶。有些飞上了天去，成了要人，再也没有见到的机会了，有些也竟安然地在牖下到了黄泉；更有些，不死不生，仍复在歧路上徘徊着，苦闷着，而终于寻不到出路。是在这一种状态之下，有一天在上海的街头，我又忽而遇见志摩。

"喂，这几年来你躲在什么地方？"

兜头的一喝，听起来仍旧是他那一种洪亮快活的声气。在路上略谈了片刻，一同到了他的寓里坐了一会，他就拉我一道到了大赉公司的轮船码头。因为午前他刚接到了无线电报，诗人太果尔回印度的船系定在午后五时左右靠岸，他是要上船去看看这老诗人的病状的。

当船还没有靠岸，岸上的人和船上的人还不能够交谈的时候，他在码头上的寒风里立着——这时候似乎已经是秋季了——静静地呆呆地对我说：

"诗人老去，又遭了新时代的摈斥，他老人家的悲哀，正是孔子的悲哀。"

因为太果尔这一回是新从美国日本去讲演回来，在日本在美国都受了一部分新人的排斥，所以心里是不十分快活的；并且又因年老之故，在路上更染了一场重病。志摩对我说这几句话的时候，双眼呆看着远处，脸色变得青灰，声音也特别的低。我和志摩来往了这许多年，在他脸上看出悲哀的表情来的事情，这实在是最初也便是最后的一次。

从这一回之后，两人又同在北京的时候一样，时时来往了。可是一则因为我的疏懒无聊，二则因为他跑来跑去的教书忙，这一两年间，和他聚谈时候也并不多。今年的暑假后，他于去北平之先曾大宴了三日客。头一天喝酒的时候，我和董任坚先生都在那里。董先生也是当时杭府中学的旧同学之一，席间我们也曾谈到了当时的杭州。在他遇难之前，从北平飞回来的第二天晚上，我也偶然的，真真是偶然的，

闯到了他的寓里。

那一天晚上，因为有许多朋友会聚在那里的缘故，谈谈说说，竟说到了十二点过。临走的时候，还约好了第二天晚上的后会才兹分散。但第二天我没有去，于是就永久失去了见他的机会了，因为他的灵柩到上海的时候是已经验好了来的。

男人之中，有两种人最可以羡慕。一种是像高尔基一样，活到了六七十岁，而能写许多有声有色的回忆文的老寿星，其他的一种是如叶赛宁一样的光芒还没有吐尽的天才夭折者。前者可以写许多文学史上所不载的文坛起伏的经历，他个人就是一部纵的文学史。后者则可以要求每个同时代的文人都写一篇吊他哀他或评他骂他的文字，而成一部横的放大的文苑传。

现在志摩是死了，但是他的诗文是不死的，他的音容状貌可也是不死的，除非要等到认识他的人老老少少一个个都死完的时候为止。

一九三一年十二月十一日

［附记］上面的一篇回忆写完之后，我想想，想想，又在陈先生代做的挽联里加入了一点事实，缀成了下面的四十二字：

三卷新诗，廿年旧友，与君同是天涯，只为佳人难再得。

一声河满，九点齐烟，化鹤重归华表，应愁高处不胜寒。

一九三一年十二月十九日

半日的游程

去年有一天秋晴的午后,我因为天气实在好不过,所以就搁下了当时正在赶着写的一篇短篇的笔,从湖上坐汽车驰上了江干。在儿时习熟的海月桥、花牌楼等处闲走了一阵,看看青天,看看江岸,觉得一个人有点寂寞起来了,索性就朝西的直上,一口气便走到了二十几年前曾在那里度过半年学生生活的之江大学的山中。二十年的时间的印迹,居然处处都显示了面形:从前的一片荒山,几条泥路,与夫乱石幽溪,草房藩溷,现在都看不见了。尤其要使人感觉到我老何堪的,是在山道两旁的那一排青青的不凋冬树;当时只同豆苗似的几根小小的树秧,现在竟长成了可以遮蔽风雨,可以掩障烈日的长林。不消说,山腰的平处,这里那里,一所所的轻巧而经济的住宅,也添造了许多;像在画里似的附近山川的大致,虽仍依阳,但校址的周围,变化却簇生了不少。第一,从前在大礼堂前的那一丝空地,本来是下临绝谷的半边山道,现在却已将面前的深谷填平,变成了一大球场。大礼堂西北的略高之处,本来足有几枝被朔风摧折得弯腰屈背的老树孤立在那里的,现在却建筑起了三层的图书文库了。二十年的岁月!三千六百日的两倍的七千二百的日子!以这一短短的时节,来比起天地的悠长来,原不过是像白驹的过隙,但是时间的威力,究竟是绝对的暴君,曾日月之几何,我这一个本在这些荒山野径里驰骋过的毛头小子,现在也竟垂垂老了。

一路上走着看看,又微微地叹着,自山的脚下,走上中腰，我竟费去了三十来分钟的时刻。半山里是一排教员的住宅，我的此来，原因为在湖上在江干孤独得怕了，想来找一位既是同乡，又是同学，而自美国回来之后就在这母校里服务的胡君，和他来谈谈过去，赏赏清秋，并且也可以由他这里来探到一点故乡的消息的。

两个人本来是上下年纪的小学校的同学，虽然在这二十几年中见面的机会不多，但或当暑假，或在异乡，偶尔遇着的时候，却也有一段不能自已的柔情，油然会生起在各个的胸中。我的这一回的突然的袭击，原也不过是想使他惊骇一下，用以加增加增亲热的效力的企图；升堂一见，他果然是被我骇倒了。

"哦！真难得！你是几时上杭州来的？"他惊笑着问我。

"来了已经多日了，我因为想静静儿的写一点东西，所以朋友们都还没有去看过。今天实在天气太好了，在家里坐不住，因而一口气就跑到了这里。"

"好极！好极！我也正在打算出去走走，就同你一道上溪口去吃茶去罢，沿钱塘江到溪口去的一路的风景，实在是不错！"

沿溪入谷，在风和日暖，山近天高的田塍道上，二人慢慢地走着，谈着，走到九溪十八涧的口上的时候，太阳已经斜到了去山不过丈来高的地位了。在溪房的石条上坐落，等茶庄里的老翁去起茶煮水的中间，向青翠还像初春似的四山一看，我的心坎里不知怎么，竟充满了一股说不出的飒爽的清气。两人在路上，说话原已经说得很多了，所以一到茶庄，都不想再说下去，只瞪目坐着，在看四周的山和脚下的水，忽而嘘朔朔朔的一声，在半天里，晴空中一只飞鹰，像霹雳似的叫过了，两山的回音，更缭绕地震动了许多时。我们两人头也不仰起来,只竖起耳朵,在静听着这鹰声的响过。回响过后,两人不期而遇的将视线凑集了拢来,更同时破颜发了一脸微笑,也同时不谋而合的叫了出来说:

"真静啊!""真静啊!"

等老翁将一壶茶搬来,也在我们边上的石条上坐下,和我们攀谈了几句之后,我才开始问他说:

"久住在这样寂静的山中,山前山后,一个人也没有得看见,你们倒也不觉得怕的么?"

"怕啥东西?我们又没有龙连(钱),强盗绑匪,难道肯到孤老院里来讨饭吃的么?并且春三二月,外国清明,这里的游客,一天也有好几千。冷清的,就只不过这几个月。"

我们一面喝着清茶,一面只在贪味着这阴森得同太古似的山中的寂静,不知不觉,竟把摆在桌上的四碟糕点都吃完了,老翁看了我们的食欲的旺盛,就又推荐着他们自造的西湖藕粉和桂花糖说:

"我们的出品,非但在本省口碑载道,就是外省,也常有信来邮购的,两位先生冲一碗尝尝看如何?"

大约是山中的清气,和十几里路的步行的结果罢,那一碗看起来似鼻涕,吃起来似泥沙的藕粉,竟使我们嚼出了一种意外的鲜味。等那壶龙井芽茶,冲得已无茶味,而我身边带着的一封绞盘牌也只剩了两枝的时节,觉得今天是行得特别快的那轮秋日,早就在西面的峰旁躲去了。谷里虽掩下了一天阴影,而对面东首的山头,还映得金黄浅碧,似乎是山灵在预备去赴夜宴而铺陈着浓妆的样子。我昂起了头,正在赏玩着这一幅以青天为背景的夕照的秋山,忽所见耳旁的老翁以富有抑扬的杭州土音计算着账说:"一茶,四碟,二粉,五千文!"

我真觉得这一串话是有诗意极了,就回头来叫了一声说:

"老先生!你是在对课呢?还是在做诗?"

他倒惊了起来,张圆了两眼呆视着问我:

"先生你说啥话语?"

"我说,你不是在对课么?三竺六桥,九溪十八涧,你不是对上了'一茶四碟,二粉五千文'了么?"

说到了这里,他才摇动着胡子,哈哈的大笑了起来,我们也一道笑了。付账起身,向右走上了去理安寺的那条石砌小路,我们俩在山嘴将转弯的时候,三人的呵呵呵呵的大笑的余音,似乎还在那寂静的山腰,寂静的溪口,作不绝如缕的回响。

一九三三年五月二十一日

(原载1933年6月《良友图画杂志》第77期)

北平的四季

对于一个已经化为异物的故人,追怀起来,总要先想到他或她的好处;随后再慢慢的想想,则觉得当时所感到的一切坏处,也会变作很可寻味的一些纪念,在回忆里开花。关于一个曾经住过的旧地,觉得此生再也不会第二次去长住了,身处入了远离的一角,向这方向的云天遥望一下,回想起来的,自然也同样地只是它的好处。

中国的大都会,我前半生住过的地方,原也不在少数;可是当一个人静下来回想起从前,上海的闹热,南京的辽阔,广州的乌烟瘴气,汉口武昌的杂乱无章,甚至于青岛的清幽,福州的秀丽,以及杭州的沉着,总归都还比不上北京——我住在那里的时候,当然还是北京——的典丽堂皇,幽闲清妙。

先说人的分子罢,在当时的北京——民国十一二年前后——上自军财阀政客名优起,中经学者名人,文士美女教育家,下而至于负贩拉车铺小摊的人,都可以谈谈,都有一艺之长,而无憎人之貌;就是由荐头店荐来的老妈子,除上炕者是当然以外,也总是衣冠楚楚,看起来不觉得会令人讨嫌。

其次说到北京物质的供给哩,又是山珍海错,洋广杂货,以及萝卜白菜等本地产品,无一不备,无一不好的地方。所以在北京住上两三年的人,每一遇到要走的时候,总只感到北京的空气太沉闷,灰沙太暗淡,生活太无变化;一鞭走出,出前门便觉胸舒,过卢沟方知天晓,仿佛一出都门,就上了新生活开始的坦道似的；但是一年半载，在北京以外的各地——除了在自己幼年的故乡以外——去一住，谁也会得重想起北京，再希望回去，隐隐地对北京害起剧烈的怀乡病来。这一种经验，原是住过北京的人，个个都有，而在我自己，却感觉得格外的浓，格外的切。最大的原因或许是为了我那长子之骨，现在也还埋在郊外广谊园的坟山，而几位极要好的知己，又是在那里同时毙命的受难者的一群。

北平的人事品物，原是无一不可爱的，就是大家觉得最要不得的北平的天候，和地理联合上一起，在我也觉得是中国各大都会中所寻不出几处来的好地。为叙述的便利起见，想分成四季来约略地说说。

北平自入旧历的十月之后，就是灰沙满地，寒风刺骨的节季了，所以北平的冬天，是一般人所最怕过的日子。但是要想认识一个地方的特异之处，我以为顶好是当这特异处表现得最圆满的时候去领略；故而夏天去热带，寒天去北极，是我一向所持的哲理。北平的冬天，冷虽则比南方要冷得多，但是北方生活的伟大幽闲，也只有在冬季，使人感受得最彻底。

先说房屋的防寒装置吧，北方的住屋，并不同南方的摩登都市一样，用的是钢骨水泥，冷热气管；一般的北方人家，总只是矮矮的一所四合房，四面是很厚的泥墙；上面花厅内都有一张暖坑，一所回廊；廊子上是一带明窗，窗眼里糊着薄纸，薄纸内又装上风门，另外就没有什么了。在这样简陋的房屋之内，你只教把炉子一生，电灯一点，棉门帘一挂上，在屋里住着，却一辈子总是暖炖炖像是春三四月里的样子。尤其会得使你感觉到屋内的温软堪恋的，是屋外窗外面呜呜在叫啸的西北风。天色老是灰沉沉的，路上面也老是灰的围障，而从风尘灰土中下车,一踏进屋里,就觉得一团春气,包围在你的左右四周,使你马上就忘记了屋外的一切寒冬的苦楚。若是喜欢吃吃酒,烧烧羊肉锅的人,那冬天的北方生活,就更加不能够割舍;酒已经是御寒的妙药了,再加上以大蒜与羊肉酱油合煮的香味,简直可以使一室之内,涨满了白濛濛的水蒸温气。玻璃窗内,前半夜,会流下一条条的清汗,后半夜就变成了花色奇异的冰纹。

到了下雪的时候哩,景象当然又要一变。早晨从厚棉被里张开眼来,一室的清光,会使你的眼睛眩晕。在阳光照耀之下,雪也一粒一粒的放起光来了,蛰伏得很久的小鸟,在这时候会飞出来觅食振翎,谈天说地,吱吱的叫个不休。数日来的灰暗天空,愁云一扫,忽然变得澄清见底,翳障全无;于是年轻的北方住民,就可以营屋外的生活了,溜冰,做雪人,赶冰车雪车,就在这一种日子里最有劲儿。

我曾于这一种大雪时晴的傍晚,和几位朋友,跨上跛驴,出西直门上骆驼庄去过过一夜。北平郊外的一片大雪地,无数枯树林,以及西山隐隐现现的不少白峰头,和时时吹来的几阵雪样的西北风,所给与人的印象,实在是深刻,伟大,神秘到了不可以言语来形容。直到了十余年后的现在,我一想起当时的情景,还会得打一个寒颤而吐一口清气,如同在钓鱼台溪旁立着的一瞬间一样。

北平的冬宵,更是一个特别适合于看书,写信,追思过去,与作闲谈说废话的绝妙时间。记得当时我们兄弟三人,都住在北京,每到了冬天的晚上,总不远千里地走拢来聚在一道,会谈少年时候在故乡所遇所见的事事物物。小孩们上床去了,佣人们也都去睡觉了,我们弟兄三个,还会得再加一次煤再加一次煤地长谈下去。有几宵因为屋外面风紧天寒之故，到了后半夜的一二点钟的时候，便不约而同地会说出索性坐到天亮的话来。像这一种可宝贵的记忆，像这一种最深沉的情调，本来也就是一生中不能够多享受几次的昙花佳境，可是若不是在北平的冬天的夜里，那趣味也一定不会得像如此的悠长。

总而言之，北平的冬季，是想赏识赏识北方异味者之唯一的机会；这一季里的好处，这一季里的琐事杂忆，若要详细地写起来，总也有一部《帝京景物略》那么大的书好做；我只记下了一点点自身的经历，就觉得过长了，下面只能再来略写一点春和夏以及秋季的感怀梦境，聊作我的对这日就沦亡的故国的哀歌。

春与秋，本来是在什么地方都属可爱的时节，但在北平，却与别的地方也有点儿两样。北国的春，来得较迟，所以时间也比较的短。西北风停后，积雪渐渐地消了，赶牲口的车夫身上，看不见那件光板老羊皮的大袄的时候，你就得预备着游春的服饰与金钱；因为春来也无信，春去也无踪，眼睛一眨，在北平市内，春光就会得同飞马似的溜过。屋内的炉子，刚拆去不久，说不定你就马上得去叫盖凉棚的才行。

而北方春天的最值得记忆的痕迹，是城厢内外的那一层新绿，同洪水似的新绿。北京城，本来就是一个只见树木不见屋顶的绿色的都会，一踏出九城的门户，四面的黄土坡上，更是杂树丛生的森林地了；在日光里颤抖着的嫩绿的波浪，油光光，亮晶晶，若是神经系统不十分健全的人，骤然间身入到这一个淡绿色的海洋涛浪里去一看，包管你要张不开眼，立不住脚，而昏厥过去。

北京市内外的新绿，琼岛春阴，西山挹翠诸景里的新绿，真是一幅何等奇伟的外光派的妙画！但是这画的框子，或者简直说这画的画布，现在却已经完全掌握在一只满长着黑毛的巨魔的手里了！北望中原，究竟要到哪一日才能够重见得到天日呢？

从地势纬度上讲来，北方的夏天，当然要比南方的夏天来得凉爽。在北平城里过夏，实在是并没有上北戴河或西山去避暑的必要。一天到晚，最热的时候，只有中午到午后三四点钟的几个钟头，晚上太阳一下山，总没有一处不是凉阴阴要穿单衫才能过去的；半夜以后，更是非盖薄棉被不可了。而北平的天然冰的便宜耐久，又是夏天住过北平的人所忘不了的一件恩惠。

我在北平，曾经过过三个夏天；像什刹海，菱角沟，二闸等暑天游耍的地方，当然是都到过的；但是在三伏的当中，不问是白天或是晚上，你只教有一张藤榻，搬到院子里的葡萄架下或藤花阴处去躺着，吃吃冰茶雪藕，听听盲人的鼓词与树上的蝉鸣，也可以一点儿也感不到炎热与熏蒸。而夏天最热的时候，在北平顶多总不过九十四五度，这一种大热的天气，全夏顶多顶多又不过十日的样子。

在北平，春夏秋的三季，是连成一片；一年之中，仿佛只有一段寒冷的时期，和一段比较的温暖的时期相对立。由春到夏，是短短的一瞬间，自夏到秋，也只觉得是过了一次午睡，就有点儿凉冷起来了。因此，北方的秋季也特别的觉得长，而秋天的回味，也更觉得比别处来得浓厚。前两年，因去北戴河回来，我曾在北平过过一个秋，在那时候，已经写过一篇《故都的秋》，对这北平的秋季颂赞过了一遍了，所以在这里不想再来重复；可是北平近郊的秋色，实在也正像是一册百

读不厌的奇书，使你愈翻愈会感到兴趣。

　　秋高气爽，风日晴和的早晨，你且骑着一匹驴子，上西山八大处或玉泉山碧云寺去走走看；山上的红柿，远处的烟树人家，郊野里的芦苇黍稷，以及在驴背上驮着生果进城来卖的农户佃家，包管你看一个月也不会看厌。春秋两季，本来是到处都好的，但是北方的秋空，看起来似乎更高一点，北方的空气，吸起来似乎更干燥健全一点。而那一种草木摇落，金风肃杀之感，在北方似乎也更觉得要严肃，凄凉，沉静得多。你若不信，你且去西山脚下，农民的家里或古寺的殿前，自阴历八月至十月下旬，去住它三个月看看。古人的"悲哉秋之为气"以及"胡笳互动，牧马悲鸣"的那一种哀感，在南方是不大感觉得到的，但在北平，尤其是在郊外，你真会得感至极而涕零，思千里兮命驾。所以我说，北平的秋，才是真正的秋；南方的秋天，不过是英国话里所说的Indian Summer或叫作小春天气而已。

　　统观北平的四季，每季每节，都有它的特别的好处；冬天是室内饮食奋息的时期，秋天是郊外走马调鹰的日子，春天好看新绿，夏天饱受清凉。至于各节各季，正当移换中的一段时间哩，又是别一种情趣，是一种两不相连，而又两都相合的中间风味，如雍和宫的打鬼，净业庵的放灯，丰台的看芍药，万牲园的寻梅花之类。

　　五六百年来文化所聚萃的北平，一年四季无一月不好的北平，我在遥忆，我也在深祝，祝她的平安进展，永久地为我们黄帝子孙所保有的旧都城。

一九三六年五月廿七日

（原载1936年7月《宇宙见》半月刊第20期）

超山的梅花

  凡到杭州来游的人,因为交通的便利和时间的经济的关系,总只在西湖一带登山望水,漫游两三日,便买些土产,如竹篮纸伞之类,匆匆回去;以为雅兴已尽,尘土已经涤去,杭州的山水佳处,都曾享受过了。所以古往今来,一般人只知道三竺六桥,九溪十八涧,或西湖十景,苏小岳王;而离杭城三五十里稍东偏北的一带山水,现在简直是很少有人去玩,并且也不大有人提起的样子。

  在古代可不同;至少至少,在清朝的乾嘉道光,去今百余年前,杭州人的好游的,总没有一个不留恋西溪,也没有一个不披蓑戴笠去看半山(即皋亭山)的桃花,超山的香雪的。原因是因为那时候杭州和外埠的交通,所取的路径都是水道;从嘉兴上海等处来往杭州,运河是必经之路。舟入塘栖,两岸就看得到山影;到这里,自杭州去他处的人,渐有离乡去国之感,自外埠到杭州来的人,方看得到山明水秀的一个外廓;因而塘栖镇和超山,独山等处,便成了一般旅游之人对杭州的记忆的中心。

  超山是在塘栖镇南,旧日仁和县(现在并入杭县了)东北六十里的永和乡的,据说高有五十余丈,周二十里(咸淳《临安志》作三十七丈),因其山超然出于皋亭、黄鹤之外,故名。

  从前去游超山,是要从湖墅或拱宸桥下船,向东向北向西向南,曲折回环,冲破菱荇水藻而去的;现在汽车路已经开通,自清泰门向东直驶,至乔司站落北更向西,抄过临平镇，由临平山西北，再驰十余里，就可以到了；"小红唱曲我吹箫"的船行雅处，现在虽则要被汽车的机器油破坏得丝缕无余，但坐船和坐汽车的时间的比例，却有五与一的大差。

汽车走过的临平镇，是以释道潜的一首"风蒲猎猎弄轻柔，欲立蜻蜓不自由，五月临平山下路，藕花无数满汀洲"的绝句出名；而超山北面的塘栖镇，又以南宋的隐士，明末清初的田园别墅出名；介与塘栖与超山之间的丁山湖，更以水光山色，鱼虾果木出名；也无怪乎从前的文人骚客，都要向杭州的东面跑，而超山皋亭山的名字每散见于诸名士的歌咏里了。

超山脚下，塘栖附近的居民，因为住近水乡，阡陌不广之故，所靠以谋生的完全是果木的栽培。自春历夏，以及秋冬，梅子、樱桃、枇杷、杏子、甘蔗之类的出产，一年总有百万元内外。所以超山一带的梅林。成千成万；由我们过路的外乡人看来，只以为是乡民趣味的高尚。个个都在学林和靖的终身不娶，殊不知实际上是他们却是正在靠此而养活妻孥的哩！

超山的梅花，向来是开在立春前后的；梅干极粗极大，枝叉离披四散，五步一丛，十步一坂，每个梅林。总有千株内外，一株的花朵，又有万颗左右；故而开的时候，香气远传到十里之外的临平山麓，登高而远望下来，自然自成一个雪海；近年来虽说梅株减少了一点，但我想比到罗浮的仙境，总也只有过之，不会不及。

从杭州到超山去的汽车路上，过临平山后，两旁已经有一处一处的梅林在迎送了，而汇聚得最多，游人所必到的看梅胜地，大抵总在汽车站西南，超山东北麓，报慈寺大明堂（亦称大明寺）前头，梅花丛里有一个周梦坡筑的宋梅亭在那里的周围五六里地的一圈地方。

报慈寺里的大殿（大约就是大明堂了罢？）前几年被寺的仇人毁坏了，当时还烧死了一位当家和尚在殿东一块石碑之下。但殿后的一块刻有吴道子画的大士像的石碑，还好好地镶在壁里，丝毫也没有动。去年我去的时候，寺僧刚在募化重修大殿；殿外面的东头，并且已经盖好了三间厢房在作客室。后面高一段的三间后殿，火烧时也不曾烧去，和尚手指着立在殿后壁里的那一块石刻大士像碑说："这都是这位大慈大悲救苦救难广大灵感观世音菩萨的福佑！"

在何春渚删成的《塘栖志略》里，说大明寺前有一口井，井水甘冽！旁树石碣，刻有"一人堂堂，二曜重光，泉深尺一，点去冰旁；二人相连，不欠一边，三梁四柱烈火然，添却双钩两日全"之碑铭，不识何意等语。但我去大明堂（寺）的时候，却既不见井，也不见碑；而这条碑铭，我从前是曾在一部笔记叫做《桂苑丛淡》的书里看到过一次的。这书记载着："令狐相公出镇淮海日，支使班蒙，与从事诸人，俱游大明寺之西廊，忽睹前壁，题有此铭，诸宾皆莫能辨，独班支使曰：'得非大明寺水，天下无此八字乎？'众皆恍然。"从此看来，《塘栖志略》里所说的大明寺井碑，应是抄来的文章，而编者所谓不识何意者，还是他在故弄玄虚。当然，寺在山麓，地又近水，寺前寺后，井是当然有一口的；井里的泉，也当然是清冽的；不过此碑此铭，却总有点儿可疑。

大明寺前的所谓宋梅，是一棵曲屈苍老，根脚边只剩了两条树皮围拱，中间空心，上面枝干四叉的梅树。因为怕有人折，树外面全部是用一铁丝网罩住的。树当然是一株老树，起码也要比我的年纪大一两倍，但究竟是不是宋梅，我却不敢断定。去年秋天，曾在天台山国清寺的伽蓝殿前，看见过一株所谓隋梅；前年冬天，也曾在临平山下安隐寺里看见过一枝所谓唐梅；但所谓隋，所谓唐，所谓宋等等，我想也不过"所谓"而已，究竟如何，还得去问问植物考古的专家才行。

出大明堂，从梅花林里穿过，西面从吴昌硕的坟旁一条石砌路上攀登上去，是上超山顶去的大路了。一路上有许多同梦也似的疏林，一株两株如被遗忘了似的红白梅花，不少的坟园，在招你上山，到了半山的竹林边的真武殿（俗称中圣殿）外，超山之所以为超，就有点感觉得到了；从这里向东西北的三面望去，是汪洋的湖水，曲折的河身，无数的果树，不断的低岗，还有塘的两面的点点的人家；这便算是塘栖一带的水乡全景的鸟瞰。

从中圣殿再沿石级上去，走过黑龙潭，更走二里．就可以到山顶，第一要使你骇一跳的，是没有到上圣殿之先的那一座天然石筑的天门。到了这里，你才晓得超山的奇特。才晓得志上所说的"山有石鱼石笋等，他石多异形，如人兽状："诸记载的不虚。实实在在，超山的好处，是在山头一堆石，山下万梅花，至若东瞻大海，南眺钱江，田畴如井，河道如肠，桑麻遍地，云树连天等形容词，则凡在杭州东面的高处，如临平山黄鹤峰上都用得着的，并非是超山独一无二的绝景。

你若到了超山之后，则北去超山七里地外的塘栖镇上，不可不去一到。在那些河流里坐坐船，果树下跑跑路，趣味实在是好不过。两岸人家，中夹一水；走过丁山湖时，向西面看看独山，向东首看看马鞍龟背，想象想象南宋垂亡。福王在庄（至今其地还叫做福王庄）上所过的醉生梦死脂香粉腻的生涯，以及明清之际，诸大老的园亭别墅、台榭楼堂，或康熙乾隆等数度的临幸，包管你会起一种像读《芜城赋》似的感慨。

又说到了南宋，关于塘栖，还有好几宗故事，值得一提。第一，卓氏家乘《唐栖考》里说："唐栖者，唐隐士所栖也；隐士名珏，字玉潜，宋末会稽人。少孤，以明经教授乡里子弟而养其母。至元戊寅，浮图总统杨连真伽，利宋攒宫金玉，故为妖言惑主听，发掘之。珏怀愤，乃货家具。召诸恶少，收他骨易遗骸，瘗兰亭山后，而树冬青树识焉。珏后隐居唐栖，人义之，遂名其地为唐栖。"这镇名的来历说，原是人各不同的，但这也岂不是一件极有趣的故事吗？还有塘栖西龙河圩，相传有宋宫人墓；昔有士子，秋夜凭栏对月，忽闻有环珮之声，不寐听之，歌一绝云："淡淡春山抹未浓，偶然还记旧行踪，自从一入朱门去，便隔人间几万重。"闻之酸鼻。这当然也是一篇绝哀艳的鬼国文章。

塘栖镇跨在一条水的两岸，水南属杭州，水北属德清；商市的繁盛，酒家的众多，虽说只是一个小小的镇集，但比起有些县城来，怕还要闹热几分。所以游过超山，不愿在山上吃冷豆腐黄米饭的人，尽可以上塘栖镇上去痛饮大嚼；从山脚下走回汽车路去坐汽车上塘栖，原也很便，但这一段路，总以走走路坐坐船更为合适。

一九三五年一月九日

（远在1935年2月25日《新小说》创刊号）

钓台的春昼

因为近在咫尺，以为什么时候要去就可以去，我们对于本乡本土的名区胜景，反而往往没有机会去玩，或不容易下一个决心去玩的。正唯其是如此，我对于富春江上的严陵，二十年来，心里虽每在记着，但脚却没有向这一方面走过。一九三一，岁在辛未，暮春三月，春服未成，而中央党帝，似乎又想玩一个秦始皇所玩过的把戏了，我接到了警告，就仓皇离去了寓居。先在江浙附近的穷乡里，游息了几天，偶而看见了一家扫墓的行舟，乡愁一动，就定下了归计。绕了一个大弯，赶到故乡，却正好还在清明寒食的节前。和家人等去上了几处坟，与许久不曾见过面的亲戚朋友，来往热闹了几天，一种乡居的倦怠，忽而袭上心来了，于是乎我就决心上钓台访一访严子陵的幽居。

钓台去桐庐县城二十余里，桐庐去富阳县治九十里不足，自富阳溯江而上，坐小火轮三小时可达桐庐，再上则须坐帆船了。

我去的那一天，记得是阴晴欲雨的养花天，并且系坐晚班轮去的，船到桐庐，已经是灯火微明的黄昏时候了，不得已就只得在码头近边的一家旅馆的楼上借了一宵宿。

桐庐县城，大约有三里路长，三千多烟灶，一二万居民，地在富春江西北岸，从前是皖浙交通的要道，现在杭江铁路一开，似乎没有一二十年前的繁华热闹了。尤其要使旅客感到萧条的，却是桐君山脚下的那一队花船的失去了踪影。说起桐君山,却是桐庐县的一个接近城市的灵山胜地,山虽不高,但因有仙,自然是灵了。以形势来论,这桐君山,也的确是可以产生出许多口音生硬,别具风韵的桐严嫂来的生龙活脉。地处在桐溪东岸,正当桐溪和富春江合流之所,依依一水,西岸便瞰视着桐庐县市的人家烟树。南面对江,便是十里长洲;唐诗人方干的故居,就在这十里桐洲九里花的花圈深处。向西越过桐庐县城,更遥遥对着一排高低不定的青峦,这就是富春山的山子山孙了。东北面山下,是一片桑麻沃地,有一条长蛇似的官道,隐而复现,出没盘曲在桃花杨柳洋槐榆树的中间,绕过一支小岭,便是富阳县的境界,大约去程明道的墓地程坟,总也不过一二十里地的间隔。我的去拜谒桐君,瞻仰道观,就在那一天到桐庐的晚上,是淡云微月,正在作雨的时候。

　　鱼梁渡头,因为夜渡无人,渡船停在东岸的桐君山下。我从旅馆跑了出来,先在离轮埠不远的渡口停立了几分钟。后来向一位来渡口洗夜饭米的年轻少妇,躬身请问了一回,才得到了渡江的秘诀。她说:"你只须高喊两三声,船自会来的。"先谢了她教我的好意,然后以两手围成了播音的喇叭,"喂,喂,渡船请摇过来!"地纵声一喊,果然在半江的黑影当中,船身摇动了。渐摇渐近,五分钟后。我在渡口,却终于听出了咿呀柔橹的声音。时间似乎已经入了酉时的下刻,小市里的群动,这时候都已经静息,自从渡口的那位少妇,在微茫的夜色里,藏去了她那张白团团的面影之后,我独立在江边,不知不觉心里头却兀自感到了一种他乡日暮的悲哀。渡船到岸,船头上起了几声微微的水浪清音,又铜东的一响,我早已跳上了船,渡船也已经掉过头来了。坐在黑影沉沉的舱里,我起先只在静听着柔橹划水的声音,然后却在黑影里

看出了一星船家在吸着的长烟管头上的烟火,最后因为被沉默压迫不过,我只好开口说话了:"船家!你这样的渡我过去,该给你几个船钱?"我问。"随你先生把几个就是。"船家的说话冗慢幽长,似乎已经带着些睡意了,我就向袋里摸出了两角钱来。"这两角钱,就算是我的渡船钱,请你候我一会,上山去烧一次夜香,我是依旧要渡过江来的。"船家的回答,只是嗯嗯呜呜,幽幽同牛叫似的一种鼻音,然而从继这鼻音而起的两三声轻快的咳声听来,他却似已经在感到满足了,因为我也知道,乡间的义渡,船钱最多也不过是两三枚铜子而已。

到了桐君山下,在山影和树影交掩着的崎岖道上,我上岸走不上几步,就被一块乱石绊倒,滑跌了一次。船家似乎也动了恻隐之心了,一句话也不发,跑将上来,他却突然交给了我一盒火柴。我于感谢了一番他的盛意之后,重整步武,再摸上山去,先是必须点一枝火柴走三五步路的,但到得半山,路既就了规律,而微云堆里的半规月色,也朦胧地现出一痕银线来了,所以手里还存着的半盒火柴,就被我藏入了袋里。路是从山的西北,盘曲而上,渐走渐高,半山一到,天也开朗了一点,桐庐县市上的灯光,也星星可数了。更纵目向江心望去,富春江两岸的船上和桐溪合流口停泊着的船尾船头,也看得出一点一点的火来。走过半山,桐君观里的晚祷钟鼓,似乎还没有息尽,耳朵里仿佛听见了几丝木鱼钲钹的残声。走上山顶,先在半途遇着了一道道观外围的女墙,这女墙的栅门,却已经掩上了。在栅门外徘徊了一刻,觉得已经到了此门而不进去,终于是不能满足我这一次暗夜冒险的好奇怪癖的。所以细想了几次,还是决心进去,非进去不可,轻轻用手往里面一推,栅门却呀的一声,早已退向了后方开开了,这门原来是虚掩在那里的。进了栅门，踏着为淡月所映照的石砌平路，向东向南的前走了五六十步，居然走到了道观的大门之外，这两扇朱红漆的大门，不消说是紧闭在那里的。到了此地，我却不想再破门进去了，因为这大门是朝南向着大江开的，门外头是一条一丈来宽的石砌步道，步道的一旁是道观的墙，一旁便是山坡，靠山坡的一面，并且还有一道二尺来高的石墙筑在那里，大约是代替栏杆，防人倾跌下山去的用意，石墙之上，铺的是二三尺宽的青石，在这似石栏又似石凳的墙上，尽可以坐卧游息，饱看桐江和对岸的风景，就是在这里坐它一晚，也很可以，我又何必去打开门来，惊起那些老道的恶梦呢！

空旷的天空里，流涨着的只是些灰白的云，云层缺处，原也看得出半角的天，和一点两点的星，但看起来最饶风趣的，却仍是欲藏还露，将见仍无的那半规月影。这时候江面上似乎起了风，云脚的迁移，更来得迅速了。而低头向江心一看，几多散乱着的船里的灯光，也忽明忽灭地变换了一变换位置。

这道观大门外的景色，真神奇极了。我当十几年前，在放浪的游程里，曾向瓜州京口一带，消磨过不少的时日。那时觉得果然名不虚传的，确是甘露寺外的江山，而现在到了桐庐，昏夜上这桐君山来一看，又觉得这江山之秀而且静，风景的整而不散，却非那天下第一江山的北固山所可与比拟的了。真也难怪得严子陵，难怪得戴征士，倘使我若能在这样的地方结屋读书，以养天年，那还要什么的高官厚禄，还要什么的浮名虚誉哩？一个人在这桐君观前的石凳上，看看山，看看水，看看城中的灯火和天上的星云，更做做浩无边际的无聊的幻梦，我竟忘记了时刻，忘记了自身，直等到隔江的击声传来，向西一看，忽而觉得城中的灯影微茫地减了，才跑也似地走下了山来，渡江奔回了客舍。

第二日侵晨,觉得昨天在桐君观前做过的残梦正还没有续完的时候,窗外面忽而传来了一阵吹角的声音。好梦虽被打破,但因这同吹竽篪似的商音哀咽,却很含着些荒凉的古意,并且晓风残月,杨柳岸边,也正好候船待发,上严陵去;所以心里虽怀着了些儿怨恨,但脸上却只现出了一痕微笑,起来梳洗更衣,叫茶房去雇船去。雇好了一只双桨的渔舟,买就了些酒菜鱼米,就在旅馆前面的码头上上了船,轻轻向江心摇出去的时候,东方的云幕中间,已现出了几丝红晕,有八点多钟了。舟师急得厉害,只在埋怨旅馆的茶房,为什么昨晚上不预先告诉,好早一点出发。因为此去就是七里滩头,无风七里,有风七十里,上钓台去玩一趟回来,路程虽则有限,但这几日风雨无常,说不定要走夜路,才回来得了的。

过了桐庐,江心狭窄,浅滩果然多起来了。路上遇着的来往的行舟,数目也是很少,因为早晨吹的角,就是往建德去的快班船的信号,快班船一开,来往于两岸之间的船就不十分多了。两岸全是青青的山,中间是一条清浅的水,有时候过一个沙洲,洲上的桃花菜花,还有许多不晓得名字的白色的花,正在喧闹着春暮,吸引着蜂蝶。我在船头上一口一口的喝着严东关的药酒,指东话西地问着船家,这是什么山,那是什么港,惊叹了半天,称颂了半天,人也觉得倦了,不晓得什么时候,身子却走上了一家水边的酒楼,在和数年不见的几位已经做了党官的朋友高谈阔论。谈论之余,还背诵了一首两三年前曾在同一的情形之下做成的歪诗:

不是尊前爱惜身,伴狂难免假成真,
曾因酒醉鞭名马,生怕情多累美人。
劫数东南天作孽,鸡鸣风雨海扬尘,
悲歌痛哭终何补,义士纷纷说帝秦。

直到盛筵将散,我酒也不想再喝了,和几位朋友闹得心里各自难堪,连对旁边坐着的两位陪酒的名花都不愿意开口。正在这上下不得的苦闷关头,船家却大声的叫了起来说:

"先生,罗芷过了,钓台就在前面,你醒醒罢,好上山去烧饭吃去。"

擦擦眼睛,整了一整衣服,抬起头来一看,四面的水光山色又忽而变了样子了。清清的一条浅水,比前又窄了几分,四围的山包得格外的紧了,仿佛是前无去路的样子。并且山容峻削,看去觉得格外的瘦格外的高。向天上地下四围看看,只寂寂的看不见一个人类。双桨的摇响,到此似乎也不敢放肆了,钩的一声过后,要好半天才来一个幽幽的回响,静,静,静,身边水上,山下岩头,只沉浸着太古的静,死灭的静,山峡里连飞鸟的影子也看不见半只。前面的所谓钓台山上,只看得见两大个石垒,一间歪斜的亭子,许多纵横芜杂的草木。山腰里的那座祠堂,也只露着些废垣残瓦,屋上面连炊烟都没有一丝半缕,像是好久好久没有人住了的样子。并且天气又来得阴森,早晨曾经露一露脸过的太阳,这时候早已深藏在云堆里了,余下来的只是时有时无从侧面吹来的阴飕飕的半箭儿山风。船靠了山脚,跟着前面背着酒菜鱼米的船夫走上严先生祠堂的时候,我心里真有点害怕,怕在这荒山里要遇见一个干枯苍老得同丝瓜筋似的严先生的鬼魂。

在祠堂西院的客厅里坐定,和严先生的不知第几代的裔孙谈了几句关于年岁水旱的话后,我的心跳也渐渐儿的镇静下去了,嘱托了他以煮饭烧菜的杂务,我和船家就从断碑乱石中间爬上了钓台。

东西两石垒,高各有二三百尺,离江面约两里来远,东西台相去只有一二百步,但其间却夹着一条深谷。立在东台,可以看得出罗芷的人家,回头展望来路,风景似乎散漫一点,而一上谢氏的西台,向西望去,则幽谷里的清景,却绝对的不像是在人间了。我虽则没有到过瑞士,但到了西台,朝西一看,立时就想起了曾在照片上看见过的威廉退儿的祠堂。这四山的幽静,这江水的青蓝,简直同在画片上的珂罗版色彩,一色也没有两样,所不同的就是在这儿的变化更多一点,周围的环境更芜杂不整齐一点而已,但这却是好处,这正是足以代表东方民族性的颓废荒凉的美。

从钓台下来,回到严先生的祠堂——记得这是洪杨以后严州知府戴槃重建的祠堂——西院里饱啖了一顿酒肉,我觉得有点酩酊微醉了。手拿着以火柴柄制成的牙签,走到东面供着严先生神像的龛前,向四面的破壁上一看,翠墨淋漓,题在那里的,竟多是些俗而不雅的过路高官的手笔。最后到了南面的一块白墙头上,在离屋檐不远的一角高处,却看到了我们的一位新近去世的同乡夏灵峰先生的四句似邵尧夫而又略带感慨的诗句。夏灵峰先生虽则只知崇古,不善处今,但是五十年来,像他那样的顽固自尊的亡清遗老,也的确是没有第二个人。比较起现在的那些官迷的南满尚书和东洋宦婢来,他的经术言行,姑且不必去论它,就是以骨头来称称,我想也要比什么罗三郎郑太郎辈,重到好几百倍。慕贤的心一动,醺人臭技自然是难熬了,堆起了几张桌椅,借得了一枝破笔,我也向高墙上在夏灵峰先生的脚后放上了一个陈屁,就是在船舱的梦里,也曾微吟过的那一首歪诗。

从墙头上跳将下来,又向龛前天井去走了一圈,觉得酒后的喉咙,有点渴痒了,所以就又走回到了西院,静坐着喝了两碗清茶。在这四大无声,只听见我自己的啾啾喝水的舌音冲击到那座破院的败壁上去的寂静中间,同惊雷似地一响,院后的竹园里却忽而飞出了一声闲长而又有节奏似的鸡啼的声来。同时在门外面歇着的船家，也走进了院门，高声的对我说：

"先生，我们回去罢，已经是吃点心的时候了，你不听见那只鸡在后山啼么？我们回去罢！"

一九三二年八月在上海写

（原载1932年9月16日《论语》第1期）

故都的秋

秋天,无论在什么地方的秋天,总是好的;可是啊,北国的秋,却特别地来得清,来得静,来得悲凉。我的不远千里,要从杭州赶上青岛,更要从青岛赶上北平来的理由,也不过想饱尝一尝这"秋",这故都的秋味。

江南,秋当然也是有的;但草木凋得慢,空气来得润,天的颜色显得淡,并且又时常多雨而少风;一个人夹在苏州上海杭州,或厦门香港广州的市民中间,混混沌沌地过去,只能感到一点点清凉,秋的味,秋的色,秋的意境与姿态,总看不饱,尝不透,赏玩不到十足。秋并不是名花,也并不是美酒,那一种半开,半醉的状态,在领略秋的过程上,是不合适的。

不逢北国之秋,已将近十余年了。在南方每年到了秋天,总要想起陶然亭的芦花,钓鱼台的柳影,西山的虫唱,玉泉的夜月,潭柘寺的钟声。在北平即使不出门去罢,就是在皇城人海之中,租人家一椽破屋来住着,早晨起来,泡一碗浓茶、向院子一坐,你也能看得到很高很高的碧绿的天色,听得到青天下驯鸽的飞声。从槐树叶底,朝东细数着一丝一丝漏下来的日光,或在破壁腰中,静对着像喇叭似的牵牛花(朝荣)的蓝朵,自然而然地也能够感觉到十分的秋意。说到了牵牛花,我以为以蓝色或白色者为佳,紫黑色次之,淡红色最下。最好,还要在牵牛花底,教长着几根疏疏落落的尖细且长的秋草,使作陪衬。

北国的槐树，也是一种能使人联想起秋来的点缀。像花而又不是花的那一种落蕊，早晨起来，会铺得满地。脚踏上去，声音也没有，气味也没有，只能感出一点点极微细极柔软的触觉。扫街的在树影下一阵扫后，灰土上留下来的一条条扫帚的丝纹，看起来既觉得细腻，又觉得清闲，潜意识下并且还觉得有点儿落寞，古人所说的梧桐一叶而天下知秋的遥想，大约也就在这些深沉的地方。

秋蝉的衰弱的残声，更是北国的特产；因为北平处处全长着树，屋子又低，所以无论在什么地方，都听得见它们的啼唱。在南方是非要上郊外或山上去才听得到的。这秋蝉的嘶叫，在北平可和蟋蟀耗子一样，简直像是家家户户都养在家里的家虫。

还有秋雨哩，北方的秋雨，也似乎比南方的下得奇，下得有味，下得更像样。

在灰沉沉的天底下，忽而来一阵凉风，便息列索落地下起雨来了。一层雨过，云渐渐地卷向了西去，天又青了，太阳又露出脸来了；着着很厚的青布单衣或夹袄的都市闲人，咬着烟管，在雨后的斜桥影里，上桥头树底下去一立，遇见熟人，便会用了缓慢悠闲的声调，微叹着互答着的说：

"唉，天可真凉了——"（这了字念得很高，拖得很长。）

"可不是么？一层秋雨一层凉了！"

北方人念阵字，总老像是层字，平平仄仄起来，这念错的歧韵，倒来得正好。

北方的果树，到秋来，也是一种奇景。第一是枣子树；屋角，墙头，茅房边上，灶房门口，它都会一株株地长大起来。像橄榄又像鸽蛋似的这枣子颗儿，在小椭圆形的细叶中间，显出淡绿微黄的颜色的时候，正是秋的全盛时期；等枣树叶落，枣子红完，西北风就要起来了，北方便是尘沙灰土的世界，只有这枣子、柿子、葡萄，成熟到八九分的七八月之交，是北国的清秋的佳日，是一年之中最好也没有的Golden Days。

　　有些批评家说，中国的文人学士，尤其是诗人，都带着很浓厚的颓废色彩，所以中国的诗文里，颂赞秋的文字特别的多。但外国的诗人，又何尝不然？我虽则外国诗文念得不多，也不想开出账来，做一篇秋的诗歌散文钞，但你若去一翻英德法意等诗人的集子，或各国的诗文的Anthology来，总能够看到许多关于秋的歌颂与悲啼。各著名的大诗人的长篇田园诗或四季诗里，也总以关于秋的部分，写得最出色而最有味。足见有感觉的动物，有情趣的人类，对于秋，总是一样的能特别引起深沉，幽远，严厉，萧索的感触来的。不单是诗人，就是被关闭在牢狱里的囚犯，到了秋天，我想也一定会感到一种不能自已的深情；秋之于人，何尝有国别，更何尝有人种阶级的区别呢？不过在中国，文字里有一个"秋士"的成语，读本里又有着很普遍的欧阳子的《秋声》与苏东坡的《赤壁赋》等，就觉得中国的文人，与秋的关系特别深了。可是这秋的深味，尤其是中国的秋的深味，非要在北方，才感受得到的。

　　南国之秋，当然是也有它的特异的地方的，比如廿四桥的明月，钱塘江的秋潮，普陀山的凉雾，荔枝湾的残荷等等，可是色彩不浓，回味不永。比起北国的秋来，正像是黄酒之与白干，稀饭之与馍馍，鲈鱼之与大蟹，黄犬之与骆驼。

　　秋天，这北国的秋天，若留得住的话，我愿把寿命的三分之二折去，换得一个三分之一的零头。

一九三四年八月，在北平

（原载1934年9月1日《当代文学》第1卷第3期）

杭　州

　　杭州的出名,一大半是为了西湖。而人工的建设,都会的形成,初则是由于唐末五代,武肃王钱镠(西历十世纪初期)的割据东南——"隋朝特创立此郡城,仅三十六里九十步;后武肃钱王,发民丁与十三寨军卒,增筑罗城,周围七十里许。……"(吴自牧《梦粱录》卷七)——再则是由于南宋建炎三年(一一二九),高宗的临安驻跸,奠定国都。至若唐白乐天与宋苏东坡的筑堤导水,原也有功于杭郡人民,可是仅仅一位醉酒吟诗携妓的郡守的力量,无论如何,也是不能和帝王匹敌的。

　　据说,杭州的杭字,是因"禹末年,巡会稽至此,舍航登陆,乃名杭,始见于文字。"(柴虎臣著《杭州沿革大事考》)因之,我们可以猜想,禹以前,杭州总还是一个泽国。而这一个四千余年前的泽国,后来为越为吴,也为吴越的战场,为东汉的浙江,为三国吴的富春,为晋的吴郡,为隋唐的杭州,两为偏安国都,迭为省治,现在并且成了东南五省交通的孔道,歌舞喧天,别庄满地,简直又要恢复南宋当时的首都旧观了。

　　我的来往杭州,本不是想上西湖来寻梦,更不是想弯强弩来射潮;不过妻杭人也,雅擅杭音,父祖富春产也,歌哭于斯,叶落归根,人穷返里,故乡鱼米较廉,借债亦易——今年可不敢说——屋租尤其便宜,铩羽归来,正好在此地偷安苟活,坐以待亡。搬来住后,岁月匆匆,一眨眼间,也已经住了一年有半了。朋友中间晓得我的杭州住址者，于春秋佳日，旅游西湖之余，往往肯命高轩来枉顾。我也因独处穷乡，孤寂得可怜，我朋自远方来，自然喜欢和他们谈谈旧事，说说杭州。这么一来，不几何时，大家似乎已经把我看成了杭州的管钥，山水的东家；《中学生》杂志编者的特地写信来要我写点关于杭州的文章，大约原因总也在于此。

关于杭州一般的兴废沿革，有《浙江通志》《杭州府志》《仁钱县志》诸大部的书在；关于杭州的掌故，湖山的史迹等等，也早有了光绪年间钱塘丁申、丁丙两氏编刻的《武林掌故丛编》《西湖集览》，与新旧《西湖志》《湖山便览》以及诸大书局大文豪的西湖游记或西湖游览指南诸书，可作参考；所以在这里，对这些，我不想再来饶舌，以虚费纸面和读者的光阴。第一，我觉得还值得一写，而对于读者，或者也不至于全然没趣的，是杭州人的性格；所以，我打算先从"杭州人"讲起。

第一个杭州人，究竟是哪里来的？这杭州人种的起源问题，怕同先有鸡蛋呢还是先有鸡一样，就是叫达尔文从阴司里复活转来，也很不容易解决，好在这些并非是我们的主题，故而假定当杭州这一块陆土出水不久，就有些野蛮的，好渔猎的人来住了，这些蛮人，我们就姑且当他们是杭州人的祖宗。吴越国人，一向是好战、坚忍、刻苦、猜忌，而富于巧智的。自从用了美人计，征服了姑苏以来，兵事上虽则占了胜利，但民俗上却吃了大亏；喜斗、坚忍、刻苦之风，渐渐地消灭了。倒是猜忌，使计诸官能，逐步发达了起来。其后经楚威王、秦始皇、汉高帝等的挞伐，杭州人就永远处入了被征服者的地位，隶属在北方人的胯下。三国纷纷，孙家父子崛起，国号曰吴，杭州人总算又吐了一口气，这一口气，隐忍过隋唐两世，至钱武肃王而吐尽；不久南宋迁都，固有的杭州人的骨里，混入了汴京都的人士的文弱血球，于是现在的杭州人的性格，就此决定了。

意志的薄弱，议论的纷纭；外强中干，喜撑场面；小事机警，大事糊涂；以文雅自夸，以清高自命；只解欢娱，不知振作等等，就是现在的杭州人的特性；这些，虽然是中国一般人的通病，但是看来看去，我总觉得以杭州人为尤甚。所以由外乡人说来，每以为杭州人是最狡猾的人，狡猾得比上海滩上的滑头还要厉害。但其实呢，杭州人只晓得占一点眼前的小利小名，暗中在吃大亏，可是不顾到的。等到大亏吃了，杭州人还要自以为是，自命为直，无以名之，名之曰"杭铁头"以自慰自欺。生性本是勤而且俭的杭州人，反以为勤俭是倒霉的事情，是贫困的暴露，是与面子有关的，所以父母教子弟的第一个原则，就是教他们游惰过日，摆大少爷的架子。等空壳大少爷的架子学成，父母年老，财产荡尽的时候，这些大少爷们在白天，还要上西湖去逛逛，弄件把长衫来穿穿，饿着肚皮而高使着牙签；到了晚上上黑暗的地方去跪着讨饭，或者扒点东西，倒满不在乎，因为在黑暗里人家看不见，与面子还是无关，而大少爷的架子却不可不摆。至于做匪做强盗呢，却不会，决不会，杭州人并不是没有这个胆量，但杀头的时候要反绑着手去游街示众，与面子有关；最勇敢的杭州人，亦不过做做小窃而已。

唯其是如此，所以现在的杭州人，就永远是保有着被征服的资格的人；风雅倒很风雅，浅薄的知识也未始没有，小名小利，一着也不肯放松，最厉害的尤其是一张嘴巴。外来的征服者，征服了杭州人后，过不上三代，就也成了杭州人了，于是剃头者人亦剃其头，几十年后，仍复要被新的征服者来征

服。照例类推，一年一年的下去，现在残存在杭州的固有杭州老百姓，计算起来，怕已经不上十个指头了。

人家说这是因为杭州的山水太秀丽了的缘故。西湖就像是一位"二八佳人体似酥"的狐狸精，所以杭州决出不出好子弟来。这话哩，当然也含有着几分真理。可是日本的山水，秀丽处远在杭州之上；瑞士我不晓得，意大利的风景画片我们总也时常看见的罢，何以外国人都可以不受着地理的限制，独有杭州人会陷入这一个绝境去的呢？想来想去、我想总还是教育的不好。杭州的家庭教育，社会教育，学校教育，总非要彻底的改革一下不可。

其次是该讲杭州的风俗了。岁时习俗，显露在外表的年中行事，大致是与江南各省相通的；不过在杭州像婚丧喜庆等事，更加要铺张一点而已。关于这一方面，同治年间有一位钱塘的范月桥氏，曾作过一册《杭俗遗风》，写得比较详细，不过现在的杭州风俗，细看起来，还是同南宋吴自牧在《梦粱录》里所说的差仿不多，因为杭州人根本还是由那个时候传下来，在那个时候改组过的人。都会文化的影响，实在真大不过。

一年四季，杭州人所忙的，除了生死两件大事之外，差不多全是为了空的仪式；就是婚丧生死，一大半也重在仪式。丧事人家可以出钱去雇人来哭。喜事人家也有专门说好话的人雇在那里借讨彩头。祭天地，祀祖宗，拜鬼神等等，无非是为了一个架子；甚至于四时的游逛，都列在仪式之内，到了时候，若不去一定的地方走一遭，仿佛是犯了什么大罪，生怕被人家看不起似的。所以明朝的高濂，作了一部《四时幽赏录》，把杭州人在四季中所应做的闲事，详细列叙了出来。现在我只教把这四时幽赏的简目，略抄一下，大家就可以晓得吴自牧所说的"临安风俗,四时奢侈,赏观殆无虚日"的话的不错了。

一、春时幽赏:孤山月下看梅花,八卦田看菜花。虎跑泉试新茶,西溪楼啖煨笋,保俶塔看晓山,苏堤看桃花,等等。

二、夏时幽赏:苏堤看新绿,三生石谈月,飞来洞避暑,湖心亭采莼,等等。

三、秋时幽赏:满家巷赏桂花,胜果寺望月,水乐洞雨后听泉,六和塔夜玩风潮,等等。

四、冬时幽赏:三茅山顶望江天雪霁,西溪道中玩雪,雪后镇海楼观晚炊,除夕登吴山看松盆,等等。

将杭州人的坏处,约略在上面说了之后,我却终觉不得不对杭州的山水,再来一两句简单的批评。西湖的山水,若当盆景来看,好处也未始没有,就是在它的比盆景稍大一点的地方;若要在西湖近处看山的话,那你非要上留下向西向南再走二三十里路不行。从余杭的小和山走到了午潮山顶,你向四面一看,就有点可以看出浙西山脉的大势来了。天晴的时候,西北你能够看得见天目,南面脚下的横流一线,东下海门,就是钱塘江的出口,龛赭二山,小得来像天文镜里的游星。若嫌时间太费,脚力不继的话,那至少你也该坐车下江干,过范村,上五云山头去看看隔岸的越山,与钱塘江上游的不断的峰峦。况且五云山足,西下是云栖,竹木清幽;地方实在还可以。从五云山向北若沿郎当岭而下天竺,在岭脊你就可以看到西岭下梅家坞的别有天地,与东岭下西湖全面的镜样的湖光。

若要再近一点,来玩西湖,我觉得南山终胜于北山,凤凰山胜果寺的荒凉远大,比起灵隐、葛岭来,终觉回味要浓厚一点。

还有北面秦亭山法华山下的西溪一带呢，如花坞秋雪庵、茭芦庵等处，散疏雅逸之致，原是有的，可是不懂得南画，不懂得王维、韦应物的诗意的人，即使去看了，也是毫无所得的。

离西湖十余里，在拱宸桥的东首，地当杭州的东北，也有一簇山脉汇聚在那里。俗称"半山"的皋亭山，不过因近城市而最出名，讲到景致，则断不及稍东的黄鹤峰，与偏北的超山。况且超山下的居民，以植果木为业，旧历二月初，正月底边的大明堂外（吴昌硕的坟旁）的梅花，真是一个奇观，俗称"香雪海"的这个名字，觉得一点儿也不错。

此外还有关于杭州的饮食起居的话，我不是作西湖旅行指南的人，在此地只好不说了。

一九三四年三月

（原载1934年11月1日《中学生》第49号）

还乡后记

> 风烟俱净,天山共色,从流飘荡,任意东西,自富阳至桐庐一百许里,奇山异水,天下独绝。水皆缥碧,千丈见底,游鱼细石,直视无碍,急湍甚箭,猛浪若奔,隔岸高山,皆生寒树,负势竞上,互相轩邈,争高直指,千百成群。泉水激石,泠泠作响,好鸟相鸣,嘤嘤成韵。蝉则千啭不穷,猿则百叫无绝,鸢飞戾天者,望峰息心,经纶世务者,窥谷忘反,横柯上蔽,在昼犹昏,疏条交映,有时见日。
>
> ——吴均

一

"比在家庭的怀抱里觉得更好的地方,是什么地方?"像这样的地方,当然是没有的,法国的这一句古歌,实在是把人情世态道尽了。

当微雨潇潇之夜,你若身眠古驿,看看萧条的四壁,看看一点欲尽的寒灯,倘不想起家庭的人,这人便是没有心肠者,任它草堆也好,破窑也好,你儿时放摇篮的地方,便是你死后最好的葬身之所呀!我们在客中卧病的时候,每每要想及家乡,就是这事的明证。

我空拳只手的奔回家去。到了杭州,又把路费用尽,在赤日的底下,在车行的道上,我就不得不步行出城。缓步当车,说起来倒是好听,但是在二十世纪的堕落的文明里沉浸过的我,既贫贱而又多骄,最喜欢张张虚势,更何况平时是以享

乐为主义的我，又哪里能够好好的安贫守分，和乡下人一样的蹀躞泥中呢！

　　这一天阴历的六月初三，天气倒好得很。但是炎炎的赤日，只能助长有钱有势的人的纳凉佳兴，与我这行路病者，却是丝毫无益的！我慢慢的出了凤山门，立在城河桥上，一边用了我那半旧的夏布长衫襟袖，揩拭汗水，一边回头来看看杭州的城市，与杭州城上盖着的青天和城墙界上的一排山岭，真有万千的感慨，横亘在胸中。预言者自古不为其故乡所容，我今朝却只能对了故里的丘山，来求最后的荫庇，五柳先生的心事，痛可知了。

　　啊啊！亲爱的诸君，请你们不要误会，我并非是以预言者自命的人，不过说我流离颠沛，却是与预言者的境遇相同，社会错把我作了天才待遇罢了。即使罗秀才能行破石飞鸡的奇迹，然而他的品格，岂不和飘泊在欧洲大陆，猖狂乞食的其泊西（Gipsy）一样么？

　　我勉强走到了江干，腹中饥饿得很了。回故乡去的早班轮船，当然已经开出，等下午的快船出发，还有三个钟头。我在杂乱窄狭的南星桥市上飘流了一会，在靠江的一条冷清的夹道里找出了一家坍败的饭馆来。

　　饭店的房屋的骨格，同我的胸腔一样，肋骨已经一条一条的数得出来了。幸亏还有左侧的一根木椽，从邻家墙上，横着支住在那里，否则怕去秋的潮汛，早好把它拉入了江心，作伍子胥的烧饭柴火去了。店里的几张板凳桌子，都积满了灰尘油腻，好像是前世纪的遗物。账柜上坐着一个四十内外的女人，在那里做鞋子。灰色的店里，并没有什么生动的气象，只有在门口柱上贴着一张"安寓客商"的尘蒙的红纸，还有些微现世的感觉。我因为脚下的钱已快完，不能更向热闹的街心去寻辉煌的菜馆,所以就慢慢的踱了进去。

啊啊,物以类聚!你这短翼差池的饭馆,你若是二足的走兽,那我正好和你分庭抗礼结为兄弟哩。

二

假使天公下一阵微雨,把钱塘江两岸的风景,罩得烟雨模糊,把江边的泥路,浸得污浊难行,那么这时候江干的旅客,必要减去一半,那么我乘船归去,至少可以少遇见几个晓得我的身世的同乡;即使旅客不因之而减少,只教天上有暗淡的愁云蒙着,阶前屋外有几点雨滴的声音,那么围绕在我周围的空气和自然的景物,总要比现在更带有些阴惨的色彩,总要比现在和我的心境更加相符。若希望再奢一点,我此刻更想有一具黑漆棺木在我的旁边。最好是秋风凉冷的九十月之交,叶落的林中,阴森的江上,不断地筛着渺濛的秋雨。我在凋残的芦苇里,雇了一叶扁舟,当日暮的时候,在送灵柩归去。小船除舟子而外,不要有第二个人。棺里卧着的,若不是和我寝处追随的一个年少妇人,至少也须是一个我的至亲骨肉。我在灰暗微明的黄昏江上,雨声淅沥的芦苇丛中,赤了足,张了油纸雨伞,提了一张灯笼,摸上船头上去焚化纸帛。

我坐在靠江的一张破桌子上,等那柜上的妇人下来替我炒蛋炒饭的时候,看看西兴对岸的青山绿树,看看江上的浩荡波光,又看看在江边沙渚的晴天赤日下来往的帆樯肩舆和舟子牛车。心里忽起了一种怨恨天帝的心思。我怨恨了一阵,痴想了一阵,就把我的心愿,原原本本的排演了出来。我一边在那里焚化纸帛,一边却对棺里的人说:

"Jeanne!我们要回去了,我们要开船了!怕有野鬼来麻烦,你就拿这一点纸帛送给他们罢!你可要饭吃?你可安稳？你可是伤心？你不要怕，我在这里，我什么地方也不去了，我只在你的边上。……"

我幽幽的讲到最后的一句，咽喉就塞住了。我在座上拱了两手，把头伏了下去，两面额上，只感着了一道热气。我重新把我所欲爱的女人，一个一个想了出来，见她们闭着口眼，冰冷的直卧在我的前头。我觉得隐忍不住了，竟任情的放了一声哭声。那个在炉灶上的妇人，以为我在催她的饭，她就同哄小孩子似的用了柔和的声气说：

"好了好了！就快好了，请再等一会儿！"

啊啊！我又想起来了，我又想起来了，年幼的时候，当我哭泣的时候，祖母母亲哄我的那一种声气！

"已故的老祖母，倚闾的老母亲！你们的不肖的儿孙，现在正落魄了在江干等回故里的船呀！"

我在自己制成的伤心的泪海里游泳了一会，那妇人捧了一碗汤，一碗炒饭，摆到了我的面前来。我仰起头来对她一看，她倒惊了一跳。对我呆看了一眼，她就去绞了一块手巾来递给我，叫我擦一擦面。我对了这半老妇人的殷勤，心里说不出的只在感谢。几日来因为睡眠不足，营养不良的缘故，已经是非常感觉衰弱，动着就要流泪的我，对她的这一种感谢，也变成了两行清泪，噗嗒的滴下了腮来，她看了这种情形，就问我说：

"客人，你可是遇见了坏人？"

我摇了摇头，勉强的对她笑了一笑，什么话也不能回答。她呆呆的立了一回，看我不能讲话，也就留了一句"饭不够吃，再好炒的"安慰我的话，走向她的柜上去了。

三

我吃完了饭，付了她两角银角子，把找回来的八九个铜子，也送给了她，她却摇着头说："客人，你是赶船的么？船上要用钱的地方多得很哩，这几个铜子你收着用罢！"

我以为她怪我吝啬，只给她几个铜子的小账，所以又摸了两角银角子出来给她。她却睁大了眼睛对我说：

"咿咿！这算什么？这算什么？"

她硬不肯收，我才知道了她的真意，所以说：

"但是无论如何，我总要给你几个小账的。"

她又推了一回，才收了三个铜子说：

"小账已经有了。"

啊啊，我自回中国以来，遇见的都是些卑污贪暴的野心狼子，我万万想不到在浇薄的杭州城外，有这样的一个真诚的妇人的。妇人呀妇人，你的坍败的屋椽，你的凋零的店铺，大约就是你的真诚的结果，社会对你的报酬！啊啊，我真恨我没有黄金十万，为你建造一家华丽的酒楼。

"再会再会！"

"顺风顺风！船上要小心一点。"

"谢谢！"

我受妇人的怜惜，这可算是平生的第一次。

我出了饭馆，从太阳晒着的冷静的这条夹道，走上轮船公司的那条大街上去。大约是将近午饭的时候了，街上的行人，比曩时少了许多。我走到轮船公司门口，向窗里一看，见账房内有五六个男子围了桌子，赤了膊在那里说笑吃饭。卖票的窗前的屋里，在角头椅上，只坐着两个乡下人，在那里等候，从他们的衣服、态度上看来，他们必是临浦萧山一带的农民，也不知他们有什么心事，他们的眉毛却蹙得紧紧的。

我走近了他们,在他们旁边坐下之后,两人中间的一个看了我一眼,问我说:

"鲜散(先生)!到临浦严办(烟篷)几个脸(钱)?"

"我也不知道,大约是一二角角子罢。"

"喏(你)到啥地方起(去)咯?"

"我上富阳去的。"

"哎(我们)是为得打官司到杭州来咯。"

我并不问他,他却把这一回因为一个学堂里出身的先生告了他的状,不得不到杭州来的事情对我详细地诉说了:

"哎真勿要打官司啦!格煞(现在)田里已(又)忙,宁(人)也走勿开,真真苦煞哉啦!汉(那)个学堂里个(的)鲜散,心也脱凶哉,哎请啦宁刚(讲)过好两遍,情愿拿出八十块洋钿不(给)其(他),其(他)要哎百念块。喏(你)看,格煞五荒六月,教哎啥地方去变出一百念块洋钿来呢!"

他说着似乎是很伤心的样子。

"唉唉!你这老实的农民,我若有钱,我就给你一百二十块钱救你出险了。但是

Thou's met me in an evil hour;
……

To spare thee now is past my power,
……"

我心里这样的一想,又重新起了一阵身世之悲。他看我默默的不语,便也住了口,仍复沉入悲愁的境里去了。

四

我坐在轮船公司的那只角上,默默地与那农民相对,耳

里断断续续的听了些在账房里吃饭的人的笑语,只觉得一阵一阵的哀心隐痛,绝似临盆的孕妇,要产产不出来的样子。

杭州城外,自闸口至南星,统江干一带,本是我旧游之地,我记得没有去国之先,在岸边花艇里,金尊檀板,也曾眠醉过几场。江上的明月,月下的青山,与越郡的鸡酒,佐酒的歌姬,当然依旧在那里助长人生的乐趣。但是我呢?我身上的变化呢?我的同干柴似的一双手里,只捏了三个两角的银角子,在这里等买船票!

过了一点多钟,轮船公司的那间屋里,挤满了旅人,我因为怕逢知我的同乡,只俯了首,默默的坐着不敢吐气。啊啊,窗外的被阳光晒着的长街,在街上手轻脚健快快活活来往的行人,请你们饶恕我的罪罢,这时候我心里真恨不得丢一个炸弹,与你们同归于尽呀。

跟了那两个农民,在窗口买了一张烟篷船票,我就走出公司,走上码头,走上跳板,走上驳船去。

原来钱塘江岸,浅滩颇多,码头下有一排很长的跳板,接在那里。我跟了众人,一步一步的从跳板上走到驳船里去的时候,却看见了一个我自家的影子,斜映在江水里,慢慢地在那里前进。等走到跳板尽处,将上驳船的时候,我心里忽而想起了一段我女人写给我的信上的话来:

"我从来没有一个人单独出过门,那天晚上,我对你说的让我一个人回去的话,原是激于一时的意气而发,我实不知道抱着一个六个月的孩子的妇人的单独旅行,是如何的苦法的。那天午后,你送我上车,车开之后,我抱了龙儿,看看车里坐着的男女,觉得都比我快乐。我又探头出来,遥向你住着的上海一望,只见了几家工厂,和屋上排列在那里的一列烟囱。我对龙儿看了一眼，就不知不觉的涌出了两滴眼泪。龙儿看了我这样子，也好像有知识似的对我呆住了。他跳也不跳了，笑也不笑了，默默的尽对我呆看。我看了这种样子，更觉得伤心难耐，就把我的颜面俯上他的脸去，紧紧地吻了他一回。他呆了一会，就在我的怀里睡着了。

火车行行前进，我看看车窗外的野景，忽而想起去年你带我出来的时候的景象。啊啊！去岁的初秋，你我一路出来上A地去的快乐的旅行，和这一回惨败了回来的情状一比，当时的感慨如何，大约是你所能推想得出的罢！

在江干的旅馆里过了一夜，第二天的早晨，我差茶房送了一个信给住在江干的我的母舅，他就来了。把我的行李送上轮船之后，买了票子，他又来陪我上船去。龙儿硬不要他抱，所以我只能抱着龙儿，跟在他后面，一步一步的走上那骇人的跳板去，等跳板走尽的时候，我想把龙儿交给母舅，纵身一跳，跳入钱塘江里去的。但是仔细一想，在昏夜的扬子江边还淹不死的我，在白日的这浅渚里，又哪里能达到我的目的？弄得半死不活，走回家去，反而要被人家笑话，还不如忍着罢。

我到家以后，这几天里，简直还没有取过饮食，所以也没有气力写信给你，请你谅我。……"

五

啊啊，贫贱夫妻百事哀！我的女人吓，我累你不少了。

我走上了驳船，在船篷下坐定之后，就把三个月前，在上海北站，送我女人回家的事情想了出来。忘记了我的周围坐着的同行者，忘记了在那里摇动的驳船，并且忘记了我自家的失意的情怀，我只见清瘦的我的女人抱了我们的营养不良的小孩在火车窗里，在对我流泪。火车随着蒸汽机关在那里前进，她的眼泪洒满的苍白的脸儿，也和车轮合着了拍子，一隐一现的在那里窥探我。我对她点一点头，她也对我点一点头。我对她手招一招，教她等我一忽，她也对我手招一招。我想使尽我的死力，跳上火车去和她坐一块儿，但是心里又怕跳不上去，要跌下来。我迟疑了许久，看她在窗里的愁容，渐渐的远下去，淡下去了，才抱定了决心，站起来向前面伸出了一只手去。我攀着了一根铁干，听见了一声咚咚的冲击的声音，纵身向上一跳，觉得双脚踏在木板上了。忽有许多嘈杂的人声，逼上我的耳膜来，并且有几只强有力的手，突突的向我背后推打了几下。我回转头来一看，方知是驳船到了轮船身边，大家在争先的跳上轮船来，我刚才所攀着的铁干，并不是火车的回栏，我的两脚也并不是在火车中间，却踏在小轮船的舷上了。

我随了众人挤到后面的烟篷角上去占了一个位置，静坐了几分钟，把头脑休息了一下，方才从刚才的幻梦状态里醒了转来。

向船外一望，我看见透明的淡蓝色的江水，在那里反射日光。更抬头起来，望到了对岸，我看见一条黄色的沙滩，一排苍翠的杂树，静静的躺在午后的阳光里吐气。

我弯了腰背孤伶仃的坐了一忽，轮船开了。在闸口停了一停，这一只同小孩子的玩具似的小轮船就仆独仆独的奔向西去。两岸的树林沙渚，旋转了好几次，江岸的草舍，农夫，和偶然出现的鸡犬小孩，都好像是和平的神话里的材料，在那里等赫西奥特（Hesiod）的吟咏似的。

经过了闻家堰，不多一忽，船就到了东江嘴，上临浦义桥的船客，是从此地换入更小的轮船，溯支江而去的。买票

前和我坐在一起的那两个农民，被茶房拉来拉去的拉到了船边，将换入那只等在那里的小轮船去的时候，一个和我讲话过的人，忽而回转头来对我看了一眼，我也不知不觉的回了他一个目礼。啊啊！我真想跟了他们跳上那只小轮船去，因为一个钟头之后，我的轮船就要到富阳了，这回前去停船的第一个码头，就是富阳了，我有什么面目回家去见我的衰亲，见我的女人和小孩呢？

但是命运注定的最坏的事情，终究是避不掉的。轮船将近我故里的县城的时候，我的心脏的鼓动也和轮船的机器一样，仆独仆独的响了起来。等船一靠岸，我就杂在众人堆里，披了一身使人眩晕的斜阳，俯着首走上岸来。上岸之后，我却走向和回家的路径方向相反的一个冷街上的土地庙去坐了两点多钟。等太阳下山，人家都在吃晚饭的时候，我方才乘了夜阴，走上我们家里的后门边去。我侧耳一听，听见大家都在庭前吃晚饭，偶尔传过来的一声我女人和母亲的说话的声音，使我按不住的想奔上前去，和她们去说一句话，但我终究忍住了。乘后门边没有一个人在，我就放大了胆，轻轻推开了门，不声不响的摸上楼上我的女人的房里去睡了。

晚上我的女人到房里来睡的时候，如何的惊惶，我和她如何的对泣，我们如何的又想了许多谋自尽的方法，我在此地不记下来了，因为怕人家说我是为欲引起人家的同情的缘故，故意的在夸张我自家的苦处。

一九二三年八月十九日

（原载1923年8月19日《中华新报·创造日》第24期）

江南的冬景

凡在北国过过冬天的人，总都道围炉煮茗，或吃涮羊肉，剥花生米，饮白干的滋味。而有地炉，暖炕等设备的人家，不管它门外面是雪深几尺，或风大若雷，而躲在屋里过活的两三个月的生活，却是一年之中最有劲的一段蛰居异境；老年人不必说，就是顶喜欢活动的小孩子们，总也是个个在怀恋的，因为当这中间，有的萝卜，雅儿梨等水果的闲食，还有大年夜，正月初一元宵等热闹的节期。

但在江南，可又不同；冬至过后，大江以南的树叶，也不至于脱尽。寒风——西北风——间或吹来，至多也不过冷了一日两日。到得灰云扫尽，落叶满街，晨霜白得像黑女脸上的脂粉似的清早，太阳一上屋檐，鸟雀便又在吱叫，泥地里便又放出水蒸气来，老翁小孩就又可以上门前的隙地里去坐着曝背谈天，营屋外的生涯了；这一种江南的冬景，岂不也可爱得很么？

我生长江南，儿时所受的江南冬日的印象，铭刻特深；虽则渐入中年，又爱上了晚秋，以为秋天正是读读书，写写字的人的最惠节季，但对于江南的冬景，总觉得是可以抵得过北方夏夜的一种特殊情调，说得摩登些，便是一种明朗的情调。

我也曾到过闽粤，在那里过冬天，和暖原极和暖，有时候到了阴历的年边，说不定还不得不拿出纱衫来着；走过野人的篱落，更还看得见许多杂七杂八的秋花！一番阵雨雷鸣过后，凉冷一点；至多也只好换上一件夹衣，在闽粤之间，皮袍棉袄是绝对用不着的;这一种极南的气候异状,并不是我所说的江南的冬景,只能叫它作南国的长春,是春或秋的延长。

江南的地质丰腴而润泽,所以含得住热气,养得住植物;因而长江一带,芦花可以到冬至而不败,红叶也有时候会保持得三个月以上的生命。像钱塘江两岸的乌桕树,则红叶落后,还有雪白的桕子着在枝头,一点一丛,用照相机照将出来,可以乱梅花之真。草色顶多成了赭色,根边总带点绿意,非但野火烧不尽,就是寒风也吹不倒的。若遇到风和日暖的午后,你一个人肯上冬郊去走走,则青天碧落之下,你不但感不到岁时的肃杀,并且还可以饱觉着一种莫名其妙的含蓄在那里的生气;"若是冬天来了,春天也总马上会来"的诗人的名句,只有在江南的山野里,最容易体会得出。

说起了寒郊的散步,实在是江南的冬日,所给与江南居住者的一种特异的恩惠;在北方的冰天雪地里生长的人,是终他的一生,也决不会有享受这一种清福的机会的。我不知道德国的冬天,比起我们江浙来如何,但从许多作家的喜欢以Spaziergang一字来做他们的创造题目的一点看来,大约是德国南部地方,四季的变迁,总也和我们的江南差仿不多。譬如说十九世纪的那位乡土诗人洛在格(Peter Rosegger 1843~1918)罢,他用这一个"散步"做题目的文章尤其写得多,而所写的情形,却又是大半可以拿到中国江浙的山区地方来适用的。

江南河港交流,且又地濒大海,湖沼特多,故空气里时含水分;到得冬天,不时也会下着微雨,而这微雨寒村里的冬霖景象,又是一种说不出的悠闲境界。你试想想,秋收过后,河流边三五家人家会聚在一道的一个小村子里,门对长桥,窗临远阜,这中间又多是树枝槎丫的杂木树林;在这一幅冬日农村的图上，再洒上一层细得同粉也似的白雨，加上一层淡得几不成墨的背景，你说还够不够悠闲？若再要点景致进去，则门前可以泊一只乌篷小船，茅屋里可以添几个喧哗的酒客，天垂暮了，还可以加一味红黄，在茅屋窗中画上一圈暗示着灯光的月晕。人到了这一个境界，自然会得胸襟洒脱起来，终至于得失俱亡，死生不问了；我们总该还记得唐朝那位诗人做的"暮雨潇潇江上树"的一首绝句罢？诗人到此，连对绿林豪客都客气起来了，这不是江南冬景的迷人又是什么？

　　一提到雨，也就必然的要想到雪："晚来天欲雪，能饮一杯无？"自然是江南日暮的雪景。"寒沙梅影路，微雪酒香村"，则雪月梅的冬宵三友，会合在一道，在调戏酒姑娘了。"柴门村犬吠，风雪夜归人"，是江南雪夜，更深人静后的景况。"前树深雪里，昨夜一枝开"又到了第二天的早晨，和狗一样喜欢弄雪的村童来报告村景了。诗人的诗句，也许不尽是在江南所写，而做这几句诗的诗人，也许不尽是江南人，但假了这几句诗来描写江南的雪景，岂不直截了当，比我这一支愚劣的笔所写的散文更美丽得多？

　　有几年，在江南，在江南也许会没有雨没有雪的过一个冬，到了春间阴历的正月底或二月初再冷一冷下一点春雪的；去年（一九三四）的冬天是如此，今年的冬天恐怕也不得不然，以节气推算起来，大约太冷的日子，将在一九三六年的二月尽头，最多也总不过是七八天的样子。像这样的冬天，乡下人叫作旱冬，对于麦的收成或者好些，但是人口却要受到损伤；旱得久了，白喉，流行性感冒等疾病自然容易上身，可是想恣意享受江南的冬景的人，在这一种冬天，倒只会得到快活一点，因为晴和的日子多了，上郊外去闲步逍遥的机会自然也多；日本人叫作Hi-king，德国人叫作Spaziergang狂者，所最欢

迎的也就是这样的冬天。

　　窗外的天气晴朗得像晚秋一样；晴空的高爽，日光的洋溢，引诱得使你在房间里坐不住，空言不如实践，这一种无聊的杂文，我也不再想写下去了，还是拿起手杖，搁下纸笔，上湖上散散步罢！

一九三五年十二月一日

（原载1936年1月1日《文学》第6卷第1号）

郁达夫作品精选

青岛、济南、北平、北戴河的巡游

带青带绿的颜色，对于视觉，大约是特别的健全；尤其是深蓝，海天的深蓝，看了使人会莫名其妙的感到一种愉快。可是单调的色彩，只是一色的色彩，广大无边地包在你的左右四周，若一点儿变化也没有，成日成夜地与你相对，日久了当然是也要生厌的；青岛的好处就在这里，第一，就在她的可以使你换一换口味，第二，到了她的怀里，去摸索起来，却也并不单调，所以在暑热的时候，去住一两个月，恰正合适。

无论你南边从上海去，或北边从天津去，若由海道而去青岛，总不过二三十个钟头，可以到了。你在船舱里，只和海和天相对，先当然是觉得愉快，觉得伟大，觉得是飘然遗世而独立，羽化而登仙的样子；但一昼夜过后，未免要感到落寞，感到厌倦；正当你内心在感到这些，而嘴里还没有叫出来的时候，而白的灯台，红的屋瓦，弯曲的海岸，点点的近岛遥山，就净现上你的视界里来了，这就是青岛。所以从海道去青岛的人对她所得的最初印象，比无论哪一个港市，都要清新些，美丽些。香港没有她的复杂，广州不及她的洁净，上海比她欠清静，烟台比她更渺小，刘公岛我虽则还没有到过，但推想起来，总也不能够和青岛的整齐华美相比并的。以女人来比青岛，她像是一个大家的闺秀；以人种来说青岛，她像是一个在情热之中隐藏着身份的南欧美妇人。

青岛的特色之一，是在她的市区的高低不平，与夫树木的青葱。都市的美观，若一味平直，只以颜色与摩天的高阁来

调和，是不能够引人入胜的；而青岛的地面，却尽是一枝枝的小山，到处可以看得见海，到处都是很适宜的住宅区。就是那一条从前叫弗利特利希大街，现在叫中山路的商业通衢，两端走走，也不过两三里路，就到海边了；街的两面，一走上去，就是小山，就是眺望很好的高地。

　　从前路过青岛，只在船楼上看看她的绿树与红楼，虽觉她很美，但还没有和她亲过吻，抱过腰；今年带了儿女，去住一个夏天，方才觉"东方第一良港""东方第一避暑区"的封号，果然不是徒有其表的虚称。

　　海水浴场的设备如何，暂且不去管它，第一是四周的那么些个浅滩，恐怕是在东亚，没有一处避暑区赶得上青岛。日本的海岛，当然也有好的，像明石须磨的一带，都是风光明媚的地方，可是小湾没有青岛的多，而岸线又不及青岛的曲。至于日本的北面临日本海的海岸呢，气候虽则凉冷，但风浪太大，避暑洗海水澡总有点不大适宜。

　　青岛，缺点当然也是有的；第一，夏天的空气太潮湿，雾露太多，就有点儿使人不舒服。其次则外国的东方舰队，来青岛避暑停泊的数目实在多不过，因而白俄的娼妇，中国盐水妹的来赶夏场买卖的，也混杂热闹到了使人分不出谁是良家的女子。喜欢异国颓废的情调的人，或者反而对此会感兴趣，但想去看一点书，做一点事情的人，被这些酒肉气醉人的淫暖之风一吹，总不免要感到头昏脑涨，想呕吐出来。我今年的一个夏天就整整的被这些活春宫冲坏了的；日里上海滨去看看裸体，晚上在露台听听淫辞，结果我就一个字也没有写，一册书也没有读，到了新秋微冷的时候，就匆匆坐了胶济车上北平去了。明年我就打算不再去青岛，而上一个更清静一点的海岸或山上去过夏天。

崂山的风景，原也不错；可是一般人所颂赞的大崂观靛缸湾一带的清溪石壁，也只平平，看过江南的清景的人，对此是不会感到特异的美感的；要讲伟大，要耐人寻味，自然是外崂沿海一带，从白云洞、华岩寺到太清宫的一路。我在青岛的时候，曾有一位小姐，向我说过石老人附近，景色的清幽，浮山午山庙周围，梨花的艳异；但因为去的时候不巧，对于这些绝景，都不曾领略，此生不知有没有再去的机会了，我到现在，还在怅念。

由青岛去济南的道上，最使我感到兴奋的，是过潍县之后，到青州之先，在朱刘店驿，从车窗里遥望首阳山的十几分钟。伯夷叔齐的古迹，在中国原有好几处，但山东的一角孤山，似乎比较有趣一点，因为地近田横岛，联想起来，也着实富于诗意。洁身自好之士，处到了这一种乱世，谁能保得住不至饿死？我虽不敢仰慕夷齐之清高，也决没有他们的节操与大志，但是饿死的一点，却是日像一日，尽可以与这两位孤竹国的王子比了。所以车过首阳之后，走得老远老远，我还探头窗外，在对荒山的一个野庙默表敬意。至于青州的云门山，于陵的长白山、白云山等，只稍稍掉头望了一望，明知道不能去登，也就不觉得是什么了不得的名山胜地了；可是云门的六朝石刻，听说确是货真价实的历史上的宝物。

到济南城后，找着了李守章氏，第二日照例的去游千佛山、大明湖、趵突泉、金线泉、黑虎泉等名胜。自然是以家家流水、户户垂杨的黑虎泉（现在新设了游泳池了）一带，风景最为潇洒。大明湖的倒影千佛山，我倒也看见，只教在历下亭的后面东北堤旁临水之处，向南一望，千佛山的影子便了了可见，可是湖景并不觉得什么美丽。只有蒲菜、莲蓬的味道，的确还鲜，也无怪乎居民的竞相侵占，要把大明湖改变作大明村了。就在这一天的晚上,我们离开了李清照、辛弃疾的生地而赶上了平浦的通车,原因是为了映霞还没有到过北平,想在没有被人侵夺去之前,去瞻仰瞻仰这有名的旧日的皇都。

北平的内容,虽则空虚,但外观总还是那么的一个样子。人口增加,新居添筑,东安、西单两市场,人海人山;汽车电车的声音,也日夜的不断。可是,戏院的买卖减了,八大胡同里的房子大半空了,大店家的好货也不大备了,小馆子的顾客大增,而大饭庄的灯火却萧条起来了;到平之后,并且还听见西山都出了劫案,杀死了人。在故宫里看了几日假古董,北海、中央公园内喝了几次茶,上三贝子花园、颐和园去跑了一跑之后,应水淇之招,我们就一直的到了山海关内的北戴河边。刚在青岛看海看厌了的我们,这一回对北戴河自然不能像从前似的用上级形容词来赞美了。不过有两件事情,我总觉得北戴河要比青岛好些。第一,是汽车声音的绝无,第二,是避暑客人的高尚。不过话也要说回来,在鹿囿上面的那一家菜馆里吃饭的时候,白俄女人的做买卖的也未始不曾看见,但数目少了,反而以为万绿丛中一点红,这一块肉,倒是少她不得的。

北戴河的骡子,实在是一种比黄包车汽车轿子更有诗意的乘物。我们到了车站,故意想难难没有骑过骡儿的映霞,大家就不坐车而骑骡;但等到了张家大楼,她的骑骡术已经谙熟了,以后直到离开北戴河为止,她就老爱在骡背上跨着,不肯下来。

北戴河的气候,当然要比青岛的好;但人工的设备,地面的狭小,却比青岛差得很远。东山区域,住宅太多,卫生状况也因而不好。我以为西面联峰山下,一直到海滨的一段,将来必定要兴盛起来。但自第五桥,沿海上南天门去的一路,风景也真好不过。

尤其是南天门金山嘴的一角，东望秦皇岛山海关，南临渤海，北去鸽子窝也不过两三里地的路程；北戴河的海山景色，当以此地为中心，而别庄不多，那娘娘庙的建筑，也坍败得不堪，我真觉得奇怪。还有那个三皇殿哩，再过两年，怕庙址都要没处去寻了，我不懂北戴河的公益所，何以不去修理修理，使成一避暑的游息之所。

这一次在北戴河住得不久，所以像汤泉山、背牛顶的胜水岩等处，都没有去成。但在回来的路上，到了滦口，看看阳山碣石山等不断的青峰，与夫滦河蜿蜒的姿势，就觉得山水的秀丽，不仅是江南的特产了，在关以内和关以外，何尝没有明媚的山川？但大好的山河，现在都拱手让人拿去筑路开矿，来打我们中国了，叫我们小百姓又有什么法子去拼命呢？古人有"马后桃花马前雪，出关争得不回头"的诗句，希望衮衮诸公，不要误信诗人，把这些好地方都看作了雪地冰天，丢在脑后才好！

一九三四年十一月二十八日于杭州大学路寓所

（原载《达夫游记》，1936年3月初版，上海文学创造社）

苏州烟雨记

一

悠悠的碧落,一天一天的高远起来。清凉的早晚,觉得天寒袖薄,要缝件夹衣,更换单衫。楼头思妇,见了鹅黄的柳色,牵情望远,在绸衾的梦里,每欲奔赴玉门关外去。当这时候,我们若走出户外天空下去,老觉得好像有一件什么重大的物事,被我们忘了似的。可不是么?三伏的暑热,被我们忘掉了哟!

在都市的沉浊的空气中栖息的裸虫!在利欲的争场上吸血的战士!年年岁岁,不知四季的变迁,同鼹鼠似的埋伏在软红尘里的男男女女!你们想发见你们的灵性不想?你们有没有向上更新的念头?你们若欲上空旷的地方,去呼一口自由的空气,一则可以醒醒你们醉生梦死的头脑,二则可以看看那些就快凋谢的青枝绿叶,预藏一个来春再见之机,那么请你们跟了我来,Und ich, ich Schnuere Den Sack and wandere,我要去寻访伍子胥吹箫吃食之乡,展拜秦始皇求剑凿穿之墓,并想看看那有名的姑苏台苑哩!

"象以齿毙,膏用明煎",为人切不可有所专好,因为一有了嗜癖,就不得不为所累。我闲居沪上,半年来既无职业,也无忙事,本来只须有几个买路钱,便是天南地北,也可以悠然独往的,然而实际上却是不然。因为自去年同几个同趣味的朋友,弄了几种我们所爱的文艺刊物出来之后,愚蠢的我们,就不得不天天服海儿克儿斯(Hercules)的苦役了,所以九月三日的早晨,决定和友人沈君,乘车上苏州去的时候,我还因有一篇文字没有交出之故，心里只在怦怦的跳动。

那一天（九月三日）也算是一天清秋的好天气。天上虽没有太阳，然而几块淡青的空处，和西洋女子的碧眼一般，在白云浮荡的中间，常在向我们地上的可怜虫密送秋波。不是雨天，不是晴日，若硬要把这一天的天气分出类来，我不管气象台的先生们笑我不笑我，姑且把它叫风云飞舞，阴晴交让的初秋的一日吧。

这一天的早晨，同乡的沈君，跑上我的寓所来说：

"今天我要上苏州去。"

我从我的屋顶下的房里，看看窗外的天空，听听市上的杂噪，忽而也起了一种怀慕远处之情（Sehusucht nachder Ferne）。九点四十分的时候，我和沈君就摇来摇去的站在三等车中，被机关车搬向苏州去了。

"仙侣同舟！"古人每当行旅的时候，老在心中窃望着这一种艳福。我想人既是动物，无论男女，欲念总不能除，而我既是男人，女人当然是爱的。这一回我和沈君匆促上车，初不料的车上的人是那样拥挤的，后来从后面走上了前面，忽在人丛中听出了一种清脆的笑声来。"明眸皓齿的你们这几位女青年，你们可是上苏州去的么？"我见了她们的那一种活泼的样子，真想开口问她们一声，但是三千年的道德观，和见人就生恐惧的我的自卑狂，只使我红了脸，默默的站在她们身边，不过暗暗的闻吸闻吸从她们发上身上口中蒸发出来的香气罢了。我把她们偷看了几眼，心里又长叹了一声："啊啊！容颜要美，年纪要轻，更要有钱！"

二

我们同车的几个"仙侣"，好像是什么女学校的学生。她们的活泼的样子——使恶魔讲起来就是轻佻——丰肥的肉体——使恶魔讲起来就是多淫——和烂熟的青春，都是神仙

应有的条件，但是只有一件，只有一件事情，使我无论如何也不能把她们当作神仙的眷属看。非但如此，为这一件事情的原故，我简直不能把她们当作我的同胞看。这是什么呢，这便是她们故意想出风头而用的英文的谈话。假使我是不懂英文的人，那么从她们的绯红的嘴唇里滚出来的叽哩咕噜，正可以当作天女的灵言听了，倒能够对她们更加一层敬意。假使我是崇拜英文的人，那末听了她们的话，也可以感得几分亲热。但是我偏偏是一个程度与她们相仿的半通英文而又轻视英文的人，所以我的对她们的热意，被她们的谈话一吹几乎吹得冰冷了。世界上的人类，抱着功利主义，受利欲的催眠最深的，我想没有过于英美民族的了。但我们的这几位女同胞，不用《西厢》、《牡丹亭》上的说白来表现她们的思想，不把《红楼梦》上言文一致的文字来代替她们的说话，偏偏要选了商人用的这一种有金钱臭味的英语来卖弄风情，是多么煞风景的事情啊！你们即使要用外国文，也应选择那神韵悠扬的法国语，或者更适当一点的就该用半清半俗，薄爱民语（La langue des Bohemiens），何以要用这卑俗英语呢？啊啊，当现在崇拜黄金的世界，也无怪某某女学等卒业出来的学生，不愿为正当的中国人的糟糠之室，而愿意自荐枕席于那些犹太种的英美的下流商人的。我的朋友有一次说，"我们中国亡了，倒没有什么可惜，我们中国的女性亡了，却是很可惜的。现在在洋场上作寓公的有钱有势的中国的人物，尤其是外交商界政界的人物，他们的妻女，差不多没有一个不失身于外国的下流流氓的，你看这事伤心不伤心哩！"我是两性问题上的一个国粹保存主义者，最不忍见我国的娇美的女同胞，被那些外国流氓去足践。我的在外国留学时代的游荡，也是本于这主义的一种复仇的心思。我现在若有黄金千万，还想去买些白奴来，供我们中国的黄包车夫苦力小工享乐啦！

唉唉！风吹水绉，干侬底事，她们在那里贱卖血肉，于我何尤。我且探头出去看车窗外的茂茂的原田，青青的草地，和清溪茅舍，丛林旷地吧！

"啊啊，那一道隐隐的飞帆，这大约是苏州河吧？"

我看了那一条深碧的长河，长河彼岸的粘天的短树，和河内的帆船，就叫着问我的同行者沈君，他还没有回答我之先，立在我背后的一位老先生却回答说："是的，那是苏州河，你看隐约的中间，不是有一条长堤看得见么！没有这一条堤，风势很大，是不便行舟的。"

我注目一看，果真在河中看出了一条隐约的长堤来。这时候，在东面车窗下坐着的旅客，都纷纷站起来望向窗外去。我把头朝转来一望，也看见了一个汪洋的湖面，起了无数的清波，在那里汹涌。天上黑云遮满了，所以湖面也只似用淡墨涂成的样子。湖的东岸，也有一排矮树，同凸出的雕刻似的，以阴沉灰黑的天空作了背景，在那里作苦闷之状。我不晓是什么理由，硬想把这一排沿湖的列树，断定是白杨之林。

三

车过了阳澄湖，同车的旅客，大家不向车的左右看而注意到车的前面去，我知道苏州就不远了。等苏州城内的一枝尖塔看得出来的时候，几位女学生，也停住了她们的黄金色的英语，说了几句中国话：

"苏州到了！"

"可惜我们不能下去！"

"But we will come in the winter."

她们操的并不是柔媚的苏州音，大约是南京的学生吧？也许是上北京去的，但是我知道了她们不能同我一道下车，心里却起了一种微微的失望。

"女学生诸君，愿你们自重，愿你们能得着几位金龟佳婿，我要下车去了。"

心里这样的讲了几句，我等着车停之后，就顺着了下车的人流，也被他们推来推去的推下了车。

出了车站，马路上站了一忽，我只觉得许多穿长衫的人，路的两旁停着的黄包车，马车，车夫和驴马，都在灰色的空气里混战。跑来跑去的人的叫唤，一个钱两个钱的争执，萧条的道旁的杨柳，黄黄的马路，和在远处看得出来的一道长而且矮的土墙，便是我下车在苏州得着的最初的印象。

湿云低垂下来了。在上海动身时候看得见的几块青淡的天空也被灰色的层云埋没煞了。我仰起头来向天空一望，脸上早接受了两三点冰冷的雨点。

"危险危险，今天的一场冒险，怕要失败。"

我对在旁边站着的沈君这样讲了一句，就急忙招了几个马车夫来问他们的价钱。

我的脚踏苏州的土地，这原是第一次。沈君虽已来过一二回，但是那还是前清太平时节的故事，他的记忆也很模糊了。并且我这一回来，本来是随人热闹，偶尔发作的一种变态旅行，既无作用，又无目的的，所以马夫问我"上哪里去？"的时候，我想了半天，只回答了一句，"到苏州去！"究竟沈君是深于世故的人，看了我的不知所措的样子，就不慌不忙的问马车夫说："到府门去多少钱？"

好像是老熟的样子。马车夫倒也很公平，第一声只要了三块大洋。我们说太贵，他们就马上让了一块，我们又说太贵，他们又让了五角。我们又试了试说太贵，他们却不让了，所以就在一乘开口马车里坐了进去。

起初看不见的微雨，愈下愈大了，我和沈君坐在马车里，尽在野外的一条马路上横斜的前进。青色的草原，疏淡的树林，蜿蜒的城墙，浅浅的城河，变成这样，变成那样的在我们面前交换。醒人的凉风，休休的吹上我的微热的面上，和嗒嗒的马蹄声，在那里合奏交响乐。我一时忘记了秋雨，忘记了在上海剩下的未了的工作,并且忘记了半年来失业困穷的我,心里只想在马车上作独脚的跳舞,嘴里就不知不觉的念出了几句独脚跳舞歌来:

秋在何处,秋在何处?

在蟋蟀的床边,在怨妇楼头的砧杵,

你若要寻秋,你只须去落寞的荒郊行旅,

刺骨的凉风,吹消残暑,

漫漫的田野,刚结成禾黍,

一番雨过,野路牛迹里贮着些儿浅渚,

悠悠的碧落,反映在这浅渚里容与,

月光下,树林里,萧萧落叶的声音,便是秋的私语。

我把这几句词不像词,新诗不像新诗的东西唱了一回,又向四边看了一回,只见左右都是荒郊,前面只是一条没有尽头的长路,所以心里就害怕起来,怕马夫要把我们两个人搬到杳无人迹的地方去杀害。探头出去,大声的喝了一声:"喂!你把我们拖上什么地方去?"

那狡猾的马夫,突然吃了一惊,噗的从那坐凳上跌下来,他的马一时也惊跳了一阵,幸而他虽跌倒在地下,他的马缰绳,还牢捏着不放,所以马没有跳跑。他一边爬起来,一边对我们说:

"先生!老实说,府门是送不到的,我只能送你们上洋关过去的密度桥上。从密度桥到府门,只有几步路。"

他说的是没有丈夫气的苏州话,我被他这几句柔软的话声一说,心已早放下了,并且看看他那五十来岁的面貌,也不像杀人犯的样子,所以点了一点头,就由他去了。

马车到了密度桥,我们就在微雨里走了下来,上沈君的友人寄寓在那里的莳门内的严衙前去。

四

进了封建时代的古城,经过了几条狭小的街巷,更越过了许多环桥,才寻到了沈君的友人施君的寓所。进了葑门以后,在那些清冷的街上,所得着的印象,我怎么也形容不出来,上海的市场,若说是二十世纪的市场,那么这苏州的一隅,只可以说是十八世纪的古都了。上海的杂乱和情形,若说是一个Busy Port,那么苏州只可以说是一个Sleepy town了。总之阊门外的繁华,我未曾见到,专就我于这葑门里一隅的状况看来,我觉得苏州城,竟还是一个浪漫的古都,街上的石块,和人家的建筑,处处的环桥河水和狭小的街衢,没有一件不在那里夸示过去的中国民族的悠悠的态度。这一种美,若硬要用近代语来表现的时候,我想没有比"颓废美"的三字更适当的了。况且那时候天上又飞满了灰黑的湿云,秋雨又在微微的落下。

施君幸而还没有出去,我们一到他住的地方,他就迎了出来。沈君为我们介绍的时候,施君就慢慢的说:

"原来就是郁君么?难得难得,你做的那篇……我已经拜读了,失意人谁能不同声一哭!"

原来施君是我们的同乡,我被他说得有些羞愧了,想把话头转一个方向,所以就问他说:

"施君,你没有事么?我们一同去吃饭吧。"

实际上我那时候,肚里也觉得非常饥饿了。

严衙前附近,都是钟鸣鼎食之家,所以找不出一家菜馆来。没有方法,我们只好进一家名锦帆榭的茶馆,托茶博士去为我们弄些酒菜来吃。因为那时候微雨未止,我们的肚里却响得厉害,想想饿着肚在微雨里奔跑,也不值得,所以就进了那家茶馆——一则也因为这家茶馆的名字不俗——打算坐它一二个钟头,再作第二步计划。

古语说得好，"有志者事竟成！"我们在锦帆榭的清淡的中厅桌上，喝喝酒，说说闲话，一天微雨，竟被我们的意志力，催阻住了。

初到一个名胜的地方，谁也同小孩子一样，不愿意悠悠的坐着的，我一见雨止，就促施君沈君，一同出了茶馆，打算上各处去逛去。从清冷修整狭小的卧龙街一直跑将下去，拐了一个弯，又走了几步，觉得街上的人和两旁的店，渐渐儿的多起来，繁盛起来，苏州城里最多的卖古书、旧货的店铺，一家一家的少了下去，卖近代的商品的店家，逐渐惹起我的注意来了。施君说：

"玄妙观就要到了，这就是观前街。"

到了玄妙观内，把四面的情形一看，我觉得玄妙观今日的繁华，与我空想中的境状大异。讲热闹赶不上上海午前的小菜场，讲怪异远不及上海城内的城隍庙，走尽了玄妙观的前后，在我脑里深深印入的印象，只有二个，一个是三五个女青年在观前街的一家箫琴铺里买箫，我站到她们身边去对她们呆看了许久，她们也回了我几眼。一个是玄妙观门口的一家书馆里，有一位很年轻的学生在那里买我和我朋友共编的杂志。除这两个深刻的印象外，我只觉得玄妙观里的许多茶馆，是苏州人的风雅的趣味的表现。

早晨一早起来，就跑上茶馆去。在那里有天天遇见的熟脸。对于这些熟脸，有妻子的人，觉得比妻子还亲而不狎，没有妻子的人，当然可把茶馆当作家庭，把这些同类当作兄弟了。大热的时候，坐在茶馆里，身上发出来的一阵阵的汗水，可以以口中咽下去的一口口的茶去填补。茶馆内虽则不通空气，但也没有火热的太阳，并且张三李四的家庭内幕和东洋中国的国际闲谈，都可以消去逼人的盛暑。天冷的时候，坐在茶馆里，第一个好处，就是现成的热茶。除茶喝多了，小便的时候要起冷痉之外，吞下几碗刚滚的热茶到肚里，一时却能消

渴消寒。贫苦一点的人，更可以借此熬饥。若茶馆主人开通一点，请几位奇形怪状的说书者来说书，风雅的茶客的兴趣，当然更要增加。有几家茶馆里有几个茶客，听说从十几岁的时候坐起，坐到五六十岁死时候止，坐的老是同一个座位，天天上茶馆来一分也不迟，一分也不早，老是在同一个时间。非但如此，有几个人，他自家死的时候，还要把这一个座位写在遗嘱里，要他的儿子天天去坐他那一个遗座。近来百货店的组织法应用到茶业上，茶馆的前头，除香气烹人的"火烧""锅贴""包子""烤山芋"之外，并且有酒有菜，足可使茶馆一天不出外而不感得什么缺憾。像上海的青莲阁，非但饮食俱全，并且人肉也在贱卖，中国的这样文明的茶馆，我想该是二十世纪的世界之光了。所以盲目的外国人，你们若要来调查中国的事情，你们只须上茶馆去调查就是，你们要想来管理中国，也须先去征得各茶馆里的茶客的同意，因为中国的国会所代表的，是中国人的劣根性无耻与贪婪，这些茶客所代表的倒是真真的民意哩！

五

出了玄妙观，我们又走了许多路，去逛遂园。遂园在苏州，同我在上海一样，有许多人还不晓得它的存在。从很狭很小的一个坍败的门口，曲曲折折走尽了几条小弄，我们才到了遂园的中心。苏州的建筑，以我这半日的经验讲来，进门的地方，都是狭窄芜废，走过几条曲巷，才有轩敞华丽的屋宇。我不知这一种方式，还是法国大革命前的民家一样，为避税而想出来的呢？还是为唤醒观者的观听起见，有修辞学上的欲扬先抑的笔法，使能得着一个对称的效力而想出来的？

遂园是一个中国式的庭园，有假山有池水有亭阁，有小桥也有几枝树木。不过各处的坍败的形迹和水上开残的荷花荷叶，同暗淡的天气合作一起，使我感到了一种秋意，使我看出了中国的将来和我自家的凋零的结果。啊！遂园呀遂园，我爱你这一种颓唐的情调！

在荷花池上的一个亭子里，喝了一碗茶，走出来的时候，我们在正厅上却遇着了许多穿轻绸绣缎的绅士淑女，静静的坐在那里喝茶咬瓜子，等说书者的到来。我在前面说过的中国人的悠悠的态度，和中国的亡国的悲壮美，在此地也能看得出来。啊啊，可怜我为人在客，否则我也挨到那些皮肤嫩白的太太小姐们的边上去静坐了。

出了遂园，我们因为时间不早，就劝施君回寓。我与沈君在狭长的街上飘流了一会，就决定到虎丘去。

（此稿因作者患病中止）

（原载1923年9月《中华新报·创造日》）

仙霞纪险

从衢州南下,一路上迎送着的有不断的青山,更超过几条水色蓝碧的江身,经一大平原,过双塔地,到一区四山围抱的江城,就是江山县了。

江山是以三片石的江郎山出名的地方,南越仙霞关,直通闽粤,西去玉山,便是江西;所谓七省通衢,江山实在是第一个紧要的边境。世乱年荒,这江山县人民的提心吊胆,打草惊蛇的状况,也可以想见的了;我们南来,也不过想见识见识仙霞关的险峻,至于采风访俗,玩水游山,在这一个年头,却是不许轻易去尝试的雅事,所以到江山的第二日一早,我们就急急地雇了一辆汽车,驰往仙霞关去。

在南门外的汽车站上车,三里就到俗名的东岳山,有一块老虎岩,并一座明嘉靖年间建置的塔在的景星山下;南行二十里,远远望得见冲天的三块巨岩江郎山,或合或离,在东面的群山中跳跃;再去是淤头,是峡口,是仙霞岭的区域了,去江山虽有八九十里路程,但汽车走走,也只走了两三个钟头的样子。

仙霞岭的面貌,实在是雄奇伟大得很!老远看来就是那么高那么大的这排百里来长的仙霞山脉,近来一看,更觉得是不见日了。东西南的三面,湾里有湾,山上有山;奇峰怪石,老树长藤,不计其数;而最曲折不尽,令人方向都分辨不出来的,是新从关外二十八都筑起,沿龙溪、化龙溪两支深山中的大水而行的那条通江山的汽车公路。

五步一转变，三步一上岭，一面是流泉涡旋的深坑万丈，一面又是鸟飞不到的绝壁千寻。转一个弯，变一番景色，上一个岭，辟一个天地，上上下下，去去回回，我们在仙霞山中，龙溪岸上，自北去南，因为要绕过仙霞关去，汽车足足起了有一个多钟头的山路。山的高、水的深，与夫弯的多，路的险，不折不扣地说将出来，比杭州的九溪十八涧，起码总要超过三百多倍。要看山水的曲折，要试车路的崎岖，要将性命和命运去拼拼，想尝一尝生死关心，千钧一发的冒险异味的人，仙霞岭不可不到，尤其是从仙霞关北麓绕路出关，上关南二十八都去的这一条新辟的汽车公路，不可不去一走。车到关南，行径小竿岭的那个隘口，近瞰二十八都谷底里的人家，远望浦城枫岭诸峰的青影的时候，我真感到了一种一则以喜一则以惧的说不出的心理；喜的是关后许多险隘，已经被我走过了，惧的是直望山脚的目的地二十八都，虽然是只离开了一程抛石的空间，但山坡陡削，直冲下去，总也还有二三千尺的高度。这时候回头来看看仙霞关，一条石级铺得像蛇腹似的曩时的鸟道，却早已高高隐没在去雾与树木的中间了。

　　从小竿岭的隘口下去，盘旋回绕，再走了三四十分钟，到仙霞关外第一口的二十八都去一看，忽然间大家的身上又起了一层鸡皮的细粒。

　　太阳分明是高照在那里，天色当然是苍苍的，高大的人家的住屋，也一层一层的排列着在，但是人哩，活的生动着的人哩，人都到哪里去了呢？

　　许许多多的很整齐人家，窗户都是掩着的，门却是半开半闭，或者全无地空空洞洞同死鲈鱼的嘴似的张开在那里。踏进去一看，地下只散乱铺着有许多稻草。脚步声在空屋里反射出来的那一种响声，自己听了也要害怕。忽而索落落屋角的

黑暗处稻草一动，偶尔也会立起一个人来，但只光着眼睛，向你上下一打量，他就悄悄的避开了。你若追上去问他一句话呢，他只很勉强地站立下来，对你又是光着眼睛的一番打量，摇摇头，露一脸阴风惨惨的苦笑，就又走了，回话是一句也不说的。

我们照这样的搜寻空屋，搜寻了好几处，才找到了一所基干队驻扎在那里的处所。守卫的兵士，对我们起初当然也是很含有疑惧的一番打量，听了我们的许多说明之后，他才开口说："昨晚上又有谣言。居民是自从去年九月以来，早就搬走了。在这里要吃一顿饭，是很不容易。因为豆腐青菜都没有人做，但今天早晨，队长是已经接到了江山胡站长的信，饭大约总在预备了罢？"说了，就请我们上大厅去息息。我们看到这一种情况，听到了那一番话，食欲早就被恐怖打倒了，所以道了一声队长万福，跳上车子，转身就走。

重回到小竿岭的那个隘口的时候，几刻钟前曾经盘问我们过，幸亏有了陈万里先生的那个徽章证明，才安然放我们过去的那位捧大刀的守卫兵，却笑着对我们说："你们就回去了么？"回来一过此口，已经入了安全地带，我们的胆子也大起来了，就在龙溪边上，一处叫作大坞的溪桥旁边下了车，打算爬上山去，亲眼看一看那座也可以说是一夫当关，万夫莫开，宋史浩方把石路铺起来的仙霞关口。一面，叫空车子仍遵原路，绕到仙霞关北相去五里的保安村去等候我们，好让我们由关南上岭，关北下山，一路上看看风景。

据书的记载，则仙霞岭高三百六十级，凡二十四曲，有五关，十峰等等。我们因为是从半腰里上去的，所以所走的只是关门所在的那一段。

仙霞关，前前后后，有四个关门。第二关的边上，将近顶边的地方，有一座新筑的碉楼在那里，据陪我们去游的胡站长说，江山近旁，共有碉楼四十余处，是新近才筑起来的，但汽车路一开，这些碉楼，这座雄关，将来怕都要普通成些虚有其名的古迹了。

仙霞关内的岭顶，有一座仙霞亭，亭旁住着一人家，从前大概是守关官吏的住所，现在却只剩了一位老人，在那里卖茶给过路行人。

北面出关，下岭里许，是一个关帝庙。规模很大，有观音阁、浣霞池亭等建筑，大约从前的闽浙官吏来往，总在这庙内寄宿的无疑。现在东面浣霞池的亭上，还有许多周亮工的过关诗，以及清初诸名宦的唱和诗碣，嵌在石壁的中间。

在关帝庙里喝了一碗茶，买了些有名的仙霞关的绿茶茶叶，晚霞已经围住了山腰，我们的手上脸上都感觉得有点潮润起来了，大家就不约而同的叫了出来：

"啊！！原来这里就是仙霞！不到此地，可真不晓得这关名之妙喂！"

下岭过溪，走到溪旁的保安村里，坐上车子，再探头出来看了一眼曾经我们走过的山岭，这座东南的雄镇，却早已羞羞怯怯，躲入到一片白茫茫的仙霞怀里去了。

一九三三年十二月

（原载《浙东景物纪略》，1933年版，浙江铁路局）

小　说

沉　沦

一

他近来觉得孤冷得可怜。

他的早熟的性情，竟把他挤到与世人绝不相容的境地去，世人与他的中间介在的那一道屏障，愈筑愈高了。

天气一天一天的清凉起来，他的学校开学之后，已经快半个月了。那一天正是九月的二十二日。

晴天一碧，万里无云，终古常新的皎日，依旧在她的轨道上，一程一程的在那里行走。从南方吹来的微风，同醒酒的琼浆一般，带着一种香气，一阵阵的拂上面来。在黄苍未熟的稻田中间，在弯曲同白线似的乡间的官道上面，他一个人手里捧了一本六寸长的Wordsworth的诗集，尽在那里缓缓的独步。在这大平原内，四面并无人影；不知从何处飞来的一声两声的远吠声。悠悠扬扬的传到他耳膜上来。他眼睛离开了书，同做梦似的向有犬吠声的地方看去，但看见了一丛杂树，几处人家，同鱼鳞似的屋瓦上，有一层薄薄的蜃气楼，同轻纱似的，在那里飘荡。

"Oh, you serene gossamer! You beautiful gossamer!"

这样的叫了一声，他的眼睛里就涌出了两行清泪来，他自己也不知道是什么缘故。

呆呆的看了好久，他忽然觉得背上有一阵紫色的气息吹来，息索的一响，道旁的一枝小草，竟把他的梦境打破了，他回转头来一看,那枝小草还是颠摇不已,一阵带着紫罗兰气息的和风,温微微的喷到他那苍白的脸上来。在这清和的早秋的世界里,在这澄清透明的以太中,他的身体觉得同陶醉似的酥软起来。他好像是睡在慈母怀里的样子。他好像是梦到了桃花源里的样子。他好像是在南欧的海岸,躺在情人膝上,在那里贪午睡的样子。

他看看四边,觉得周围的草木,都在那里对他微笑。看看苍空,觉得悠久无穷的大自然,微微的在那里点头。一动也不动的向天看了一会,他觉得天空中,有一群小天神,背上插着了翅膀,肩上挂着了弓箭,在那里跳舞。他觉得乐极了。便不知不觉开了口,自言自语的说:

"这里就是你的避难所。世间的一般庸人都在那里妒忌你,轻笑你,愚弄你;只有这大自然,这终古常新的苍空皎日,这晚夏的微风,这初秋的清气,还是你的朋友,还是你的慈母,还是你的情人,你也不必再到世上去与那些轻薄的男女共处去,你就在这大自然的怀里,这纯朴的乡间终老了罢。"

这样的说了一遍,他觉得自家可怜起来,好像有万千哀怨,横亘在胸中,一口说不出来的样子。含了一双清泪,他的眼睛又看到他手里的书上去。

Behold her, single in the field,
You solitary Highland lass!
Reaping and singing by herself;
Stop here, or gently pass!
Alone she cuts and binds the grain,
And sings a melancholy strain;
Oh, listen! for the Vale profound
Is overflowing with the sound.

看了这一节之后,他又忽然翻过一张来,脱头脱脑的看到那第三节去。

> Will no one tell me what she sings?
> Perhaps the plaintive numbers flow
> For old, unhappy, for-off things,
> And battle long ago:
> Or is it some more humble lay,
> Familiar matter of today?
> Some natural sorrow,loss,or pain,
> That has been, and may be again?

这也是他近来的一种习惯,看书的时候,并没有次序的。几百页的大书,更可不必说了,就是几十页的小册子,如爱美生的《自然论》(Emerson's《On Nature》),沙罗的《逍遥游》(Thoreau's《Excursion》)之类,也没有完完全全从头至尾的读完一篇过。当他起初翻开一册书来看的时候,读了四行五行或一页二页,他每被那一本书感动,恨不得要一口气把那一本书吞下肚子里去的样子,到读了三页四页之后,他又生起一种怜惜的心来,他心里似乎说:

"像这样的奇书,不应该一口气就把它念完,要留着细细儿的咀嚼才好。一下子就念完了之后,我的热望也就不得不消灭,那时候我就没有好望,没有梦想了,怎么使得呢?"

他的脑里虽然有这样的想头,其实他的心里早有一些儿厌倦起来,到了这时候,他总把那本书收过一边,不再看下去。过几天或者过几个钟头之后,他又用了满腔的热忱,同初读那一本书的时候一样的,去读另外的书去;几日前或者几点钟前那样的感动他的那一本书,就不得不被他遗忘了。

放大了声音把渭迟渥斯的那两节诗读了一遍之后,他忽然想把这一首诗用中国文翻译出来。"孤寂的高原刈稻者",他想想看,《The solitary highlandreaper》诗题只有如此的译法。

你看那个女孩儿,她只一个人在田里,
你看那边的那个高原的女孩儿,她只一个人冷清清地!
她一边刈稻,一边在那儿唱着不已;
她忽儿停了,忽而又过去了,轻盈体态,风光细腻!
她一个人,刈了,又重把稻儿捆起,
她唱的山歌,颇有些儿悲凉的情味;
听呀听呀!这幽谷深深,
全充满了她的歌唱的清音。

有人能说否,她唱的究是什么?
或者她那万千的痴话
是唱着前代的哀歌,
或者是前朝的战事,千兵万马;
或者是些坊间的俗曲
便是目前的家常闲说?
或者是些天然的哀怨,必然的丧苦,自然的悲楚。
这些事虽是过去的回思,将来想亦必有人指诉。

他一口气译了出来之后,忽又觉得无聊起来,便自嘲自骂的说:

"这算是什么东西呀,岂不同教会里的赞美歌一样的乏味么?英国诗是英国诗,中国诗是中国诗,又何必译来对去呢!"

这样的说了一句,他不知不觉便微微儿的笑了起来。向四边一看,太阳已经打斜了;大平原的彼岸,西边的地平线上,有一座高山,浮在那里,饱受了一天残照,山的周围酝酿成一层朦朦胧胧的岚气,反射出一种紫不紫红不红的颜色来。

他正在那里出神呆看的时候,哼的咳嗽了一声,他的背后忽然来了一个农夫。回头一看,他就把他脸上的笑容装改了一副忧郁的面色,好像他的笑容是怕被人看见的样子。

二

他的忧郁症愈闹愈甚了。

他觉得学校里的教科书,味同嚼蜡,毫无半点生趣。天气清朗的时候,他每捧了一本爱读的文学书,跑到人迹罕至的山腰水畔,去贪那孤寂的深味去。在万籁俱寂的瞬间,在天水相映的地方,他看看草木虫鱼,看看白云碧落,便觉得自家是一个孤高傲世的贤人,一个超然独立的隐者。有时在山中遇着一个农夫,他便把自己当作了Zarathustra,把Zarathustra所说的话,也在心里对那农夫讲了。他的megalomania也同他的hypochondria成了正比例,一天一天的增加起来。他竟有接连四五天不上学校去听讲的时候。

有时候到学校里去,他每觉得众人都在那里凝视他的样子。他避来避去想避他的同学,然而无论到了什么地方,他的同学的眼光,总好像怀了恶意,射在他的背脊上面。

上课的时候,他虽然坐在全班学生的中间,然而总觉得孤独得很;在稠人广众之中,感得的这种孤独,倒比一个人在冷清的地方,感得的那种孤独,还更难受。看看他的同学看,一个个都是兴高采烈的在那里听先生的讲义,只有他一个人身体虽然坐在讲堂里头,心思却同飞云逝电一般,在那里作无边无际的空想。

好容易下课的钟声响了!先生退去之后,他的同学说笑的说笑,谈天的谈天,个个都同春来的燕雀似的,在那里作乐;只有他一个人锁了愁眉,舌根好像被千钧的巨石锤住的样

子，兀的不作一声。他也很希望他的同学来对他讲些闲话，然而他的同学却都自家管自家的去寻欢作乐去，一见了他那一副愁容，没有一个不抱头奔散的，因此他愈加怨他的同学了。

"他们都是日本人，他们都是我的仇敌，我总有一天来复仇，我总要复他们的仇。"

一到了悲愤的时候，他总这样的想的，然而到了安静之后，他又不得不嘲骂自家说：

"他们都是日本人，他们对你当然是没有同情的，因为你想得他们的同情，所以你怨他们，这岂不是你自家的错误么？"

他的同学中的好事者，有时候也有人来向他说笑的，他心里虽然非常感激，想同那一个人谈几句知心的话，然而口中总说不出什么话来；所以有几个解他的意的人，也不得不同他疏远了。

他的同学日本人在那里欢笑的时候，他总疑他们是在那里笑他，他就一霎时的红起脸来。他们在那里谈天的时候，若有偶然看他一眼的人，他又忽然红起脸来，以为他们是在那里讲他。他同他同学中间的距离，一天一天的远背起来，他的同学都以为他是爱孤独的人，所以谁也不敢来近他的身。

有一天放课之后，他挟了书包，回到他的旅馆里来，有三个日本学生同他同路的。将要到他寄寓的旅馆的时候，前面忽然来了两个穿红裙的女学生。在这一区市外的地方，从没有女学生看见的，所以他一见了这两个女子，呼吸就紧缩起来。他们四个人同那两个女子擦过的时候，他的三个日本人的同学都问她们说，

"你们上哪儿去？"

那两个女学生就作起娇声来回答说：

"不知道！"

"不知道！"

那三个日本学生都高笑起来，好像是很得意的样子；只有他一个人似乎是他自家同她们讲了话似的，害了羞，匆匆跑回旅馆里来。进了他自家的房，把书包用力的向席上一丢，他就在席上躺下了。他的胸前还在那里乱跳，用了一只手枕着头，一只手按着胸口，他便自嘲自骂的说：

"你这卑怯者！

"你既然怕羞，何以又要后悔？

"既要后悔，何以当时你又没有那样的胆量？不同她们去讲一句话。

"Oh,coward,coward！"

说到这里，他忽然想起刚才那两个女学生的眼波来了。

那两双活泼泼的眼睛！

那两双眼睛里，确有惊喜的意思含在里头。然而再仔细想了一想，他又忽然叫起来说：

"呆人呆人！她们虽有意思，与你有什么相干？她们所送的秋波，不是单送给那三个日本人的么？唉！唉！她们已经知道了，已经知道我是支那人了，否则她们何以不来看我一眼呢！复仇复仇，我总要复他们的仇。"

说到这里，他那火热的颊上忽然滚了几颗冰冷的眼泪下来。他是伤心到极点了。这一天晚上，他记的日记说：

> 我何苦要到日本来，我何苦要求学问。既然到了日本，那自然不得不被他们日本人轻侮的。中国呀中国！你怎么不富强起来，我不能再隐忍过去了。
>
> 故乡岂不有明媚的山河，故乡岂不有如花的美女？我何苦要到这东海的岛国里来！

到日本来倒也罢了,我何苦又要进这该死的高等学校。他们留了五个月学回去的人,岂不在那里享荣华安乐么?这五六年的岁月,教我怎么能挨得过去。受尽了千辛万苦,积了十数年的学识,我回国去,难道定能比他们来胡闹的留学生更强么?

人生百岁,年少的时候,只有七八年的光景,这最纯最美的七八年,我就不得不在这无情的岛国里虚度过去,可怜我今年已经是二十一了。

槁木的二十一岁!

死灰的二十一岁!

我真还不如变了矿物质的好,我大约没有开花的日子了。

知识我也不要,名誉我也不要,我只要一个安慰我体谅我的"心"。一副白热的心肠!从这一副心肠里生出来的同情!从同情而来的爱情!

我所要求的就是爱情!

若有一个美人,能理解我的苦楚,她要我死,我也肯的。

若有一个妇人,无论她是美是丑,能真心真意的爱我,我也愿意为她死的。

我所要求的就是异性的爱情!

"苍天呀苍天,我并不要知识,我并不要名誉,我也不要那些无用的金钱,你若能赐我一个伊甸园内的'伊扶',使她的肉体与心灵,全归我有,我就心满意足了。"

三

他的故乡，是富春江上的一个小市，去杭州水程不过八九十里。这一条江水，发源安徽，贯流全浙，江形曲折，风景常新，唐朝有一个诗人赞这条江水说"一川如画"。他十四岁的时候，请了一位先生写了这四个字，贴在他的书斋里，因为他的书斋的小窗，是朝着江面的。虽则这书斋结构不大，然而风雨晦明，春秋朝夕的风景，也还抵得过滕王高阁。在这小小的书斋里过了十几个春秋，他才跟了他的哥哥到日本来留学。

他三岁的时候就丧了父亲，那时候他家里困苦得不堪。好容易他长兄在日本W大学卒了业，回到北京，考了一个进士，分发在法部当差，不上两年，武昌的革命起来了。那时候他已在县立小学堂卒了业，正在那里换来换去的换中学堂。他家里的人都怪他无恒性，说他的心思太活；然而依他自己讲来，他以为他一个人同别的学生不同，不能按部就班的同他们同在一处求学的。所以他进了K府中学之后，不上半年又忽然转了H府中学来；在H府中学住了三个月，革命就起来了。H府中学停学之后，他依旧只能回到那小小的书斋里来。第二年的春天，正是他十七岁的时候，他就进了大学的预科。这大学是在杭州城外，本来是美国长老会捐钱创办的，所以学校里浸润了一种专制的弊风，学生的自由，几乎被压缩得同针眼儿一般的小。礼拜三的晚上有什么祈祷会，礼拜日非但不准出去游玩，并且在家里看别的书也不准的，除了唱赞美诗祈祷之外，只许看新旧约书。每天早晨从九点钟到九点二十分，定要去做礼拜，不去做礼拜，就要扣分数记过。他虽然非常爱那学校近傍的山水景物，然而他的心里，总有些反抗的意思，因为他是一个爱自由的人，对那些迷信的管束，怎么也不甘心服从。住不上半年，那大学里的厨子，托了校长的势，竟打起学生来。学生中间有几个不服的，便去告诉校长，校长反说学生不是。他看看这些情形，实在是太无道理了，就立刻去告了退，仍复回家，到那小小的书斋里去，那时候已经是六月初了。

在家里住了三个多月，秋风吹到富春江上，两岸的绿树，就快凋落的时候，他又坐了帆船，下富春江，上杭州去。却好那时候石牌楼的W中学正在那里招插班生，他进去见了校长M氏，把他的经历说给了M氏夫妻听，M氏就许他插入最高的班里去。这W中学原来也是一个教会学校，校长M氏，也是一个糊涂的美国宣教师；他看看这学校的内容倒比H大学不如了。与一位很卑鄙的教务长——原来这一位先生就是H大学的卒业生——闹了一场，第二年的春天，他就出来了。出了W中学，他看看杭州的学校，都不能如他的意，所以他就打算不再进别的学校去。

正是这个时候，他的长兄也在北京被人排斥了。原来他的长兄为人正直得很，在部里办事，铁面无私，并且比一般部内的人物又多了一些学识，所以部内上下，都忌惮他。有一天某次长的私人，来问他要一个位置，他执意不肯，因此次长就同他闹起意见来，过了几天他就辞了部里的职，改到司法界去做司法官去了。他的二兄那时候正在绍兴军队里作军官，这一位二兄军人习气颇深，挥金如土，专喜结交侠少。他们弟兄三人，到这时候都不能如意之所为，所以那一小市镇里的闲人都说他们的风水破了。

他回家之后，便镇日镇夜的蛰居在他那小小的书斋里。他父祖及他长兄所藏的书籍，就作了他的良师益友。他的日记上面，一天一天的记起诗来。有时候他也用了华丽的文章做起小说来，小说里就把他自己当作了一个多情的勇士，把他邻近的一家寡妇的两个女儿,当作了贵族的苗裔,把他故乡的风物,全编作了田园的情景;有兴的时候,他还把他自家的小说,用单纯的外国文翻译起来;他的幻想,愈演愈大了,他的忧郁病的根苗,大约也就在这时候培养成功的。

在家里住了半年,到了七月中旬,他接到他长兄的来信说:

"院内近有派予赴日本考察司法事务之意,予已许院长以东行,大约此事不日可见命令。渡日之先,拟返里小住。三弟居家,断非上策,此次当偕伊赴日本也。"

他接到了这一封信之后,心中日日盼他长兄南来,到了九月下旬,他的兄嫂才自北京到家。住了一月,他就同他的长兄长嫂同到日本去了。

到了日本之后,他的Dreams of the romantic age尚未醒悟,模模糊糊的过了半载,他就考入了东京第一高等学校。这正是他十九岁的秋天。

第一高等学校将开学的时候,他的长兄接到了院长的命令,要他回去。他的长兄就把他寄托在一家日本人的家里,几天之后,他的长兄长嫂和他的新生的侄女儿就回国去了。

东京的第一高等学校里有一班预备班,是为中国学生特设的。

在这预科里预备一年,卒业之后,才能入各地高等学校的正科,与日本学生同学。他考入预科的时候,本来填的是文科,后来将在预科卒业的时候,他的长兄定要他改到医科去,他当时亦没有什么主见,就听了他长兄的话把文科改了。

预科卒业之后,他听说N市的高等学校是最新的,并且N市是日本产美人的地方,所以他就要求到N市的高等学校去。

四

他的二十岁的八月二十九日的晚上,他一个人从东京的中央车站乘了夜行车到N市去。

那一天大约刚是旧历的初三四的样子,同天鹅绒似的又蓝又紫的天空里,洒满了一天星斗。半痕新月,斜挂在西天角上,却似仙女的蛾眉,未加翠黛的样子。他一个人靠着了三等车的车窗,默默的在那里数窗外人家的灯火。火车在暗黑的夜气中间,一程一程地进去,那大都市的星星灯火,也一点一点的朦胧起来,他的胸中忽然生了万千哀感,他的眼睛里就忽然觉得热起来了。

"Sentimental, too sentimental!"

这样的叫一声,把眼睛揩了一下,他反而自家笑起自家来。

"你也没有情人留在东京,你也没有弟兄知己住在东京,你的眼泪究竟是为谁洒的呀!或者是对于你过去的生活的伤感,或者是对你二年间的生活的余情,然而你平时不是说不爱东京的么?

"唉,一年人住岂无情。

"黄莺住久浑相识,欲别频啼四五声!"

胡思乱想的寻思了一会,他又忽然想到初次赴新大陆去的清教徒的身上去。

"那些十字架下的流人,离开他故乡海岸的时候,大约也是悲壮淋漓,同我一样的。"

火车过了横滨,他的感情方才渐渐儿的平静起来。呆呆的坐了一忽,他就取了一张明信片出来,垫在海涅(Heine)的诗集上,用铅笔写了一首诗寄他东京的朋友。

峨眉月上柳梢初,又向天涯别故居,
四壁旗亭争赌酒,六街灯火远随车,

乱离年少无多泪，行李家贫只旧书，

夜后芦根秋水长，凭君南浦觅双鱼。

在朦胧的电灯光里，静悄悄的坐了一会，他又把海涅的诗集翻开来看了。

Ledet wohl, ihr glatten Saele,

Glatte Herren,glatte Frauen!

Auf die Berge will ich steigen,

Lachend auf euch niederschauen!

Heines《Harzreise》

浮薄的尘寰，无情的男女，

你看那隐隐的青山，我欲乘风飞去，

且住且住，

我将从那绝顶的高峰，笑看你终归何处。

单调的轮声，一声声连连续续的飞到他的耳膜上来，不上三十分钟他竟被这催眠的车轮声引诱到梦幻的仙境里去了。

早晨五点钟的时候，天空渐渐儿的明亮起来。在车窗里向外一望，他只见一线青天还被夜色包住在那里。探头出去一看，一层薄雾，笼罩着一幅天然的画图，他心里想了一想：

"原来今天又是清秋的好天气，我的福分真可算不薄了。"

过了一个钟头，火车就到了N市的停车场。

下了火车，在车站上遇见了个日本学生；他看看那学生的制帽上也有两条白线，便知道他也是高等学校的学生。他走上前去，对那学生脱了一脱帽，问他说：

"第X高等学校是在什么地方的？"

那学生回答说：

"我们一路去罢。"

他就跟了那学生跑出火车站来，在火车站的前头，乘了电车。

早晨还早得很，N市的店家都还未曾起来。他同那日本学生坐了电车，经过了几条冷清的街巷，就在鹤舞公园前面下了车。他问那日本学生说：

"学校还远得很么？"

"还有二里多路。"

穿过了公园，走到稻田中间的细路上的时候，他看看太阳已经起来了，稻上的露滴，还同明珠似的挂在那里。前面有一丛树林，树林荫里，疏疏落落的看得见几椽农舍。有两三条烟囱筒子，突出在农舍的上面，隐隐约约的浮在清晨的空气里。一缕两缕的青烟，同炉香似的在那里浮动，他知道农家已在那里炊早饭了。

到学校近边的一家旅馆去一问，他一礼拜前头寄出的几件行李，早已经到在那里。原来那一家人家是住过中国留学生的，所以主人待他也很殷勤。在那一家旅馆里住下了之后，他觉得前途好像有许多欢乐在那里等他的样子。

他的前途的希望，在第一天的晚上，就不得不被目前的实情嘲弄了。原来他的故里，也是一个小小的市镇。到了东京之后，在人山人海的中间，他虽然时常觉得孤独，然而东京的都市生活，同他幼时的习惯尚无十分龃龉的地方。如今到了这N市的乡下之后，他的旅馆，是一家孤立的人家，四面并无邻舍，左首门外便是一条如发的大道，前后都是稻田，西面是一方池水，并且因为学校还没有开课，别的学生还没有到来，这一间宽旷的旅馆里，只住了他一个客人。白天倒还可以支吾过去，一到了晚上，他开窗一望，四面都是沉沉的黑影，并且因N市的附近是一大平原，所以望眼连天，四面并无遮障之处，远远里有一点灯火，明灭无常，森然有些鬼气。天花板里，又有许多虫鼠，息栗索落的在那里争食。窗外有几株梧桐，微风动叶，飒飒的响得不已，因为他住在二层楼上，所以梧桐的叶战声，近在他的耳边。他觉得害怕起来，几乎要哭出来了。他对于都市的怀乡病（Nostalgia）从未有比那一晚更甚的。

学校开了课，他朋友也渐渐儿的多起来。感受性非常强烈的他的性情，也同天空大地丛林野水融和了。不上半年，他竟变成了一个大自然的宠儿，一刻也离不了那天然的野趣了。

他的学校是在N市外，刚才说过市的附近是一大平原，所以四边的地平线，界限广大的很。那时候日本的工业还没有十分发达，人口也还没有增加得同目下一样，所以他的学校的近边，还多是丛林空地，小阜低岗。除了几家与学生做买卖的文房具店及菜馆之外，附近并没有居民。荒野的人间，只有几家为学生设的旅馆，同晓天的星影似的，散缀在麦田瓜地的中央。晚饭毕后，披了黑呢的缦斗（斗篷），拿了爱读的书，在迟迟不落的夕照中间，散步逍遥，是非常快乐的。他的田园趣味，大约也是在这Idyllic Wanderings的中间养成的。

在生活竞争不十分猛烈，逍遥自在，同中古时代一样的时候；在风气纯良，不与市井小人同处，清闲雅淡的地方；过日子正如做梦一样。他到了N市之后，转瞬之间，已经有半年多了。

熏风日夜的吹来，草色渐渐儿的绿起来。旅馆近旁麦田里的麦穗，也一寸一寸的长起来。草木虫鱼都化育起来，他的从始祖传来的苦闷也一日一日的增长起来，他每天早晨，在被窝里犯的罪恶，也一次一次的加起来了。

他本来是一个非常爱高尚洁净的人，然而一到了这邪念发生的时候，他的智力也无用了，他的良心也麻痹了，他从小服膺的"身体发肤不敢毁伤"的圣训，也不能顾全了。他犯了罪之后，每深自痛悔，切齿的说，下次总不再犯了，然而到了第二天的那个时候，种种幻想，又活泼泼的到他的眼前来。他平时所看见的"伊扶"的遗类，都赤裸裸的来引诱他。中年以后的妇人的形体，在他的脑里，比处女更有挑拨他情动的地方。他苦闷一场，恶斗一场，终究不得不做她们的俘虏。这样的一次成两次，两次之后，就成了习惯。他犯罪之后，每到图书馆去翻出医书来看，医书上都千篇一律的说，于身体最有害的就是这一种犯罪。从此之后，他的恐惧心也一天一天的增加起来了。有一天他不知道从什么地方得来的消息，好像是一种书上说，俄国的近代文学的创设者郭歌里也犯这一宗病，他到死竟没有改过来，他想了郭歌里，心里就宽了一宽，因为这《死了的灵魂》的著者，也是同他一样的。然而这不过自家对自家的宽慰而已，他的胸里，总有一种非常的忧虑存在那里。

因为他是非常爱洁净的，所以他每天总要去洗澡一次，因为他是非常爱惜身体的，所以他每天总要吃几个生鸡子和牛乳；然而他去洗澡或吃牛乳鸡子的时候，他总觉得惭愧得很，因为这都是他的犯罪的证据。

他觉得身体一天一天的衰弱起来，记忆力也一天一天的减退了。他又渐渐儿的生了一种怕见人面的心思，见了妇人女子的时候，他觉得更加难受。学校的教科书，他渐渐的嫌恶起来，法国自然派的小说，和中国那几本有名的诲淫小说，他念了又念，几乎记熟了。

有时候他忽然做出一首好诗来，他自家便喜欢得非常，以为他的脑力还没有破坏。那时候他每对着自家起誓说：

"我的脑力还可以使得，还能做得出这样的诗，我以后决不再犯罪了。过去的事实是没法，我以后总不再犯罪了。若从此自新，我的脑力，还是很可以的。"

然而一到了紧迫的时候,他的誓言又忘了。

每礼拜四五,或每月的二十六七的时候,他索性尽意的贪起欢来。他的心里想,自下礼拜一或下月初一起,我总不犯罪了。有时候正合到礼拜六或月底的晚上,去剃头洗澡去,以为这就是改过自新的记号,然而过几天他又不得不吃鸡子和牛乳了。

他的自责心同恐惧心,竟一日也不使他安闲,他的忧郁症也从此厉害起来了。这样的状态继续了一二个月,他的学校里就放了暑假,暑假的两个月内,他受的苦闷,更甚于平时;到了学校开课的时候,他的两颊的颧骨更高起来,他的青灰色的眼窝更大起来,他的一双灵活的瞳仁,变了同死鱼眼睛一样了。

五

秋天又到了。浩浩的苍空,一天一天的高起来。他的旅馆旁边的稻田,都带起黄金色来。朝夕的凉风,同刀也似的刺到人的心骨里去,大约秋冬的佳日,来也不远了。

一礼拜前的有一天午后,他拿了一本Wordsworth的诗集,在田塍路上逍遥漫步了半天。从那一天以后,他的循环性的忧郁症,尚未离他的身过。前几天在路上遇着的那两个女学生,常在他的脑海里,不使他安静,想起那一天的事情,他还是一个人要红起脸来。

他近来无论上什么地方去,总觉得有坐立难安的样子。他上学校去的时候,觉得他的日本同学都似在那里排斥他。他的几个中国同学,也许久不去寻访了,因为去寻访了回来,他心里反觉得空虚。因为他的几个中国同学,怎么也不能理解他的心理。他去寻访的时候,总想得些同情回来的,然而到了那里,谈了几句以后,他又不得不自悔寻访错了。有时候和朋友

讲得投机，他就任了一时的热意，把他的内外的生活都对朋友讲了出来，然而到了归途，他又自悔失言，心里的责备，倒反比不去访友的时候，更加厉害。他的几个中国朋友，因此都说他是染了神经病了。他听了这话之后，对了那几个中国同学，也同对日本学生一样，起了一种复仇的心。他同他的几个中国同学，一日一日的疏远起来。嗣后虽在路上，或在学校里遇见的时候，他同那几个中国同学，也不点头招呼。中国留学生开会的时候，他当然是不去出席的。因此他同他的几个同胞，竟宛然成了两家仇敌。

他的中国同学的里边，也有一个很奇怪的人，因为他自家的结婚有些道德上的罪恶，所以他专喜讲人家的丑事，以掩己之不善，说他是神经病，也是这一位同学说的。

他交游离绝之后，孤冷得几乎到将死的地步，幸而他住的旅馆里，还有一个主人的女儿，可以牵引他的心，否则他真只能自杀了。他旅馆的主人的女儿，今年正是十七岁，长方的脸儿，眼睛大得很，笑起来的时候，面上有两颗笑靥，嘴里有一颗金牙看得出来，因为她自家觉得她自家的笑容是非常可爱，所以她平时常在那里弄笑。

他心里虽然非常爱她，然而她送饭来或来替他铺被的时候，他总装出一种兀不可犯的样子来。他心里虽想对她讲几句话，然而一见了她，他总不能开口。她进他房里来的时候，他的呼吸竟急促到吐气不出的地步。他在她的面前实在是受苦不起了，所以近来她进他的房里来的时候，他每不得不跑出房外去。然而他思慕她的心情，却一天一天的浓厚起来。有一天礼拜六的晚上，旅馆里的学生，都上Ｎ市去行乐去了。他因为经济困难，所以吃了晚饭，上西面池上去走了一回，就回到旅舍里来枯坐。

回家来坐了一会，他觉得那空旷的二层楼上，只有他一个人在家。静悄悄的坐了半晌，坐得不耐烦起来的时候，他又想跑出外面去。然而要跑出外面去，不得不由主人的房门口经过，因为主人和他女儿的房，就在大门的边上。他记得刚才进来的时候，主人和他的女儿正在那里吃饭。他一想到经过她面前的时候的苦楚，就把跑出外面去的心思丢了。

　　拿出了一本G.Gissing的小说来读了三四页之后，静寂的空气里，忽然传了几声沙沙的泼水声音过来。他静静儿的听了一听，呼吸又一霎时的急了起来，面色也涨红了。迟疑了一会，他就轻轻的开了房门，拖鞋也不拖，幽脚幽手的走下扶梯去。轻轻的开了便所的门，他尽兀自的站在便所的玻璃窗口偷看。原来他旅馆里的浴室，就在便所的间壁，从便所的玻璃窗看去，浴室里的动静了了可见。他起初以为看一看就可以走的，然而到了一看之后，他竟同被钉子钉住的一样，动也不能动了。

　　那一双雪样的乳峰！

　　那一双肥白的大腿！

　　这全身的曲线！

　　呼气也不呼，仔仔细细的看了一会，他面上的筋肉，都发起痉挛来了。愈看愈颤得厉害，他那发颤的前额部竟同玻璃窗冲击了一下。被蒸气包住的那赤裸裸的"伊扶"便发了娇声问说：

　　"是谁呀？……"

　　他一声也不响，急忙跳出了便所，就三脚两步的跑上楼上去了。

　　他跑到了房里，面上同火烧的一样，口也干渴了。一边他自家打自家的嘴巴，一边就把他的被窝拿出来睡了。他在被窝里翻来覆去,总睡不着,便立起了两耳,听起楼下的动静来。他听听泼水的声音也息了,浴室的门开了之后,他听见她的脚步声好像是走上楼来的样子。用被包着了头,他心里的耳朵明明告诉他说:

"她已经立在门外了。"

他觉得全身的血液,都在往上奔注的样子。心里怕得非常,羞得非常,也喜欢得非常。然而若有人问他,他无论如何,总不肯承认说,这时候他是喜欢的。

他屏住了气息,尖着了两耳听了一会,觉得门外并无动静,又故意咳嗽了一声,门外亦无声响。他正在那里疑惑的时候,忽听见她的声音,在楼下同她的父亲在那里说话。他手里捏了一把冷汗,拼命想听出她的话来,然而无论如何总听不清楚。停了一会,她的父亲高声笑了起来,他把被蒙头的一罩,咬紧了牙齿说:

"她告诉了他了!她告诉了他了!"这一天的晚上他一睡也不曾睡着。第二天的早晨,天亮的时候,他就惊心吊胆的走下楼来。洗了手面,刷了牙,趁主人和他的女儿还没有起来之先,他就同逃也似的出了那个旅馆,跑到外面来。

官道上的沙尘,染了朝露,还未曾干着。太阳已经起来了。他不问皂白,便一直的往东走去,远远有一个农夫,拖了一车野菜慢慢的走来。那农夫同他擦过的时候,忽然对他说:

"你早啊!"

他倒惊了一跳,那清瘦的脸上,又起了一层红潮,胸前又乱跳起来,他心里想:

"难道这农夫也知道了么?"

无头无脑的跑了好久,他回转头来看看他的学校,已经远得很了,举头看看,太阳也升高了。他摸摸表看,那银饼大的表，也不在身边。从太阳的角度看起来，大约已经是九点钟前后的样子。他虽然觉得饥饿得很，然而无论如何，总不愿意再回到那旅馆里去，同主人和他的女儿相见。想去买些零食充一充饥，然而他摸摸自家的袋看，袋里只剩了一角二分钱在那里。他到一家乡下的杂货店内，尽那一角二分钱，买了些零碎的食物，想去寻一处无人看见的地方去吃。走到了一处两路交叉的十字路口，他朝南的一望，只见与他的去路横交的那一条自北趋南的路上，行人稀少得很。那一条路是向南的斜低下去的，两面更有高壁在那里，他知道这路是从一条小山中开辟出来的。他刚才走来的那条大道，便是这山的岭脊，十字路当作了中心，与岭脊上的那条大道相交的横路，是两边低斜下去的。在十字路口迟疑了一会，他就取了那一条向南斜下的路走去。走尽了两面的高壁，他的去路就穿入大平原去，直通到彼岸的市内。平原的彼岸有一簇深林，划在碧空的心里，他心里想：

"这大约就是 A 神宫了。"

他走尽了两面的高壁，向左手斜面上一望，见沿高壁的那山面上有一道女墙，围住着几间茅舍，茅舍的门上悬着了"香雪海"三字的一方匾额。他离开了正路，走上几步，到那女墙的门前，顺手的向门一推，那两扇柴门竟自开了。他就随随便便的踏了进去。门内有一条曲径，自门口通过了斜面，直达到山上去的。曲径的两旁，有许多老苍的梅树种在那里，他知道这就是梅林了。顺了那一条曲径，往北的从斜面上走到山顶的时候，一片同图画似的平地，展开在他的眼前。这园自从山脚上起，跨有朝南的半山斜面，同顶上的一块平地，布置得非常幽雅。

山顶平地的西面是千仞的绝壁，与隔岸的绝壁相对峙，两壁的中间，便是他刚走过的那一条自北趋南的通路。背临着了那绝壁，有一间楼屋，几间平屋造在那里。因为这几间屋，门窗都闭在那里，他所以知道这定是为梅花开日，卖酒食用的。楼屋的前面，有一块草地，草地中间，有几方白石，围成了一个花园，圈子里，卧着一枝老梅，那草地的南尽头，山顶的平正要向南斜下去的地方，有一块石碑立在那里，系记这梅林的历史的。他在碑前的草地上坐下之后，就把买来的零食拿出来吃了。

吃了之后，他兀兀的在草地上坐了一会。四面并无人声，远远的树枝上，时有一声两声的鸟鸣声飞来。他仰起头来看看澄清的碧落，同那皎洁的日轮，觉得四面的树枝房屋，小草飞禽，都一样的在和平的太阳光里，受大自然的化育。他那昨天晚上的犯罪的记忆，正同远海的帆影一般，不知消失到哪里去了。

这梅林的平地上和斜面上，叉来叉去的曲径很多。他站起来走来走去的走了一会，方晓得斜面上梅树的中间，更有一间平屋造在那里。从这一间房屋往东的走去几步，有眼古井，埋在松叶堆中。他摇摇井上的唧筒看，呷呷的响了几声，却抽不起水来。他心里想：

"这园大约只有梅花开的时候，开放一下，平时总没有人住的。"

到这时他又自言自语的说：

"既然空在这里，我何妨去向园主人去借住借住。"

想定了主意，他就跑下山来，打算去寻园主人去。他将走到门口的时候，恰好遇见了一个五十来岁的农夫走进园来。他对那农夫道歉之后，就问他说：

"这园是谁的，你可知道？"

"这园是我经管的。"

"你住在什么地方的?"

"我住在路的那面。"

一边这样的说,一边那农民指着通路西边的一间小屋给他看。他向西一看,果然在西边的高壁尽头的地方,有一间小屋在那里。他点了点头,又问说:

"你可以把园内的那间楼屋租给我住住么?"

"可是可以的,你只一个人么?"

"我只一个人。"

"那你可不必搬来的。"

"这是什么缘故呢?"

"你们学校里的学生,已经有几次搬来过了,大约都因为冷静不过,住不上十天,就搬走的。"

"我可同别人不同,你但能租给我,我是不怕冷静的。"

"这样那里有不租的道理,你想什么时候搬来?"

"就是今天午后罢。"

"可以的,可以的。"

"请你就替我扫一扫干净,免得搬来之后着忙。"

"可以可以。再会!"

"再会!"

六

搬进了山上梅园之后,他的忧郁症又变起形状来了。

他同他的北京的长兄,为了一些儿细事,竟生起龃龉来。他发了一封长长的信,寄到北京,同他的长兄绝了交。

那一封信发出之后,他呆呆的在楼前草地上想了许多时候。他自家想想看,他便是世界上最不幸的人了。其实这一次

的决裂，是发始于他的。同室操戈，事更甚于他姓之相争，自此之后，他恨他的长兄竟同蛇蝎一样，他被他人欺侮的时候，每把他长兄拿出来作比：

"自家的弟兄，尚且如此，何况他人呢！"

他每达到这一个结论的时候，必尽把他长兄待他苛刻的事情，细细回想出来。把各种过去的事迹，列举出来之后，就把他长兄判决是一个恶人，他自家是一个善人。他又把自家的好处列举出来，把他所受的苦处，夸大的细数起来。他证明得自家是一个世界上最苦的人的时候，他的眼泪就同瀑布似的流下来。他在那里哭的时候，空中好像有一种柔和的声音在对他说：

"啊呀，哭的是你么？那真是冤屈了你了。像你这样的善人，受世人的那样的虐待，这可真是冤屈了你了。罢了罢了，这也是天命，你别再哭了，怕伤害了你的身体！"

他心里一听到这一种声音，就舒畅起来。他觉得悲苦的中间，也有无穷的甘味在那里。

他因为想复他长兄的仇，所以就把所学的医科丢弃了，改入文科里去，他的意思，以为医科是他长兄要他改的，仍旧改回文科，就是对他长兄宣战的一种明示。并且他由医科改入文科，在高等学校须迟卒业一年。他心里想，迟卒业一年，就是早死一岁，你若因此迟了一年，就到死可以对你长兄含一种敌意。因为他恐怕一二年之后，他们兄弟两人的感情，仍旧要和好起来；所以这一次的转科，便是帮他永久敌视他长兄的一个手段。

气候渐渐儿的寒冷起来，他搬上山来之后，已经有一个月了，几日来天气阴郁，灰色的层云，天天挂在空中。寒冷的北风吹来的时候，梅林的树叶，每息索息索的飞掉下来。

初搬来的时候,他卖了些旧书,买了许多炊饭的器具,自家烧了一个月饭,因为天冷了,他也懒得烧了。他每天的伙食,就一切包给了山脚下的园丁家包办,所以他近来只同退院的闲僧一样,除了怨人骂己之外,更没有别的事情了。

有一天早晨,他很早的起来,把朝东的窗门开了之后,他看见前面的地平线上有几缕红云,在那里浮荡。东天半角,反照出一种银红的灰色。因为昨天下了一天微雨,所以他看了这清新的旭日,比平日更添了几分欢喜。他走到山的斜面上,从那古井里汲了水,洗了手面之后,觉得满身的气力,一霎时都回复了转来的样子。他便跑上楼去,拿了一本黄仲则的诗集下来,一边高声朗读,一边尽在那梅林的曲径里,跑来跑去的跑圈子。不多一会,太阳起来了。

从他住的山顶向南方看去,眼下看得出一大平原。平原里的稻田,都尚未收割起。金黄的谷色,以绀碧的天空作了背景,反映着一天太阳的晨光,那风景正同看密来(Millet)的田园清画一般。他觉得自家好像已经变了几千年前的原始基督教徒的样子,对了这自然的默示,他不觉笑起自家的气量狭小起来。

"饶赦了!饶赦了!你们世人得罪于我的地方,我都饶赦了你们罢,来,你们来,都来同我讲和罢!"

手里拿着了那一本诗集,眼里浮着了两泓清泪,正对了那平原的秋色,呆呆的立在那里想这些事情的时候,他忽听见他的近边,有两人在那里低声的说:

"今晚上你一定要来的哩!"

这分明是男子的声音。

"我是非常想来的,但是恐怕……"

他听了这娇滴滴的女子的声音之后,好像是被电气贯穿了的样子,觉得自家的血液循环都停止了。原来他的身边有一丛长大的苇草生在那里,他立在苇草的右面,那一对男女,大约是在苇草的左面,所以他们两个还不晓得隔着苇草,有人站在那里。那男人又说:

"你心真好,请你今晚上来罢,我们到如今还没在被窝里睡过觉。"

"……"

他忽然听见两人的嘴唇,咂咂的好像在那里吮吸的样子。他同偷了食的野狗一样,就惊心吊胆的把身子屈倒去听了。

"你去死罢,你去死罢,你怎么会下流到这样的地步!"

他心里虽然如此的在那里痛骂自己,然而他那一双尖着的耳朵,却一言半语也不愿意遗漏,用了全副精神在那里听着。

地上的落叶索息索息的响了一下。

解衣带的声音。

男人嘶嘶的吐了几口气。

舌尖吮吸的声音。

女人半轻半重,断断续续的说:

"你!……你!……你快……快××罢。……别……别……别被人……被人看见了。"

他的面色,一霎时的变了灰色了。他的眼睛同火也似的红了起来。他的上腭骨同下腭骨呷呷的发起颤来。他再也站不住了。他想跑开去,但是他的两只脚,总不听他的话。他苦闷了一场,听听两人出去了之后,就同落水的猫狗一样,回到楼上房里去,拿出被窝来睡了。

七

他饭也不吃,一直在被窝里睡到午后四点钟的时候才起来。那时候夕阳洒满了远近。平原的彼岸的树林里,有一带苍烟，悠悠扬扬的笼罩在那里。他跟跟跄跄的走下了山，上了那一条自北趋南的大道，穿过了那平原，无头无绪的尽是向南的走去。走尽了平原，他已经到了神宫前的电车停留处了。那时候恰好从南面有一乘电车到来，他不知不觉就跳了上去，既不知道他究竟为什么要乘电车，也不知道这电车是往什么地方去的。

走了十五六分钟，电车停了，运车的教他换车，他就换了一乘车。走了二三十分钟，电车又停了，他听见说是终点了，他就走了下来。他的前面就是筑港了。

前面一片汪洋的大海，横在午后的太阳光里，在那里微笑。超海而南有一发青山，隐隐的浮在透明的空气里，西边是一脉长堤，直驰到海湾的心里去。堤外有一处灯台，同巨人似的，立在那里。几艘空船和几只舢板，轻轻的在系着的地方浮荡。海中近岸的地方，有许多浮标，饱受了斜阳，红红的浮在那里。远处风来，带着几句单调的话声，既听不清楚是什么话，也不知道是从哪里来的。

他在岸边上走来走去走了一会，忽听见那一边传过了一阵击磬的声来。他跑过去一看，原来是为唤渡船而发的。他立了一会，看有一只小火轮从对岸过来了。跟着了一个四五十岁的工人，他也进了那只小火轮去坐下了。

渡到东岸之后，上前走了几步，他看见靠岸有一家大庄子在那里。大门开得很大，庭内的假山花草，布置得楚楚可爱。他不问是非，就踱了进去。走不上几步，他忽听得前面家中有女人的娇声叫他说：

"请进来呀！"

他不觉惊了一下，就呆呆的站住了。他心里想：

"这大约就是卖酒食的人家，但是我听见说，这样的地

方，总有妓女在那里的。"

一想到这里，他的精神就抖擞起来，好像是一桶冷水浇上身来的样子。他的面色立时变了。要想进去又不能进去，要想出来又不得出来；可怜他那同兔儿似的小胆，同猿猴似的淫心，竟把他陷到一个大大的难境里去了。

"进来吓！请进来吓！"

里面又娇滴滴的叫了起来，带着笑声。

"可恶东西，你们竟敢欺我胆小么？"

这样的怒了一下，他的面色更同火也似的烧了起来。咬紧了牙齿，把脚在地上轻轻的蹬了一蹬，他就捏了两个拳头，向前进去，好像是对了那几个年轻的侍女宣战的样子。但是他那青一阵红一阵的面色，和他的面上的微微儿在那里震动的筋肉，总隐藏不过。他走到那几个侍女的面前的时候，几乎要同小孩似的哭出来了。

"请上来！"

"请上来！"

他硬了头皮，跟了一个十七八岁的侍女走上楼去，那时候他的精神已经有些镇静下来了。走了几步，经过一条暗暗的夹道的时候，一阵恼人的花粉香气，同日本女人特有的一种肉的香味，和头发上的香油气息合作了一处，哼的扑上他的鼻孔来。他立刻觉得头晕起来，眼睛里看见了几颗火星，向后边跌也似的退了一步。他再定睛一看，只见他的前面黑暗暗的中间，有一长圆形的女人的粉面，堆着了微笑，在那里问他说：

"你！你还是上靠海的地方去呢？还是怎样？"

他觉得女人口里吐出来的气息，也热和和的喷上他的面来。他不知不觉把这气息深深的吸了一口。他的意识，感觉到他这行为的时候，他的面色又立刻红了起来。他不得已只能含

含糊糊的答应她说:

"上靠海的房间里去。"

进了一间靠海的小房间,那侍女便问他要什么菜。他就回答说:

"随便拿几样来罢。"

"酒要不要?"

"要的。"

那侍女出去之后,他就站起来推开了纸窗,从外边放了一阵空气进来。因为房里的空气,沉浊得很,他刚才在夹道中闻过的那一阵女人的香味,还剩在那里,他实在是被这一阵气味压迫不过了。

一湾大海,静静的浮在他的面前。外边好像是起了微风的样子,一片一片地海浪,受了阳光的返照,同金鱼的鱼鳞似的,在那里微动。他立在窗前看了一会,低声的吟了一句诗出来:

"夕阳红上海边楼。"

他向西的一望,见太阳离西南的地平线只有一丈多高了。呆呆的看了一会,他的心想怎么也离不开刚才的那个侍女。她的口里的头上的面上的和身体上的那一种香味,怎么也不容他的心思去想别的东西。他才知道他想吟诗的心是假的,想女人的肉体的心是真的了。

停了一会,那侍女把酒菜搬了进来,跪坐在他的面前,亲亲热热的替他上酒。他心里想仔仔细细的看她一看,把他的心里的苦闷都告诉了她,然而他的眼睛怎么也不敢平视她一眼,他的舌根怎么也不能摇动一摇动。他不过同哑子一样,偷看看她那搁在膝上一双纤嫩的白手,同衣缝里露出来的一条粉红的围裙角。

原来日本的妇人都不穿裤子，身上贴肉只围着一条短短的围裙。外边就是一件长袖的衣服，衣服上也没有纽扣，腰里只缚着一条一尺多宽的带子，后面结着一个方结。她们走路的时候，前面的衣服每一步一步的掀开来，所以红色的围裙，同肥白的腿肉，每能偷看。这是日本女子特别的美处；他在路上遇见女子的时候，注意的就是这些地方。他切齿的痛骂自己，畜生！狗贼！卑怯的人！也便是这个时候。

他看了那侍女的围裙角，心头便乱跳起来。愈想同她说话，但愈觉得讲不出话来。大约那侍女是看得不耐烦起来了，便轻轻的问他说：

"你府上是什么地方？"

一听了这一句话，他那清瘦苍白的面上，又起了一层红色；含含糊糊的回答了一声，他呐呐的总说不出清晰的回话来。可怜他又站在断头台上了。

原来日本人轻视中国人，同我们轻视猪狗一样。日本人都叫中国人作"支那人"，这"支那人"三字，在日本，比我们骂人的"贱贼"还更难听，如今在一个如花的少女前头，他不得不自认说"我是支那人"了。

"中国呀中国，你怎么不强大起来！"

他全身发起抖来，他的眼泪又快滚下来了。

那侍女看他发颤发得厉害，就想让他一个人在那里喝酒，好教他把精神安镇安镇，所以对他说：

"酒就快没有了，我再去拿一瓶来罢？"

停了一会他听得那侍女的脚步声又走上楼来。他以为她是上他这里来的，所以就把衣服整了一整，姿势改了一改。但是他被她欺骗了。她原来是领了两三个另外的客人，上间壁的那一间房间里去的。那两三个客人都在那里对那侍女取笑，那侍女也娇滴滴的说：

"别胡闹了，间壁还有客人在那里。"

他听了就立刻发起怒来。他心里骂他们说：

"狗才！俗物！你们都敢来欺侮我么？复仇复仇，我总要复你们的仇。世间那里有真心的女子！那侍女的负心东西，你竟敢把我丢了么？罢了罢了，我再也不爱女人了，我再也不爱女人了。我就爱我的祖国，我就把我的祖国当作了情人罢。"

他马上就想跑回去发愤用功。但是他的心里，却很羡慕那间壁的几个俗物。他的心里，还有一处地方在那里盼望那个侍女再回到他这里来。

他按住了怒，默默的喝干了几杯酒，觉得身上热起来。打开了窗门，他看太阳就快要下山去了。又连饮了几杯，他觉得他面前的海景都朦胧起来。西面堤外的灯台的黑影，长大了许多。一层茫茫的薄雾，把海天融混作了一处。在这一层浑沌不明的薄纱影里，西方的将落不落的太阳，好像在那里惜别的样子。他看了一会，不知道是什么缘故，只觉得好笑。呵呵的笑了一回，他用手擦擦自家那火热的双颊，便自言自语的说：

"醉了醉了！"

那侍女果然进来了。见他红了脸，立在窗口在那里痴笑，便问他说：

"窗开了这样大，你不冷的么？"

"不冷不冷，这样好的落照，谁舍得不看呢？"

"你真是一个诗人呀！酒拿来了。"

"诗人！我本来是一个诗人。你去把纸笔拿了来，我马上写首诗给你看看。"

那侍女出去了之后，他自家觉得奇怪起来。他心里想："我怎么会变了这样大胆的？"

痛饮了几杯新拿来的热酒,他更觉得快活起来,又禁不得呵呵笑了一阵。他听见间壁房间里的那几个俗物,高声的唱起日本歌来,他也放大了嗓子唱着说:

醉拍阑干酒意寒,江湖寥落又冬残。
剧怜鹦鹉中州骨,未拜长沙太傅宫。
一饭千金图报易,五噫几辈出关难.
茫茫烟水回头望,也为神州泪暗弹。

高声的念了几遍,他就在席上醉倒了。

八

一醉醒来,他看看自家睡在一条红绸的被里,被上有一种奇怪的香气。这一间房间也不很大,但已不是白天的那一间房间了。房中挂着一盏十烛光的电灯,枕头边上摆着了一壶茶,两只杯子。他倒了二三杯茶,喝了之后,就跟跟跄跄的走到房外去。他开了门,却好白天的那侍女也跑过来了。她问他说:

"你!你醒了么?"

他点了一点头,笑微微的回答说:

"醒了。便所是在什么地方的?"

"我领你去罢。"

他就跟了她去。他走过日间的那条夹道的时间,电灯点得明亮得很。远近有许多歌唱的声音,三弦的声音,大笑的声音传到他耳朵里来。白天的情节,他都想出来了。一想到酒醉之后,他对那侍女说的那些话的时候,他觉得面上又发起烧来。

从厕所回到房里之后,他问那侍女说:

"这被是你的么?"

侍女笑着说:

"是的。"

"现在是什么时候了？"

"大约是八点四五十分的样子。"

"你去开了账来罢！"

"是。"

他付清了账，又拿了一张纸币给那侍女，他的手不觉微颤起来。那侍女说：

"我是不要的。"

他知道她是嫌少了。他的面色又涨红了，袋里摸来摸去，只有一张纸币了，他就拿了出来给她说：

"你别嫌少了，请你收了罢。"

他的手震动得更加厉害，他的话声也颤动起来了。那侍女对他看了一眼，就低声的说：

"谢谢！"

他真的跑下了楼，套上了皮鞋，就走到外面来。

外面冷得非常，这一天大约是旧历的初八九的样子。半轮寒月，高挂在天空的左半边。淡青的圆形天盖里，也有几点疏星，散在那里。

他在海边上走了一回，看看远岸的渔灯，同鬼火似的在那里招引他。细浪中间，映着了银色的月光，好像是山鬼的眼波，在那里开闭的样子。不知是什么道理，他忽想跳入海里去死了。

他摸摸身边看，乘电车的钱也没有了。想想白天的事情看，他又不得不痛骂自己。

"我怎么会走上那样的地方去的？我已经变了一个最下等的人了。悔也无及，悔也无及。我就在这里死了罢。我所求的爱情，大约是求不到的了。没有爱情的生涯，岂不同死灰一样么？唉，这干燥的生涯，这干燥的生涯，世上的人又都在那

里仇视我，欺侮我，连我自家的亲弟兄，自家的手足，都在那里排挤我到这世界外去。我将何以为生，我又何必生存在这多苦的世界里呢！"

想到这里，他的眼泪就连连续续的滴了下来。他那灰白的面色，竟同死人没有分别了。他也不举起手来揩揩眼泪，月光射到他的面上，两条泪线，倒变了叶上的朝露一样放起光来。他回转头来看看他自家的又瘦又长的影子，就觉得心痛起来。

"可怜你这清影，跟了我二十一年，如今这大海就是你的葬身地了，我的身子，虽然被人家欺辱，我可不该累你也瘦弱到这步田地的。影子呀影子，你饶了我罢！"

他向西面一看，那灯台的光，一霎变了红一霎变了绿的在那里尽它的本职。那绿的光射到海面上的时候，海面就现出一条淡青的路来。再向西天一看，他只见西方青苍苍的天底下，有一颗明星，在那里摇动。

"那一颗摇摇不定的明星的底下，就是我的故国。也就是我的生地。我在那一颗星的底下，也曾送过十八个秋冬，我的乡土啊，我如今再也不能见你的面了。"

他一边走着，一边尽在那里自伤自悼的想这些伤心的哀话。走了一会，再向那西方的明星看了一眼，他的眼泪便同骤雨似的落下来了。他觉得四边的景物，都模糊起来。把眼泪揩了一下，立住了脚，长叹了一声，他便断断续续的说：

"祖国呀祖国！我的死是你害我的！

"你快富起来！强起来罢！

"你还有许多儿女在那里受苦呢！"

一九二一年五月九日改作

（原载小说集《沉沦》，1921年10月15日初版，上海泰东图书局）

采石矶

> 文章憎命达，魑魅喜人过。
>
> ——杜甫

一

自小就神经过敏的黄仲则，到了二十三岁的现在，也改不过他的孤傲多疑的性质来。他本来是一个负气殉情的人，每逢兴致激发的时候，不论讲得讲不得的话，都涨红了脸，放大了喉咙，抑留不住的直讲出来。听话的人，若对他的话有些反抗，或是在笑容上，或是在眼光上，表示一些不赞成他的意思的时候，他便要拚命的辩驳，讲到后来他那双黑晶晶的眼睛老会张得很大，好像会有火星飞出来的样子。这时候若有人出来说几句迎合他的话，那他必喜欢得要奋身高跳，那双黑而且大的眼睛里也必有两泓清水涌漾出来，再进一步，他的清瘦的颊上就会有感激的眼泪流下来了。

像这样的发泄一回之后，他总有三四天守着沉默，无论何人对他说话，他总是噤口不作回答的。在这沉默期间内，他也有一个人关上了房门，在那学使衙门东北边的寿春园西室里兀坐的时候，也有青了脸，一个人上清源门外的深云馆怀古台去独步的时候，也有跑到南门外姑熟溪边上的一家小酒馆去痛饮的时候。不过在这期间内他对人虽不说话，对自家却总是一个人老在幽幽的好像讲论什么似的。他一个人，在这中间，无论上什么地方去，有时或轻轻的吟诵着诗或文句，有时或对自家嘻笑嘻笑，有时或望着了天空而作叹惜，竟似忙得不得开交的样子。但是一见着人，他那双呆呆的大眼，举起来看你一眼，他脸上的表情就会变得同毫无感觉的木偶一样，人在这时候遇着他，总没有一个不被他骇退的。

学使朱笥河，虽则非常爱惜他，但因为事务烦忙的缘故，所以当他沉默忧郁的时候，也不能来为他解闷。当这时候，学使左右上下四五十人中间，敢接近他，进到他房里去与他谈几句话的，只有一个他的同乡洪稚存。与他自小同学，又是同乡的洪稚存，很了解他的性格。见他与人论辩，愤激得不堪的时候，每肯出来为他说几句话，所以他对稚存比自家的弟兄还要敬爱。稚存知道他的脾气，当他沉默起头的一两天，故意的不去近他的身。有时偶然同他在出入的要路上遇着的时候，稚存也只装成一副忧郁的样子，不过默默的对他点一点头就过去了。待他沉默过了一两天，暗地里看他好像有几首诗做好，或者看他好像已经在市上酒肆里醉过了一次，或在城外孤冷的山林间痛哭了一场之后，稚存或在半夜或在清晨，方敢慢慢的走到他的房里去，与他争诵些《离骚》或批评韩昌黎李太白的杂诗，他的沉默之戒也就能因此而破了。

学使衙门里的同事们，背后虽在叫他作黄疯子，但当他的面，却个个怕他得很。一则因为他是学使朱公最钟爱的上客，二则也因为他习气太深，批评人家的文字，不顾人下得起下不起，只晓得顺了自家的性格，直言乱骂的缘故。

他跟提督学政朱笥河公到太平，也有大半年了，但是除了洪稚存朱公二人而外，竟没有一个第三个人能同他讲得上半个钟头的话。凡与他见过一面的人，能了解他的，只说他恃才傲物，不可订交，不能了解他的，简直说他一点学问也没有，只仗着了朱公的威势爱发脾气。他的声誉和朋友一年一年的少了下去,他的自小就有的忧郁症反一年一年地深起来了。

二

乾隆三十六年的秋也深了。长江南岸的太平府城里,已吹到了凉冷的北风,学使衙门西面园里的杨柳梧桐榆树等杂树,都带起鹅黄的淡色来。园角上荒草丛中,在秋月皎洁的晚上,凄凄唧唧的候虫的鸣声,也觉得渐渐的幽下去了。

昨天晚上,因为月亮好得很,仲则竟犯了风露,在园里看了一晚的月亮,在疏疏密密的树影下走来走去的走着,看看地上同严霜似的月光,他忽然感触旧情,想到了他少年时候的一次悲惨的爱情上去。

"唉唉!但愿你能享受你家庭内的和乐!"

这样的叹了一声,远远的向东天一望,他的眼睛,忽然现出了一个十六岁的伶俐的少女来。那时候仲则正在宜兴沈里读书,他同学的陈某龚某都比他有钱,但那少女的一双水盈盈的眼光,却只注视在瘦弱的他的身上。他过年的时候因为要回常州,将别的那一天,又到她家里去看她,不晓是什么缘故,这一天她只是对他暗泣而不多说话。同她痴坐了半个钟头,他已经走到门外了,她又叫他回去,把一条当时流行的淡黄绸的汗巾送给了他。这一回当临去的时候,却是他要哭了,两人又拥抱着痛哭了一场,把他的眼泪,都揩擦在那条汗巾的上面。一直到航船要开的将晚时候,他才把那条汗巾收藏起来,同她别去。这一回别后,他和她就再没有谈话的机会了。他第二回重到宜兴的时候,他的少年悲哀,只成了几首律诗,流露在抄书的纸上:

　　大道青楼望不遮,年时系马醉流霞,
　　风前带是同心结,杯底人如解语花,

　　下杜城边南北路，上阑门外去来车，
　　匆匆觉得扬州梦，检点闲愁在鬓华。

　　唤起窗前尚宿醒，啼鹃催去又声声，
　　丹青旧誓相如札，禅榻经时杜牧情，
　　别后相思空一水，重来回首已三生，
　　云阶月地依然在，细逐空香百遍行。

　　遮莫临行念我频，竹枝留惋泪痕新，
　　多缘刺史无坚约，岂视萧郎作路人，
　　望里彩云疑冉冉，愁边春水故粼粼，
　　珊瑚百尺珠千斛，难换罗敷未嫁身。

　　从此音尘各悄然，春山如黛草如烟，
　　泪添吴苑三更雨，恨惹邮亭一夜眠，
　　讵有青鸟缄别句，聊将锦瑟记流年，
　　他时脱便微之过，百转千回只自怜。

后三年，他在扬州城里看城隍会，看见一个少妇，同一年约三十左右、状似富商的男人在街上缓步。他的容貌绝似那宜兴的少女，他晚上回到了江边的客寓里，又做成了四首感旧的杂诗。

　　风亭月榭记绸缪，梦里听歌醉里愁。
　　牵袂几曾终絮语，掩关从此入离忧。
　　明灯锦幄珊珊骨，细马春山翦翦眸。
　　最忆频行尚回首，此心如水只东流。

　　而今潘鬓渐成丝，记否羊车并载时。

挟弹何心惊共命,抚孤底苦破交枝。
如馨风柳伤思曼,别样烟花恼牧之。
莫把鹍弦弹昔昔,经秋憔悴为相思。

柘舞平康旧擅名,独将青眼到书生。
轻移锦被添晨卧,细酌金卮遣旅情。
此日双鱼寄公子,当时一曲怨东平。
越王祠外花初放,更共何人缓缓行。

非关惜别为怜才,几度红笺手自裁。
湖海有心随颖士,风情近日逼方回。
多时掩幔留香住,依旧窥人有燕来。
自古同心终不解,罗浮冢树至今哀。

他想想现在的心境,与当时一比,觉得七年前的他,正同阳春暖日下的香草一样,轰轰烈烈,刚在发育。因为当时他新中秀才,眼前尚有无穷的希望,在那里等他。

"到如今还是庸人碌碌!"

一想到现在的这身世,他就不知不觉的悲伤起来了,这时候忽有一阵凉冷的西风,吹到了园里。月光里的树影索索落落的颤动了一下,他也打了一个冷痉,不晓得是什么缘故,觉得毛细管都竦竖了起来。

"似此星辰非昨夜,为谁风露立中宵?"

于是他就稍微放大了声音把这两句诗吟了一遍,又走来走去的走了几步,一则原想借此以壮壮自家的胆,二则他也想把今夜所得的这两句诗,凑成一首全诗。但是他的心思,乱得同水淹的蚁巢一样,想来想去怎么也凑不成上下的句子。园外的围墙拱里,打更的声音和灯笼的影子过去之后,月光更洁练

得怕人了。好像是秋霜已经下来的样子,他只觉得身上一阵一阵的寒冷了起来。想想穷冬又快到了,他筐里只有几件大布的棉衣,过冬若要去买一件狐皮的袍料,非要有四十两银子不可。并且家里他也许久不寄钱去了,依理而论,正也该寄几十两银子回去,为老母辈添置几件衣服,但是照目前的状态看来,叫他能到何处去弄得这许多银子?他一想到此,心里又添了一层烦闷。呆呆的对西斜的月亮看了一忽,他却顺口念出了几句诗来:

"茫茫来日愁如海,寄语羲和快着鞭。"

回环念了两遍之后,背后的园门里忽而走了一个人出来,轻轻的叫着说:"好诗好诗,仲则!你到这时候还没有睡么?"

仲则倒骇了一跳,回转头来就问他说:

"稚存!你也还没有睡么?一直到现在在那里干什么?"

"竹君要我为他起两封信稿,我现在刚搁下笔哩!"

"我还有两句好诗,也念给你听罢,'似此星辰非昨夜,为谁风露立中宵?'"

"诗是好诗,可惜太衰飒了。"

"我想把它们凑成两首律诗来,但是怎么也做不成功。"

"还是不做成的好。"

"何以呢?"

"做成之后,岂不是就没有兴致了么?"

"这话倒也不错,我就不做了吧。"

"仲则,明天有一位大考据家来了,你知道么?"

"谁呀?"

"戴东原。"

"我只闻诸葛的大名,却没有见过这一位小孔子,你听谁说他要来呀？"

"是北京纪老太史给竹君的信里说出的，竹君正预备着迎接他呢！"

"周秦以上并没有考据学，学术反而昌明，近来大名鼎鼎的考据学家很多，伪书却日见风行，我看那些考据学家都是盗名欺世的。他们今日讲诗学，明日弄训诂，再过几天，又要来谈治国平天下，九九归原，他们的目的，总不外乎一个翰林学士的衔头，我劝他们还是去参注酷吏传的好，将来束带立于朝，由礼部而吏部，或领理藩院，或拜内阁大学士的时候，倒好照样去做。"

"你又要发痴了，你不怕旁人说你在妒忌人家的大名的么？"

"即使我在妒忌人家的大名，我的心地，却比他们的大言欺世，排斥异己，光明得多哩！我究竟不在陷害人家，不在卑污苟贱的迎合世人。"

"仲则，你在哭么？"

"我在发气。"

"气什么？"

"气那些挂羊头卖狗肉的未来的酷吏！"

"戴东原与你有什么仇？"

"戴东原与我虽然没有什么仇，但我是疾恶如仇的。"

"你病刚好，又愤激得这个样子，今晚上可是我害了你了，仲则，我们为了这些无聊的人怄气也犯不着，我房里还有一瓶绍兴酒在，去喝酒去吧。"

他与洪稚存两人，昨晚喝酒喝到鸡叫才睡，所以今朝早晨太阳射照在他窗外的花坛上的时候，他还未曾起来。

门外又是一天清冷的好天气。绀碧的天空，高得渺渺茫茫。窗前飞过的鸟雀的影子，也带有些悲凉的秋意。仲则窗外

的几株梧桐树叶,在这浩浩的白日里,虽然无风,也萧索地自在凋落。

一直等太阳射照到他的朝西南的窗下的时候,仲则才醒,从被里伸出了一只手,撩开帐子,向窗上一望,他觉得晴光射目,竟感觉得有些眩晕。仍复放下了帐子,闭了眼睛,在被里睡了一忽,他的昨天晚上的亢奋状态已经过去了,只有秋虫的鸣声,梧桐的疏影和云月的光辉,成了昨夜的记忆,还印在他的今天早晨的脑里,又开了眼睛呆呆的对帐顶看了一回,他就把昨夜追忆少年时候的情绪想了出来。想到这里,他的创作欲已经抬头起来了。从被里坐起,把衣服一披,他拖了鞋就走到书桌边上去。随便拿起了一张桌上的破纸和一枝墨笔,他就叉手写出了一首诗来:

　　络纬啼歇疏梧烟,露华一白凉无边,
　　纤云微荡月沉海,列宿乱摇风满天,
　　谁人一声歌子夜,寻声宛转空台榭,
　　声长声短鸡续鸣,曙色冷光相激射。

三

仲则写完了最后的一句,把笔搁下,自己就摇头反复的吟诵了好几遍。呆着向窗外的晴光一望,他又拿起笔来伏下身去,在诗的前面填了"秋夜"两字,作了诗题。他一边在用仆役拿来的面水洗面,一边眼睛还不能离开刚才写好的诗句,微微的仍在吟着。

他洗完了面,饭也不吃,便一个人走出了学使衙门,慢慢的只向南面的龙津门走去。十月中旬的和煦的阳光,不暖不热的洒满在冷清的太平府城的街上。仲则在蓝苍高天底下,出了龙津门,渡过姑熟溪,尽沿了细草黄沙的乡间的大道,在向着东南前进。道旁有几处小小的杂树林,也已现出了凋落的衰容,枝头未坠的病叶,都带了黄苍的浊色,尽在秋风里微颤。树梢上有几只乌鸦,好像在那里赞美天晴的样子,呀呀的叫了几声。仲则抬起头来一看,见那几只乌鸦,以树林作了中心,却在晴空里飞舞打圈,树下一块草地,颜色也有些微黄了。草地的周围,有许多纵横洁净的白田,因为稻已割尽,只留了点点的稻草根株,静静的在享受阳光。仲则向四面一看,就不知不觉的从官道上,走入了一条衰草丛生的田塍小路里去。走过了一块干净的白田,到了那树林的草地上,他就在树下坐下了。静静地听了一忽鸦噪的声音。他举头却见了前面的一带秋山,划在晴朗的天空中间。

"相看两不厌,只有敬亭山。"

这样的念了一句,他忽然动了登高望远的心思。立起了身,他就又回到官道上来了。走了半个钟头的样子,他过了一条小桥,在桥头树林里忽然发现了几家泥墙的矮草舍。草舍前空地上一只在太阳里躺着的白花犬,听见了仲则的脚步声,呜呜的叫了起来。半掩的一家草舍门口,有一个五六岁的小孩跑出来窥看他了。仲则因为将近山麓了,想问一声上谢公山是如何走法的,所以就对那跑出来的小孩问了一声。那小孩把小指头含在嘴里,好像怕羞似的一语也不答又跑了进去。白花犬因为仲则站住不走了,所以叫得更加厉害。过了一会,草舍门里又走出了一个头上包青布的老农妇来。仲则作了笑容恭恭敬敬的问她说:

"老婆婆,你可知道前面的是谢公山不是?"

老妇摇摇头说:

"前面的是龙山。"

"那么谢公山在哪里呢?"

"不知道,龙山左面的是青山,还有三里多路啦。"

"是青山么?那山上有坟墓没有?"

"坟墓怎么会没有!"

"是的,我问错了,我要问的,是李太白的坟。"

"噢噢,李太白的坟么?就在青山的半脚。"

仲则听了这话,喜欢得很,便告了谢,放轻脚步,从一条狭小的歧路折向东南的谢公山去。谢公山原来就是青山,乡下老妇只晓得李太白的坟,却不晓得青山一名谢公山,仲则一想,心里觉得感激得很,恨不得想拜她一下。他的很易激动的感情,几乎又要使他下泪了。他渐渐的前进,路也渐渐窄了起来,路两旁的杂树矮林,也一处一处的多起来了。又走了半个钟头的样子,他走到青山脚下了。在细草簇生的山坡斜路上,他遇见了两个砍柴的小孩,唱着山歌,挑了两肩短小的柴担,兜头在走下山来。他立住了脚,又恭恭敬敬的问说:

"小兄弟,你们可知道李太白的坟是在哪里的?"

两小孩好像没有听见他的话,尽管在向前的冲来。仲则让在路旁,一面又放声发问了一次。他们因为尽在唱歌,没有注意到仲则;所以仲则第一次问的时候,他们简直不知道路上有一个人在和他们斗头的走来,及走到了仲则的身边,看他好像在发问的样子,他们才歇了歌唱,忽而向仲则惊视了一眼。听了仲则的问话,前面的小孩把手向仲则的背后一指,好像求同意似的,回头来向后面的小孩看着说:

"李太白?是那一个坟吧?"

后面的小孩也争着以手指点说:

"是的,是那一个有一块白石头的坟。"

仲则回转了头,向他们指着的方向一看,看见几十步路外有一堆矮林,矮林边上果然有一穴,前面有一块白石的低坟躺在那里。

"啊,这就是么?"

他的这叹声里,也有惊喜的意思,也有失望的意思,可以听得出来。他走到了坟前,只看见了一个杂草生满的荒冢。并且背后的那两个小孩的歌声,也已渐渐的幽了下去,忽然听不见了,山间的沉默,马上就扩大开来,包压在他的左右上下。他为这沉默一压,看看这一堆荒冢,又想到了这荒冢底下葬着的是一个他所心爱的薄命诗人,心里的一种悲感,竟同江潮似的涌了起来。

"啊啊,李太白,李太白!"

不知不觉的叫了一声,他的眼泪也同他的声音同时滚下来了。微风吹动了墓草,他的模糊的泪眼,好像看见李太白的坟墓在活起来的样子。他向坟的周围走了一圈,又墓门前来跪下了。

他默默的在墓前草上跪坐了好久。看看四围的山间透明的空气,想想诗人的寂寞的生涯,又回想到自家的现在被人家虐待的境遇,眼泪只是陆陆续续的流淌下来。看看太阳已经低了下去,坟前的草影长起来了,他方把今天睡到了日中才起来,洗面之后跑出衙门,一直还没有吃过食物的事情想了起来,这时候却一忽儿的觉得饥饿起来了。

四

他挨了饿,慢慢的朝着了斜阳走回来的时候,短促的秋日已经变成了苍茫的白夜。他一面赏玩着日暮的秋郊野景,一面一句一句的尽在那里想诗。敲开了城门,在灯火零星的街上,走回学使衙门去的时候,他的吊李太白的诗也想完成了。

束发读君诗,今来展君墓。

清风江上洒然来，我欲因之寄微慕。

呜呼，有才如君不免死，我固知君死非死，

长星落地三千年，此是昆明劫灰耳。

高冠岌岌佩陆离，纵横学剑胸中奇，

陶镕屈宋入大雅，挥洒日月成瑰词。

当时有君无着处，即今遗躅犹相思。

醒时兀兀醉千首，应是鸿蒙借君手，

乾坤无事入怀抱，只有求仙与饮酒。

一生低首唯宣城，墓门正对青山青。

风流辉映今犹昔，更有灞桥驴背客，（贾岛墓亦在侧）

此间地下真可观，怪底江山总生色。

江山终古月明里，醉魄沉沉呼不起，

锦袍画舫寂无人，隐隐歌声绕江水，

残膏剩粉洒六合，犹作人间万余子。

与君同时杜拾遗，窆石却在潇湘湄，

我昔南行曾访之，衡云惨惨通九嶷，

即论身后归骨地，俨与诗境同分驰。

终嫌此老太愤激，我所师者非公谁？

人生百年要行乐，一日千杯苦不足，

笑看樵牧语斜阳，死当埋我兹山麓。

仲则走到学使衙门里，只见正厅上灯烛辉煌，好像是在那里张宴。他因为人已疲倦极了，所以便悄悄的回到了他住的寿春园的西室。命仆役搬了菜饭来，在灯下吃一碗，洗完手面之后，他就想上床去睡。这时候稚存却青了脸，张了鼻孔，作了悲寂的形容，走进他的房来了。

"仲则，你今天上什么地方去了？"

"我倦极了，我上李太白的坟前去了一次。"

"是谢公山么?"

"是的,你的样子何以这样的枯寂,没有一点儿生气?"

"唉,仲则,我们没有一点小名气的人,简直还是不出外面来的好。啊啊,文人的卑污呀!"

"是怎么一回事?"

"昨晚上我不是对你说过了么?那大考据家的事情。"

"哦,原来是戴东原到了。"

"仲则,我真佩服你昨晚上的议论。戴大家这一回出京来,拿了许多名人的荐状,本来是想到各处来弄几个钱的。今晚上竹君办酒替他接风,他在席上听了竹君夸奖你我的话,就冷笑了一脸说'华而不实'。仲则,叫我如何忍受下去呢!这样卑鄙的文人,这样的只知排斥异己的文人,我真想和他拼一条命。"

"竹君对他这话,也不说什么?"

"竹君自家也在著《十三经文字同异》,当然是与他志同道合的了。并且在盛名的前头,那一个能不为所屈。啊啊,我恨不能变一个秦始皇,把这些卑鄙的伪儒,杀个干净。"

"伪儒另外还讲些什么?"

"他说你的诗他也见过,太少忠厚之气,并且典故用错的也着实不少。"

"混蛋,这样的胡说乱道,天下难道还有真是非么?他住在什么地方?去去,我也去问他个明白。"

"仲则,且忍耐着吧,现在我们是闹他不赢的。如今世上盲人多,明眼人少,他们只有耳朵,没有眼睛,看不出究竟谁清谁浊,只信名气大的人,是好的,不错的。我们且待百年后的人来判断罢!"

"但我总觉得忍耐不住,稚存,稚存。"

"……"

"稚存,我我……想……想回家去了。"

"……"

"稚存,稚存,你……你……你怎么样?"

"仲则,你有钱在身边么?"

"没有了。"

"我也没有了。没有川资,怎么回去呢?"

五

仲则的性格,本来是非常激烈的,对于戴东原的这辱骂自然是忍受不过去的,昨晚上和稚存两人默默的在房间里走来走去走了半夜,打算回常州去,又因为没有路费,不能回去。当半夜过了,学使衙门里的人都睡着之后,仲则和稚存还是默默的背着了手在房里走来走去的走。稚存看看灯下的仲则的清瘦的影子,想叫他睡了,但是看看他的水汪汪的注视着地板的那双眼睛,和他的全身在微颤着的愤激的身体,却终说不出话来,所以稚存举起头来对仲则偷看了好几眼,依旧把头低下去了。到了天将亮的时候,他们两人的愤激已消散了好多,稚存就对仲则说:

"仲则,我们的真价,百年后总有知者,还是保重身体要紧。戴东原不是史官,他能改变百年后的历史么?一时的胜利者未必是万世的胜利者,我们还该自重些。"

仲则听了这话,就举起他的一双水汪汪的眼睛,对稚存看了一眼。呆了一忽,他才对稚存说:

"稚存,我头痛得很。"

这样的讲了一句,仍复默默的俯了首,走来走去走了一会,他又对稚存说:

"稚存，我怕要病了。我今天走了一天，身体已经疲倦极了，回来又被那伪儒这样的辱骂一场，稚存，我若是死了，要你为我复仇的呀！"

"你又要说这些话了，我们以后还是务其大者远者，不要在那些小节上消磨我们的志气吧！我现在觉得戴东原那样的人，并不在我的眼中了。你且安睡吧。"

"你也去睡吧，时候已经不早了。"

稚存去后，仲则一个人还在房里俯了首走来走去的走了好久，后来他觉得实在是头痛不过了，才上床去睡。他从睡梦中哭醒来了好几次。到第二天中午，稚存进他房去看他的时候，他身上发热，两颊绯红，尽在那里讲谵语。稚存到他床边伸手到他头上去一摸，他忽然坐了起来问稚存说：

"京师诸名太史说我的诗怎么样？"

稚存含了眼泪勉强笑着说：

"他们都在称赞你，说你的才在渔洋之上。"

"在渔洋之上？呵呵，呵呵。"

稚存看了他这病状，就止不住的流下眼泪来。本想去通知学史朱筍河，但因为怕与戴东原遇见，所以只好不去。稚存用了湿毛巾把他头脑凉了一凉，他才睡了一忽。不上三十分钟，他又坐起来问稚存说：

"竹君……竹君怎么不来？竹君怎么这几天没有到我房里来过？难道他果真信了他的话了么？我要回去了，我要回去了，谁愿意住在这里！"

稚存听了这话，也觉得这几天竹君对他们确有些疏远的样子，他心里虽则也感到了非常的悲愤，但对仲则却只能装着笑容说：

"竹君刚才来过，他见你睡着在这里，教我不要惊醒你

来，就悄悄的出去了。"

"竹君来过了么？你怎么不讲？你怎么不叫他把那大盗赶出去？"

稚存骗仲则睡着之后，自己也哭了一个爽快。夜阴侵入到仲则的房里来的时候，稚存也在仲则的床沿上睡着了。

六

岁月迁移了。乾隆三十六年的新春带了许多风霜雨雪到太平府城里来，一直到了正月尽头，天气方才晴朗。卧在学使衙门东北边寿春园西室的病夫黄仲则，也同阴暗的天气一样，到了正月尽头却一天一天的强健了起来。本来是清瘦的他，遭了这一场伤寒重症，更清瘦得可怜。但稚存与他的友情，经了这一番患难，倒变得是一天浓厚似一天了。他们二人各对各的天分，也更互相尊敬了起来，每天晚上，各讲自家的抱负，总要讲到三更过后才肯入睡，两个灵魂，在这前后，差不多要化作成一个的样子。

二月以后，天气忽然变暖了。仲则的病体也眼见得强壮了起来。到二月半，仲则已能起来往浮邱山下的广福寺去烧香去了。

他的孤傲多疑的性质经了这一番大病，并没有什么改变。他总觉得自从去年戴东原来了一次之后，朱竹君对他的态度，不如从前的诚恳了。有一天日长的午后，他一个人在房里翻开旧作的诗稿来看，却又看见去年初见朱竹君学使时候一首《上朱笥河先生》的柏梁古体诗。他想想当时一见如旧的知遇，与现在的无聊的状态一比，觉得人生事事，都无长局。拿起笔来他就又添写了四首律诗到诗稿上去。

抑情无计总飞扬，忽忽行迷坐若忘。

遁拟凿坏因骨傲，吟还带索为愁长。
听猿讵止三声泪？绕指真成百炼钢。
自傲一呕休示客，恐将冰炭置人肠。

岁岁吹箫江上城，西园桃梗托浮生。
马因识路真疲路，蝉到吞声尚有声。
长铗依人游未已，短衣射虎气难平。
剧怜对酒听歌夜，绝似中年以后情。

鸢肩火色负轮囷，臣壮何曾不若人？
文倘有光真怪石，足如可析是劳薪。
但工饮啖犹能活，尚有琴书且未贫。
芳草满江容我采，此生端合附灵均。

似绮年华指一弹，世途惟觉醉乡宽。
三生难化心成石，九死空尝胆作丸。
出郭病躯愁直视，登高短发愧旁观。
升沉不用君平卜，已办秋江一钓竿。

七

　　天上没有半点浮云，浓蓝的天色受了阳光的蒸染，蒙上了一层淡紫的晴霞，千里的长江，映着几点青螺，同逐梦似的流奔东去。长江腰际，青螺中一个最大的采石山前，太白楼开了八面高窗，倒影在江心牛渚中间；山水、楼阁，和楼阁中的人物，都是似醉似痴的在那里点缀阳春的烟景，这是三月上巳的午后，正是安徽提督学政朱笥河公在太白楼大会宾客的一天。翠螺山的峰前峰后，都来往着与会的高宾，或站在三台阁上，在数水平线上的来帆，或散在牛渚矶头，在寻前朝历史上的遗迹。从太平府到采石山，有二十里的官路。澄江门外的沙郊，平时不见有人行的野道上，今天热闹得差不多路空不过五步的样子。八府的书生，正来当涂应试，听得学使朱公的雅兴，都想来看看朱公药笼里的人才。所以江山好处，蛾眉燃犀诸亭都为游人占领去了。

黄仲则当这青黄互竞的时候，也不改他常时的态度。本来是纤长清瘦的他，又加以久病之余，穿了一件白夹春衫，立在人丛中间，好像是怕被风吹去的样子。清癯的颊上，两点红晕，大约是薄醉的风情。立在他右边的一个肥矮的少年，同他在那里看对岸的青山的，是他的同乡同学的洪稚存。他们两人在采石山上下走了一转回到太白楼的时候，柔和肥胖的朱筠河笑问他们说：

"你们的诗做好了没有？"

洪稚存含着微笑摇头说：

"我是闭门觅句的陈无已。"

万事不肯让人的黄仲则，就抢着笑说：

"我却做好了。"

朱筠河看了他这一种少年好胜的形状，就笑着说：

"你若是做了这样快，我就替你磨墨，你写出来吧。"

黄仲则本来是和朱筠河说说笑话的，但等得朱筠河把墨磨好，横轴摊开来的时候，他也不得不写了。他拿起笔来，往墨池里扫了几扫，就模模糊糊的写了下去：

　　红霞一片海上来，照我楼上华筵开，
　　倾觞绿酒忽复尽，楼中谪仙安在哉！
　　谪仙之楼楼百尺，筠河夫子文章伯，

>　　风流仿佛楼中人，千一百年来此客。
>　　是日江上彤云开，天门淡扫双蛾眉，
>　　江从慈母矶边转，潮到燃犀亭下回，
>　　青山对面客起舞，彼此青莲一抔土。
>　　若论七尺归蓬蒿，此楼作客山是主，
>　　若论醉月来江滨，此楼作主山作宾，
>　　长星动摇若无色，未必常作人间魂，
>　　身后苍凉尽如此，俯仰悲歌亦徒尔！
>　　杯底空余今古愁，眼前忽尽东南美，
>　　高会题诗最上头，姓名未死重山丘，
>　　请将诗卷掷江水，定不与江东向流。

　　不多几日，这一首太白楼会宴的名诗，就喧传在长江两岸的士女的口上了。

一九二二年十一月二十日午前

（原载1923年2月1日《创造季刊》第1卷第4期）

春风沉醉的晚上

一

在沪上闲居了半年,因为失业的结果,我的寓所迁移了三处。最初我住在静安寺路南的一间同鸟笼似的永也没有太阳晒着的自由的监房里。这些自由的监房的住民,除了几个同强盗小窃一样的凶恶裁缝之外,都是些可怜的无名文士,我当时所以送了那地方一个Yellow Grub Street的称号。在这Grub Street里住了一个月,房租忽涨了价,我就不得不拖了几本破书,搬上跑马厅附近一家相识的栈房里去。后来在这栈房里又受了种种逼迫,不得不搬了,我便在外白渡桥北岸的邓脱路中间,日新里对面的贫民窟里,寻了一间小小的房间,迁移了过去。

邓脱路的这几排房子,从地上量到屋顶,只有一丈几尺高。我住的楼上的那间房间,更是矮小得不堪。若站在楼板上伸一伸懒腰,两只手就要把灰黑的屋顶穿通的。从前面的衖里踱进了那房子的门,便是房主的住房。在破布洋铁罐玻璃瓶旧铁器堆满的中间,侧着身子走进两步,就有一张中间有几根横档跌落的梯子靠墙摆在那里。用了这张梯子往上面的黑黝黝的一个二尺宽的洞里一接,即能走上楼去。黑沉沉的这层楼上,本来只有猫额那样大,房主人却把它隔成了两间小房,外面一间是一个N烟公司的女工住在那里,我所租的是梯子口头的那间小房,因为外间的住者要从我的房里出入,所以我的每月的房租要比外间的便宜几角小洋。

我的房主，是一个五十来岁的弯腰老人。他的脸上的青黄色里，映射着一层暗黑的油光。两只眼睛是一只大一只小，颧骨很高，额上颊上的几条皱纹里满砌着煤灰，好像每天早晨洗也洗不掉的样子。他每日于八九点钟的时候起来，咳嗽一阵，便挑了一双竹篮出去，到午后的三四点钟总仍旧是挑了一双空篮回来的，有时挑了满担回来的时候，他的竹篮里便是那些破布破铁器玻璃瓶之类。像这样的晚上，他必要去买些酒来喝喝，一个人坐在床沿上瞎骂出许多不可捉摸的话来。

我与间壁的同寓者的第一次相遇，是在搬来的那天午后。春天的急景已经快晚了的五点钟的时候，我点了一支蜡烛，在那里安放几本刚从栈房里搬过来的破书。先把它们叠成了两方堆，一堆小些，一堆大些，然后把两个二尺长的装画的画架覆在大一点的那堆书上。因为我的器具都卖完了，这一堆书和画架白天要当写字台，晚上可当床睡的。摆好了画架的板，我就朝着了这张由书叠成的桌子，坐在小一点的那堆书上吸烟，我的背系朝着梯子的接口的。我一边吸烟，一边在那里呆看放在桌上的蜡烛火，忽而听见梯子口上起了响动。回头一看，我只见了一个自家的扩大的投射影子，此外什么也辨不出来，但我的听觉分明告诉我说："有人上来了。"我向暗中凝视了几秒钟，一个圆形灰白的面貌，半截纤细的女人的身体，方才映到我的眼帘上来。一见了她的容貌我就知道她是我的间壁的同居者了。因为我来找房子的时候，那房主的老人便告诉我说，这屋里除了他一个人外，楼上只住着一个女工。我一则喜欢房价的便宜，二则喜欢这屋里没有别的女人小孩，所以立刻就租定了的。等她走上了梯子，我才站起来对她点了点头说：

"对不起，我是今朝才搬来的，以后要请你照应。"

她听了我这话，也并不回答，放了一双漆黑的大眼，对我深深的看了一眼，就走上她的门口去开了锁，进房去了。我与她不过这样的见了一面，不晓是什么原因，我只觉得她是一个可怜的女子。她的高高的鼻梁，灰白长圆的面貌，清瘦不高的身体，好像都是表明她是可怜的特征，但是当时正为了生活问题在那里操心的我，也无暇去怜惜这还未曾失业的女工，过了几分钟我又动也不动的坐在那一小堆书上看蜡烛光了。

在这贫民窟里过了一个多礼拜，她每天早晨七点钟去上工和午后六点多钟下工回来，总只见我呆呆的对着了蜡烛或油灯坐在那堆书上。大约她的好奇心被我那痴不痴呆不呆的态度挑动了罢。有一天她下了工走上楼来的时候，我依旧和第一天一样的站起来让她过去。她走到了我的身边忽而停住了脚。看了我一眼，吞吞吐吐好像怕什么似的问我说：

"你天天在这里看的是什么书？"

（她操的是柔和的苏州音，听了这一种声音以后的感觉，是怎么也写不出来的，所以我只能把她的言语译成普通的白话。）

我听了她的话，反而脸上涨红了。因为我天天呆坐在那里，面前虽则有几本外国书摊着，其实我的脑筋昏乱得很，就是一行一句也看不进去。有时候我只用了想象在书的上一行与下一行中间的空白里，填些奇异的模型进去。有时候我只把书里边的插画翻开来看看，就了那些插画演绎些不近人情的幻想出来。我那时候的身体因为失眠与营养不良的结果，实际上已经成了病的状态了。况且又因为我的唯一的财产的一件棉袍子已经破得不堪，白天不能走出外面去散步和房里全没有光线进来，不论白天晚上，都要点着油灯或蜡烛的缘故，非但我的全部健康不如常人，就是我的眼睛和脚力，也局部的非常萎缩

了。在这样状态下的我,听了她这一问,如何能够不红起脸来呢?所以我只是含含糊糊的回答说:

"我并不在看书,不过什么也不做呆坐在这里,样子一定不好看,所以把这几本书摊放着的。"

她听了这话,又深深的看了我一眼,作了一种不解的形容,依旧的走到她的房里去了。

那几天里,若说我完全什么事情也不去找什么事情也不曾干。却是假的。有时候,我的脑筋稍微清新一点,也曾译过几首英法的小诗,和几篇不满四千字的德国的短篇小说,于晚上大家睡熟的时候,不声不响的出去投邮,在寄投给各新开的书局。因为当时我的各方面就职的希望,早已经完全断绝了,只有这一方面,还能靠了我的枯燥的脑筋,想想法子看。万一中了他们编辑先生的意,把我译的东西登了出来,也不难得着几块钱的酬报。所以我自迁移到邓脱路以后,当她第一次同我讲话的时候,这样的译稿已经发出了三四次了。

二

在乱昏昏的上海租界里住着,四季的变迁和日子的过去是不容易觉得的。我搬到了邓脱路的贫民窟之后,只觉得身上穿在那里的那件破棉袍子一天一天的重了起来,热了起来,所以我心里想:

"大约春光也已经老透了罢!"

但是囊中很羞涩的我,也不能上什么地方去旅行一次,日夜只是在那暗室的灯光下呆坐。在一天大约是午后了,我也是这样的坐在那里,间壁的同住者忽而手里拿了两包用纸包好的物件走了上来,我站起来让她走的时候,她把手里的纸包放了一包在我的书桌上说:

"这一包是葡萄浆的面包,请你收藏着,明天好吃的。另外我还有一包香蕉买在这里,请你到我房里来一道吃罢!"

我替她拿住了纸包,她就开了门邀我进她的房里去,共住了这十几天,她好像已经信用我是一个忠厚的人的样子。我见她初见我的时候脸上流露出来的那一种疑惧的形容完全没有了。我进了她的房里,才知道天还未暗,因为她的房里有一扇朝南的窗,太阳返射的光线从这窗里投射进来,照见了小小的一间房,由二条板铺成的一张床,一张黑漆的半桌,一只板箱,和一条圆凳。床上虽则没有帐子,但堆着有二条洁净的青布被褥。半桌上有一只小洋铁箱摆在那里,大约是她的梳头器具,洋铁箱上已经有许多油污的点子了。她一边把堆在圆凳上的几件半旧的洋布棉袄,粗布裤等收在床上,一边就让我坐下。我看了她那殷勤待我的样子,心里倒不好意思起来,所以就对她说:

"我们本来住在一处,何必这样的客气。"

"我并不客气,但是你每天当我回来的时候,总站起来让我,我却觉得对不起得很。"

这样的说着,她就把一包香蕉打开来让我吃。她自家也拿了一只,在床上坐下,一边吃一边问我说:

"你何以只住在家里,不出去找点事情做做?"

"我原是这样的想,但是找来找去总找不着事情。"

"你有朋友么?"

"朋友是有的,但是到了这样的时候,他们都不和我来往了。"

"你进过学堂么?"

"我在外国的学堂里曾经念过几年书。"

"你家在什么地方?何以不回家去?"

她问到了这里，我忽而感觉到我自己的现状了。因为自去年以来，我只是一日一日的萎靡下去，差不多把"我是什么人？""我现在所处的是怎么一种境遇？""我的心里还是悲还是喜？"这些观念都忘掉了。经她这一问，我重新把半年来困苦的情形一层一层的想了出来。所以听她的问话以后，我只是呆呆的看她，半晌说不出话来。她看了我这个样子，以为我也是一个无家可归的流浪人。脸上就立时起了一种孤寂的表情，微微的叹着说：

"唉！你也是同我一样的么？"

微微的叹了一声之后，她就不说话了。我看她的眼圈上有些潮红起来，所以就想了一个另外的问题问她说：

"你在工厂里做的是什么工作？"

"是包纸烟的。"

"一天作几个钟头工？"

"早晨七点钟起，晚上六点钟止，中午休息一个钟头，每天一共要作十个钟头的工。少作一点钟就要扣钱的。"

"扣多少钱？"

"每月九块钱，所以是三块钱十天，三分大洋一个钟头。"

"饭钱多少？"

"四块钱一月。"

"这样算起来，每月一个钟点也不休息，除了饭钱，可省下五块钱来。够你付房钱买衣服的么？"

"哪里够呢！并且那管理人又……啊啊！我……我所以非常恨工厂的。你吃烟的么？"

"吃的。"

"我劝你顶好还是不吃。就吃也不要去吃我们工厂的烟。我真恨死它在这里。"

我看看她那一种切齿怨恨的样子，就不愿意再说下去。把手里捏着的半个吃剩的香蕉咬了几口，向四边一看，觉得她的房里也有些灰黑了，我站起来道了谢，就走回到了我自己的房里。她大约作工倦了的缘故，每天回来大概是马上就入睡的，只有这一晚上，她在房里好像是直到半夜还没有就寝。从这一回之后，她每天回来，总和我说几句话。我从她自家的口里听得，知道她姓陈，名叫二妹，是苏州东乡人，从小系在上海乡下长大的，她父亲也是纸烟工厂的工人，但是去年秋天死了。她本来和她父亲同住在那间房里，每天同上工厂去的，现在却只剩了她一个人了。她父亲死后的一个多月，她早晨上工厂去也一路哭了去，晚上回来也一路哭了回来的。她今年十七岁，也无兄弟姊妹，也无近亲的亲戚。她父亲死后的葬殓等事，是他于未死之前把十五块钱交给楼下的老人，托这老人包办的。她说：

"楼下的老人倒是一个好人，对我从来没有起过坏心，所以我得同父亲在日一样的去作工，不过工厂的一个姓李的管理人却坏得很，知道我父亲死了，就天天的想戏弄我。"

她自家和她父亲的身世，我差不多全知道了，但她母亲是如何的一个人？死了呢还是活在哪里？假使还活着，住在什么地方？等等，她却从来还没有说及过。

三

天气好像变了。几日来我那独有的世界，黑暗的小房里的腐浊的空气，同蒸笼里的蒸气一样，蒸得人头昏欲晕，我每年在春夏之交要发的神经衰弱的重症，遇了这样的气候，就要使我变成半狂。所以我这几天来到了晚上，等马路上人静之后，也常常想出去散步去。一个人在马路上从狭隘的深蓝天空里看看群星，慢慢的向前行走，一边作些漫无涯涘的空想，倒是于我的身体很有利益。当这样的无可奈何，春风沉醉的晚上，我每要在各处乱走，走到天将明的时候才回家里。我这样的走倦了回去就睡，一睡直可睡到第二天的日中，有几次竟要睡到二妹下工回来的前后方才起来，睡眠一足，我的健康状态也渐渐的回复起来了。平时只能消化半磅面包的我的胃部，自从我的深夜游行的练习开始之后，进步得几乎能容纳面包一磅了。这事在经济上虽则是一大打击，但我的脑筋，受了这些滋养，似乎比从前稍能统一。我于游行回来之后，就睡之前，却做成了几篇Allan Poe式的短篇小说，自家看看，也不很坏。我改了几次，抄了几次，——投邮寄出之后，心里虽然起了些微细的希望，但是想想前几回的译稿的绝无消息，过了几天，也便把它们忘了。

　　邻住者的二妹，这几天来，当她早晨出去上工的时候，我总在那里酣睡，只有午后下工回来的时候，有几次有见面的机会，但是不晓是什么原因，我觉得她对我的态度，又回到从前初见面的时候的疑惧状态去了。有时候她深深的看我一眼，她的黑晶晶，水汪汪的眼睛里，似乎是满含着责备我规劝我的意思。

　　我搬到这贫民窟里住后，约莫已经有二十多天的样子，一天午后我正点上蜡烛，在那里看一本从旧书铺里买来的小说的时候，二妹却急急忙忙的走上楼来对我说：

　　"楼下有一个送信的在那里，要你拿了印子去拿信。"

她对我讲这话的时候，她的疑惧我的态度更表示得明显，她好像在那里说："呵呵！你的事件是发觉了啊！"我对她这种态度，心里非常痛恨，所以就气急了一点，回答她说：

　　"我有什么信？不是我的！"

她听了我这气愤愤的回答,更好像是得了胜利似的,脸上忽涌出了一种冷笑说:

"你自家去看罢!你的事情,只有你自家知道的!"

同时我听见楼底下门口果真有一个邮差似的人在催着说:

"挂号信!"

我把信取来一看,心里就突突的跳了几跳,原来我前回寄去的一篇德文短篇的译稿,已经在某杂志上发表了,信中寄来的是五元钱的一张汇票。我囊里正是将空的时候,有了这五元钱,非但月底要预付的来月的房金可以无忧,并且付过房金以后,还可以维持几天食料,当时这五元钱对我的效用的扩大,是谁也能推想得出来的。

第二天午后,我上邮局去取了钱,在太阳晒着的大街上走了一会,忽而觉得身上就淋出了许多汗来。我向我前后左右的行人一看,复向我自家的身上一看,就不知不觉的把头低俯了下去。我颈上头上的汗珠,更同盛雨似的,一颗一颗的钻出来了。因为当我在深夜游行的时候,天上并没有太阳,并且料峭的春寒,于东方微白的残夜,老在静寂的街巷中留着,所以我穿的那件破棉袍子,还觉得不十分与节季违异。如今到了阳和的春日晒着的这日中,我还不能自觉,依旧穿了这件夜游的敝袍,在大街上阔步,与前后左右的和节季同时进行的我的同类一比,我哪得不自惭形秽呢?我一时竟忘了几日后不得不付的房金,忘了囊中本来将尽的些微的积聚,便慢慢的走上了闸路的估衣铺去。好久不在天日之下行走的我,看看街上来往的汽车人力车,车中坐着的华美的少年男女,和马路两边的绸缎铺金银铺窗里的丰丽的陈设,听听四面的同蜂衙似的嘈杂的人声,脚步声,车铃声,一时倒也觉得是身到了大罗天上的样子。我忘记了我自家的存在,也想和我的同胞一样的欢歌欣舞起来，我的嘴里便不知不觉的唱起几句久忘了的京调来了。这一时的涅槃幻境，当我想横越过马路，转入闸路去的时候，忽而被一阵铃声惊破了。我抬起头来一看，我的面前正冲来了一乘无轨电车，车头上站着的那肥胖的机器手，伏出了半身，怒目的大声骂我说：

"猪头三！侬（你）艾（眼）睛勿散（生）咯！跌杀时，叫旺（黄）够（狗）来抵侬（你）命噢！"

我呆呆的站住了脚，目送那无轨电车尾后卷起了一道灰尘，向北过去之后，不知是从何处发出来的感情，忽而竟禁不住哈哈哈哈的笑了几声。等得四面的人注视我的时候，我才红了脸慢慢的走向了闸路里去。

我在几家估衣铺里，问了些夹衫的价钱，还了他们一个我所能出的数目，几个估衣铺的店员，好像是一个师父教出的样子，都摆下了脸面，嘲弄着说：

"侬（你）寻萨咯（什么）凯（开）心！马（买）勿起好勿要马（买）咯！"

一直问到五马路边上的一家小铺子里，我看看夹衫是怎么也买不成了，才买定了一件竹布单衫，马上就把它换上。手里拿了一包换下的棉袍子，默默的走回家来。一边我心里却在打算：

"横竖是不够用了，我索性来痛快的用它一下罢。"同时我又想起了那天二妹送我的面包香蕉等物。不等第二次的回想我就寻着了一家卖糖食的店，进去买了一块钱巧格力香蕉糖鸡蛋糕等杂食。站在那店里，等店员在那里替我包好来的时候，我忽而想起我有一月多不洗澡了，今天不如顺便也去洗一个澡罢。

洗好了澡，拿了一包棉袍子和一包糖食，回到邓脱路的时候，马路两旁的店家，已经上电灯了。街上来往的行人也很稀少，一阵从黄浦江上吹来的日暮的凉风，吹得我打了几个冷噤。我回到了我的房里，把蜡烛点上。向二妹的房门一照，知道她还没有回来。那时候我腹中虽则饥饿得很，但我刚买来的那包糖食怎么也不愿意打开来。因为我想等二妹回来同她一道吃。我一边拿出书来看，一边口里尽在咽唾液下去。等了许多时候，二妹终不回来，我的疲倦不知什么时候出来战胜了我，就靠在书堆上睡着了。

四

二妹回来的响动把我惊醒的时候，我见我面前的一枝十二盎司一包的洋蜡烛已经点去了二寸的样子，我问她是什么时候了？她说：

"十点的汽管刚刚放过。"

"你何以今天回来得这样迟？"

"厂里因为销路大了，要我们作夜工。工钱是增加的，不过人太累了。"

"那你可以不去做的。"

"但是工人不够，不做是不行的。"

她讲到这里，忽而滚了两粒眼泪出来，我以为她是作工作得倦了，故而动了伤感，一边心里虽在可怜她，但一边看她这同小孩似的脾气，却也感着了些儿快乐。把糖食包打开，请她吃了几颗之后，我就劝她说：

"初作夜工的时候不惯，所以觉得困倦，作惯了以后，也没有什么的。"

她默默的坐在我的半高的由书叠成的桌上，吃了几颗巧格力，对我看了几眼，好像是有话说不出来的样子。我就催她说：

"你有什么话说？"

她又沉默了一会，便断断续续的问我说：

"我……我……早想问你了，这几天晚上，你每晚在外边，可在与坏人作伙友么？"

我听了她这话，倒吃了一惊，她好像在疑我天天晚上在外面与小窃恶棍混在一块。她看我呆了不答，便以为我的行为真的被她看破了，所以就柔柔和和的连续着说：

"你何苦要吃这样好的东西，要穿这样好的衣服。你可知道这事情是靠不住的。万一被人家捉了去，你还有什么面目做人。过去的事情不必去说它，以后我请你改过了罢。……"

我尽是张大了眼睛张大了嘴呆呆的在看她，因为她的思想太奇怪了，使我无从辩解起。她沉默了数秒钟，又接着说：

"就以你吸的烟而论，每天若戒绝了不吸，岂不可省几个铜子。我早就劝你不要吸烟，尤其是不要吸那我所痛恨的N工厂的烟，你总是不听。"

她讲到了这里，又忽而落了几滴眼泪。我知道这是她为怨恨N工厂而滴的眼泪，但我的心里，怎么也不许我这样的想，我总要把它们当作因规劝我而洒的。我静静儿的想了一会，等她的神经镇静下去之后，就把昨天的那封挂号信的来由说给她听，又把今天的取钱买物的事情说了一遍。最后更将我的神经衰弱症和每晚何以必要出去散步的原因说了。她听了我这一番辩解，就信用了我，等我说完之后，她颊上忽而起了两点红晕，把眼睛低下去看看桌上，好像是怕羞似的说：

"噢，我错怪你了，我错怪你了。请你不要多心，我本来是没有歹意的。因为你的行为太奇怪了，所以我想到了邪路里去。你若能好好儿的用功，岂不是很好么？你刚才说的那——叫什么的——东西,能够卖五块钱,要是每天能做一个,多么好呢?"

我看了她这种单纯的态度,心里忽而起了一种不可思议的感情,我想把两只手伸出去拥抱她一回,但是我的理性却命令我说:

"你莫再作孽了!你可知道你现在处的是什么境遇,你想把这纯洁的处女毒杀了么?恶魔,恶魔,你现在是没有爱人的资格的呀!"

我当那种感情起来的时候,曾把眼睛闭上了几秒钟,等听了理性的命令以后,我的眼睛又开了开来,我觉得我的周围,忽而比前几秒钟更光明了。对她微微的笑了一笑,我就催她说:

"夜也深了,你该去睡了吧!明天你还要上工去的呢!我从今天起,就答应你把纸烟戒下来吧。"

她听了我这话,就站了起来,很喜欢的回到她的房里去睡了。

她去之后,我又换上一枝洋蜡烛,静静儿的想了许多事情:

"我的劳动的结果,第一次得来的这五块钱已经用去了三块了。连我原有的一块多钱合起来,付房钱之后,只能省下二三角小洋来,如何是好呢!

"就把这破棉袍子去当吧!但是当铺里恐怕不要。

"这女孩子真是可怜,但我现在的境遇,可是还赶她不上,她是不想做工而工作要强迫她做,我是想找一点工作,终于找不到。就去作筋肉的劳动吧!啊啊,但是我这一双弱腕,怕吃不下一部黄包车的重力。

"自杀!我有勇气,早就干了。现在还能想到这两个字,足证我的志气还没有完全消磨尽哩!

"哈哈哈哈！今天的那无轨电车的机器手！他骂我什么来？

"黄狗，黄狗倒是一个好名词，

"……"

我想了许多零乱断续的思想，终究没有一个好法子，可以救我出目下的穷状来。听见工厂的汽笛，好像在报十二点钟了，我就站了起来，换上了白天那件破棉袍子，仍复吹熄了蜡烛，走出外面去散步去。

贫民窟里的人已经睡眠静了。对面日新里的一排临邓脱路的洋楼里，还有几家点着了红绿的电灯，在那里弹罢拉拉衣加。一声二声清脆的歌音，带着哀调，从静寂的深夜的冷空气里传到我的耳膜上来，这大约是俄国的飘泊的少女，在那里卖钱的歌唱。天上罩满了灰白的薄云，同腐烂的尸体似的沉沉的盖在那里。云层破处也能看得出一点两点星来，但星的近处，黝黝看得出来的天色，好像有无限的哀愁蕴藏着的样子。

一九二三年七月十五日

（原载1924年2月28日《创造季刊》第2卷第2期）

银灰色的死

上

雪后的东京比平时更添了几分生气。从富士山顶吹下来的微风，总凉不了满都男女的火热的心肠。一千九百二十年前，在伯利恒的天空游动的那颗明星出现的日期又快到了。街街巷巷的店铺，都装饰得同新郎新妇一样，竭力的想多吸收几个顾客，好添这些年终的利泽，这正是贫儿富主，一样繁忙的时候。这也是逐客离人，无穷伤感的时候。

在上野不忍池的近边，在一群乱杂的住屋的中间，有一间楼房，立在澄明的冬天的空气里。这一家人家，在这年终忙碌的时候，好像也没有什么生气似的，楼上的门窗，还紧紧的闭在那里。金黄的日球，离开了上野的丛林，已经高挂在海青色的天体中间，悠悠的在那里笑人间的多事了。

太阳的光线，从那紧闭的门缝中间，斜射到他的枕上的时候，他那一双同胡桃似的眼睛，就睁开了，他大约已经有二十四五岁的年纪。在黑漆漆的房内的光线里，他的脸色更加觉得灰白，从他面上左右高出的颧骨，同眼下的深深的眼窝看来，他却是一个清瘦的人。

他开了半只眼睛，看看桌上的钟，长短针正重叠在X字的上面，开了口，打了一个呵欠，他并不知道他自家是一个大悲剧的主人公，又仍旧嘶嘶的睡着了，半醒半觉的睡了一会，听着间壁的挂钟打了十一点之后，他才跳出被来。胡乱地穿好了衣服，跑下了楼，洗了手面，他就套上了一双破皮鞋，跑出外面去了。

　　他近来的生活状态，比从前大有不同的地方，自从十月底到如今，两个月的中间，他总每是昼夜颠倒的要到各处酒馆里去喝酒。东京的酒馆，当炉的大约都是十七八岁的少妇。他虽然知道她们是想骗他的金钱，所以肯同他闹，同他玩的，然而一到了太阳西下的时候，他总不能在家里好好的住着。有时候他想改过这恶习惯来，故意到图书馆里去取他平时所爱读的书来看，然而到了上灯的时候，他的耳朵里，忽然会有各种悲凉的小曲儿的歌声听见起来。他的鼻孔里，也会脂粉，香油，油沸鱼肉，香烟醇酒的混合的香味到来。他的书的字里行间，忽然会跳出一个红白的脸色来。一双迷人的眼睛，一点一点的扩大起来。同蔷薇花苞似的嘴唇，渐渐儿的开放起来，两颗笑靥，也看得出来了。洋磁似的一排牙齿，也看得出来了。他把眼睛一闭，他的面前，就有许多妙年的妇女坐在红灯的影里，微微的在那里笑着。也有斜视他的，也有点头的，也有把上下的衣服脱下来的，也有把雪样嫩的纤手伸给他的。到了那个时候，他总会不知不觉的跟了那只纤手跑去，同做梦的一样，走了出来。等到他的怀里有温软的肉体坐着的时候，他才知道他是已经不在图书馆内了。

　　昨天晚上，他也在这样的一家酒馆里坐到半夜过后一点钟的时候，才走出来，那时候他的神志已经不清了，在路上跌来跌去的走了一会，看看四周并不能看见一个人影，万户千门，都寂寂的闭在那里，只有一行参差不齐的门灯，黄黄的在街上投射出了几处朦胧的黑影。街心的两条电车的路线，在那里放磷火似的青光。他立住了足，靠着了大学的铁栏杆，仰起头来就看见了那十三夜的明月，同银盆似的浮在淡青色的空

中。他再定睛向四面一看,才知道清静的电车线路上,电柱上,电线上,歪歪斜斜的人家的屋顶上,都洒满了同霜也似的月光。他觉得自家一个人孤冷得很,好像同遇着了风浪后的船夫,一个人在北极的雪世界里漂泊着的样子。背靠着了铁栏杆,他尽在那里看月亮。看了一会,他那一双衰弱得同老犬似的眼睛里,忽然滚下了两颗眼泪来。去年夏天,他结婚的时候的景象,同走马灯一样,旋转到他的眼前来了。

　　三面都是高低的山岭,一面宽广的空中,好像有江水的气味蒸发过来的样子。立在山中的平原里,向这空空荡荡的方面一望,人们便能生出一种灵异的感觉来,知道这天空的底下,就是江水了。在山坡的煞尾的地方,在平原的起头的区中,有几点人家,沿了一条同曲线似的青溪,散在疏林蔓草的中间。在一个多情多梦的夏天的深更里,因为天气热得很,他同他新婚的夫人,睡了一会,又从床上爬了起来,到朝溪的窗口去纳凉去。灯火已经吹灭了,月光从窗里射了进来。在藤椅上坐下之后,他看见月光射在他夫人的脸上。定睛一看,他觉得她的脸色,同大理白石的雕刻没有半点分别。看了一会儿,他心里害怕起来,就不知不觉的伸出了右手,摸上她的面上去。

　　"怎么你的面上会这样凉的?"

　　"轻些儿吧,快三更了,人家已经睡着在那里,别惊醒了他们。"

　　"我问你,唉,怎么你的面上会一点儿血色都没有的呢?"

　　"所以我总是要早死的呀!"

　　听了她这一句话,他觉得眼睛里一霎时的热了起来。不知是什么缘故,他就忽然伸了两手,把她紧紧的抱住了。他的嘴唇贴上她的面上的时候,他觉得她的眼睛里,也有两条同泉似的眼泪在流下来。他们两人肉贴肉的泣了许久,他觉得胸中渐渐儿的舒爽起来了,望望窗外看,远近都洒满了皎洁的月光。抬头看看天,苍苍的天空里,有一条薄薄的云影,浮漾在那里。

"你看那天河。……"

"大约河边的那颗小小的星儿,就是我的星宿了。"

"什么星呀?"

"织女星。"

说到这里,他们就停着不说下去了。两人默默地坐了一会,他尽眼看着那一颗小小的星,低声的对她说:

"我明年未必能回来,恐怕你要比那织女星更苦咧。"

靠住了大学的铁栏杆,呆呆的尽在那里对了月光追想这些过去的情节。一想到最后的那一句话,他的眼泪便连连续续的流了下来,他的眼睛里,忽然看得见一条溪水来了。那一口朝溪的小窗,也映到了他的眼睛里来,沿窗摆着的一张漆的桌子,也映到了他的眼睛里来。桌上的一张半明不灭的洋灯,灯下坐着的一个二十岁前后的女子,那女子的苍白的脸色,一双迷人的大眼,小小的嘴唇的曲线,灰白的嘴唇,都映到了他的眼睛里来。他再也支持不住了,摇了一摇头,便自言自语的说:

"她死了,她是死了,十月二十八日那一个电报,总是真的。十一月初四的那一封信,总也是真的,可怜她吐血吐到气绝的时候,还在那里叫我的名字。"

一边流泪,一边他就站起来走,他的酒已经醒了,所以他觉得冷起来。到了这深更半夜,他也不愿意再回到他那同地狱似的家里去。他原来是寄寓在他的朋友的家里的,他住的楼上,也没有火钵,也没有生气,只有几本旧书,横摊在黄灰色的电灯光里等他,他愈想愈不愿意回去了,所以他就

慢慢地走上上野的火车站去。原来日本火车站上的人是通宵不睡的，待车室里，有火炉生在那里，他上火车站去，就是想去烤火去的。

一直走到了火车站，清冷的路上并没有一个人同他遇见，进了车站，他在空空寂寂的长廊上，只看见两排电灯，在那里黄黄的放光。卖票房里，坐着二三个女事务员，在那里打呵欠。进了二等待车室，半醒半睡的坐了两个钟头，他看看火炉里的火也快完了。远远的有机关车的车轮声传来。车站里也来了几个穿制服的人在那里跑来跑去的跑，等了一会，从东北来的火车到了。车站上忽然热闹了起来，下车的旅客的脚步声同种种的呼唤声，混作了一处，传到他的耳膜上来，跟了一群旅客，他也走出火车站来了。出了车站，他仰起头来一看，只见苍色圆形的天空里，有无数星辰，在那里微动，从北方忽然来了一阵凉风，他觉得有点冷得难耐的样子。月亮已经下山了。街上有几个早起的工人，拉了车慢慢的在那里行走，各店家的门灯，都像倦了似的还在那里放光。走到上野公园的西边的时候，他忽然长叹了一声。朦胧的灯影里，息息索索的飞了几张黄叶下来，四边的枯树都好像活了起来的样子，他不觉打了一个冷噤，就默默的站住了。静静儿的听了一会，他觉得四边并没有动静，只有那辘辘的车轮声，同在梦里似的很远很远，断断续续的仍在传到他的耳朵里来，他才知道刚才的不过是几张落叶的声音。他走过观月桥的时候，只见池的彼岸一排不夜的楼台都沉在酣睡的中间。两行灯火，好像在那里嘲笑他的样子，他到家睡下的时候，东方已经灰白起来了。

中

这一天又是一天初冬好天气，午前十一点钟的时候，他急急忙忙的洗了手面，套上了一双破皮鞋，就跑出到外面来。

在蓝苍的天盖下，在和软的阳光里，无头无脑的走了一个钟头的样子，他才觉得饥饿起来了。身边摸摸看，他的皮包里，还有五元余钱剩在那里。半月前头，他看看身边的物件，都已卖完了，所以不得不把他亡妻的一个金刚石的戒指，当入当铺。他的亡妻的最后的这纪念物，只值了一百六十元钱，用不上半个月，如今也只有五元钱存在了。

"亡妻呀亡妻，你饶了我吧！"

他凄凉了一阵，羞愧了一阵，终究还不得不想到他目下的紧急的事情上去。他的肚里尽管在那里叽哩咕噜的响。他算算看过五元余钱，断不能在上等的酒馆里去吃得醉饱，所以他就决意想到他无钱的时候常去的那一家酒馆里去。

那一家酒家，开设在植物园的近边，主人是一个五十光景的寡妇，当炉的就是这老寡妇的女儿，名叫静儿。静儿今年已经是二十岁了。容貌也只平常，但是她那一双同秋水似的眼睛，同白色人种似的高鼻，不知是什么理由，使得见过她一面的人，总忘她不了。并且静儿的性质和善得非常，对什么人总是一视同仁，装着笑脸的。她们那里，因为客人不多，所以并没有厨子。静儿的母亲，从前也在西洋菜馆里当过炉的，因此她颇晓得些调味的妙诀。他从前身边没有钱的时候，大抵总跑上静儿家里去的，一则因为静儿待他周到得很，二则因为他去惯了，静儿的母亲也信用他，无论多少，总肯替他挂账的。他酒醉的时候，每对静儿说他的亡妻是怎么好，怎么好，怎么被他母亲虐待，怎么的染了肺病，死的时候，怎么的盼望他。说到伤心的地方，他每流下泪来，静儿有时候也肯陪他哭的。他在静儿家里进出，虽然还不上两个月，然而静儿待他，竟好像同待几年前的老友一样了，静儿有时候有不快活的事情，也都

告诉他的。据静儿说，无论男人女人，有秘密的事情，或者有伤心的事情的时候，总要有一个朋友，互相劝慰的能够讲讲才好。他同静儿，大约就是一对能互相劝慰的朋友了。

半月前头，他也不知道从什么地方听来的，只听说静儿"要嫁人去了"。他因为不愿意直接把这话来问静儿，所以他只是默默的在那里察静儿的行状。因为心里有了这一条疑心，所以他觉得静儿待他的态度，比从前总有些不同的地方。有一天将夜的时候，他正在静儿家坐着喝酒，忽然来了一个三十来岁的男人。静儿见了这男人，就丢下了他，去同那男人去说话去。静儿走开了，所以他只能同静儿的母亲去说些无关紧要的闲话。然而他一边说话，一边却在那里注意静儿和那男人的举动。等了半点多钟，静儿还尽在那里同那男人说笑，他等得不耐烦起来，就同伤弓的野兽一般，匆匆的走了。自从那一天起，到如今却有半个月的光景，他还没有上静儿家里去过。同静儿绝交之后，他喝酒更加厉害，想他亡妻的心思，也比从前更加沉痛了。

"能互相劝慰的知心好友，我现在上哪里去找得出这样的一个朋友呢！"

近来他于追悼亡妻之后，总要想到这一段结论上去。有时候他的亡妻的面貌，竟会同静儿的混到一处来。同静儿绝交之后，他觉得更加哀伤更加孤寂了。

他身边摸摸看，皮包里的钱只有五元余了。他就想把这事作了口实，跑上静儿的家里去。一边这样想，一边他又想起"坦好直"（Tannhaeuser）里边的"盍县罡哈"（Wolfranvon Eschenbach）来。

想到这里，他就唱了两句"坦好直"里边的唱句：

Dort ist sie；——nahe dich ihr ungestoert！

So fliht fuer dieses Leben

Mir Jeder Hoffnung schein!

（Wagner's tannhaeuser）

你且去她的裙边，去算清了你们的相思旧债！

可怜我一生孤冷！你看那镜里的名花，又成了泡影！

念了几遍，他就自言自语的说：

"我可以去的，可以上她家里去的，古人能够这样的爱她的情人，我难道不能这样的爱静儿么？"

看他的样子，好像是对了人家在那里辩护他目下的行为似的，其实除了他自家的良心以外，却并没有人在那里责备他。

迟迟的走到静儿家里的时候，她们母女两个，还刚才起来。静儿见了他，对他微微的笑了一脸，就问他说：

"你怎么这许久不上我们家里来？"

他心里想说：

"你且问问你自家看吧！"

但是见了静儿的那一副柔和的笑容，他什么也说不出来了，所以他只回答说："我因为近来忙得非常。"

静儿的母亲听了他这一句话之后，就佯嗔佯怒的问他说：

"忙得非常？静儿的男人说近来你倒还时常上他家里去喝酒去的呢。"

静儿听了她母亲的话，好像有些难以为情的样子，所以对她母亲说：

"妈妈！"

他看了这些情节，就追问静儿的母亲说：

"静儿的男人是谁呀？"

"大学前面的那一家酒馆的主人，你还不知道么？"

他就回转头来对静儿说：

"你们的婚期是什么时候?恭喜你:希望你早早生一个儿子,我们还要来吃喜酒哩。"

静儿对他呆看了一忽,好像要哭出来的样子。停了一会,静儿问他说,"你喝酒么?"

他听她的声音,好像是在那里颤动似的。他也忽然觉得凄凉起来,一味悲酸,仿佛像晕船的人的呕吐,从肚里挤上了心来。他觉得一句话也说不出口了,只能把头点了几点,表明他是想喝酒的意思。他对静儿看了一眼,静儿也对他看了一眼,两人的视线,同电光似的闪发了一下,静儿就三脚两步的跑出外面去替他买下酒的菜去了。

静儿回来了之后,她的母亲就到厨下去做菜去,菜还没有好,酒已经热了。静儿就照常的坐在他面前,替他斟酒,然而他总不敢抬起头来看静儿一眼,静儿也不敢仰起头来看他。静儿也不言语,他也只默默的在那里喝酒。两人呆呆的坐了一会,静儿的母亲从厨下叫静儿说:

"菜做好了,你拿了去吧!"

静儿听了这话,却兀的仍是不动。他不知不觉的偷看了一眼,静儿好像是在那里落泪的样子。

他胡乱的喝了几杯酒,吃了几盘菜,就歪歪斜斜的走了出来。外边街上,人声嘈杂得很。穿过了一条街,他就走到了一条清净的路上,走了几步,走上一处朝西的长坡的时候,看着太阳已经打斜了。远远的回转头来一看,植物园内的树林的梢头,都染成了一片绛黄的颜色,他也不知是什么缘故,对了西边地平线上溶在太阳光里的远山,和远近的人家的屋瓦上的残阳,都起了一种惜别的心情。呆呆的看了一会,他就回转了身,背负了夕阳的残照,向东的走上长坡去了。

同在梦里一样,昏昏的走进了大学的正门之后,他忽听见有人叫他说：

"Y君，你上哪里去！年底你住在东京么？"

他仰起头来一看，原来是他的一个同学。新剪的头发，穿了一套新做的洋服，手里拿了一只旅行的藤箧，他大约是预备回家去过年的。他对他同学一看，就作了笑容，慌慌忙忙的回答说：

"是的，我什么地方都不去，你回家去过年么？"

"对了，我是回家去的。"

"你看见你情人的时候，请你替我问问安吧。"

"可以的，她恐怕也在那里想你咧。"

"别取笑了，愿你平安回去，再会再会。"

"再会再会，哈……"

他的同学走开之后，他一个人冷冷清清的在薄暮的大学园中，呆呆的立了许多时候，好像是疯了似的。呆了一会，他又慢慢的向前走去，一边却在自言自语的说：

"他们都回家去了。他们都是有家庭的人。oh! home! sweet home!"

他无头无脑的走到了家里，上了楼，在电灯底下坐了一会，他那昏乱的脑髓，把刚才在静儿家里听见过的话又重新想了出来：

"不错不错，静儿的婚期，就在新年的正月里了。"

他想了一会，就站了起来，把几本旧书，捆作一包，不慌不忙的把那一包旧书拿到了学校前边的一家旧书铺里。办了一个天大的交涉，把几个大天才的思想，仅仅换了九元余钱，还有一本英文的诗文集，因为旧书铺的主人，还价还得太贱了，所以他仍旧留着，没有卖去。

得了九元余钱，他心里虽然在那里替那些著书的天才抱不平,然而一边却满足得很。因为有了这九元余钱,他就可以谋一晚的醉饱,并且他的最大的目的,也能达得到了——就是用几元钱去买些礼物送给静儿的这一件事情。

从旧书铺走出来的时候,街上已经是黄昏的世界了,在一家卖给女子用的装饰品的店里,买了些丽绷(Ribbon)的犀簪同两瓶紫罗兰的香水,他就一直跑回到了静儿的家里。

静儿不在家,她的母亲只有一个人在那里烤火,见他又进来了,静儿的母亲好像有些嫌恶他的样子,所以就问他说:

"怎么你又来了?"

"静儿上哪里去了?"

"去洗澡去了。"

听了这话,他就走近她的身边去,把怀里藏着的那些丽绷香水拿了出来,并且对她说:

"这一些儿微物,请你替我送给静儿,就算作了我送给她的嫁礼吧。"

静儿的母亲见了那些礼物,就满脸装起笑容来说:

"多谢多谢,静儿回来的时候,我再叫她来道谢吧。"

他看看天色已经晚了,就叫静儿的母亲再去替他烫一瓶酒,做几盘菜来,他喝酒正喝到第二瓶的时候,静儿回来了。静儿见他又坐在那里喝酒,不觉呆了一呆,就向他说:

"啊,你又……"

静儿到厨下去转了一转,同她的母亲说了几句话,就回到他这里来。他以为她是来道谢的,然而关于刚才的礼物的话,她却一句也不说,呆呆的坐在他的面前,尽一杯一杯的只在那里替他斟酒。到后来他拼命的叫她取酒的时候,静儿就红了两眼,对他说:

"你不喝了吧,喝了这许多酒,难道还不够么?"

他听了这话，更加痛饮起来了。他心里的悲哀的情调，正不知从哪里说起才好，他一边好像是对了静儿已经复了仇，一边好像也是在那里哀悼自家的样子。

在静儿的床上醉卧了许久，到了半夜后二点钟的时候，他才跟跟跄跄的跑出静儿的家来。街上岑寂得很，远近都洒满了银灰色的月光，四边并无半点动静，除了一声两声的幽幽犬吠声之外，这广大的世界，好像是已经死绝了的样子。跌来跌去的走了一会，他又忽然遇着了一个卖酒食的夜店。他摸摸身边看，袋里还有四五张五角钱的钞票剩在那里。在夜店里他又重新饮了一个尽量。他觉得大地高天，和四周的房屋，都在那里旋转的样子。倒前冲后的走了两个钟头，他只见他的面前现出了一块大大的空地来。月光的凉影，同各种物体的黑影，混作了一团，映到他的眼睛里来。

"此地大约已经是女子医学专门学校了吧。"

这样的想了一想，神志清了一清，他的脑里，又起了痉挛，他又不是现在的他了。几天前的一场情景，又同电影似的，飞到了他的眼前。

天上飞满暗灰色的寒云，北风紧得很，在落叶萧萧的树影里，他站在上野公园的精养轩的门口，在那里接客。这一天是他们同乡开会欢迎W氏的日期，在人来人往之中，他忽然看见一个十七八岁的女子，穿了女子医学专门学校的制服，不忙不迫的走来赴会。他起初见她面的时候，不觉呆了一呆。等那女子走近他身边的时候，他才同梦里醒转来的人一样；慌慌忙忙走上前去，对她说：

"你把帽子外套脱下来交给我吧。"

两个钟头之后，欢迎会散了。那时候差不多已经有五点钟的光景。出口的地方，取帽子外套的人，挤得厉害。他走下楼来的时候，见那女子还没穿外套，呆呆的立在门口，所以他就走上去同她说：

"你的外套去取了没有？"

"还没有。"

"你把那铜牌交给我，我替你去取吧。"

"谢谢。"

在苍茫的夜色中，他见了她那一副细白的牙齿，觉得心里爽快得非常。把她的外套帽子取来了之后，他就跑过后面去，替她把外套穿上了。她回转头来看了他一眼，就急急的从门口走了出去。他追上了一步，放大了眼睛看了一忽，她那细长的影子，就在黑暗的中间消失了。

想到这里，他觉得她那纤软的身体似乎刚在他面前擦过的样子。

"请你等一等吧！"

这样的叫了一声，上前冲了几步，他那又瘦又长的身体，就横倒在地上了。

月亮打斜了。女子医学校前空地上，又增了一个黑影，四边静寂得很。银灰色的月光，洒满了了那一块空地，把世界的物体都净化了。

下

十二月二十六日的早晨，太阳依旧由东方升了起来，太阳的光线，射到牛㐄区役所前的揭示场的时候，有一个区役所老仆，拿了一张告示，正在贴上揭示场的板去。那一张告示说：

行路病者：年龄约可二十四五之男子一名，身长五尺五寸，貌瘦；色枯黄，颧骨颇高，发长数寸，乱披额上，此外更无特征。

衣黑色哔叽洋服一袭。衣袋中有Emest Dowson's Poems and Prose一册，五角钞票一张，白绫手帕一方，女人物也，上有S.S.

等略字。身边遗留有黑色软帽一顶，脚穿黄色浅皮鞋，左右各已破损了。

病为脑溢血。本月二十六日午前九时，在牛込若松町女子医学专门学校前之空地上发见，距死时约可四小时。固不知死者姓名住址，故为代付火葬。

牛込区役所示

一九二〇年作

（原载1921年7月7~9日、11~13日上海《时事新报·学灯》）

自 传

悲剧的出生

"丙申年,庚子月,甲午日,甲子时",这是因为近年来时运不佳,东奔西走,往往断炊,室人于绝望之余,替我去批来的命单上的八字。开口就说年庚,倘被精神异状的有些女作家看见,难免得又是一顿痛骂,说:"你这丑小子,你也想学赵张君瑞来了么?下流,下流!"但我的目的呢,倒并不是在求爱,不过想大书特书地说一声,在光绪二十二年十一月初三的夜半,一出结构并不很好而尚未完成的悲剧出生了。

光绪的二十二年(西历一八九六)丙申,是中国正和日本战败后的第三年;朝廷日日在那里下罪己诏,办官书局,修铁路,讲时务,和各国缔订条约。东方的睡狮,受了这当头的一棒,似乎要醒转来了;可是在酣梦的中间,消化不良的内脏,早经发生了腐溃,任你是如何的国手,也有点儿不容易下药的征兆,却久已流布在上下各地的施设之中。败战后的国民——尤其是初出生的小国民,当然是畸形,是有恐怖狂,是神经质的。

儿时的回忆,谁也在说,是最完美的一章,但我的回忆,却尽是些空洞。第一,我所经验到的最初的感觉,便是饥饿;对于饥饿的恐怖,到现在还在紧逼着我。

生到了末子,大约母体总也已经是亏损到了不堪再育了,乳汁的稀薄,原是当然的事情。而一个小县城里的书香世家,在洪杨之后,不曾发迹过的一家破落乡绅的家里,雇乳母可真不是一件细事。

四十年前的中国国民经济,比到现在,虽然也并不见得凋敝,但当时的物质享乐,却大家都在压制,压制得比英国清教徒治世的革命时代还要严刻。所以在一家小县城里的中产之家，非但雇乳母是一件不可容许的罪恶，就是一切家事的操作，也要主妇上场，亲自去做的。像这样的一位奶水不足的母亲，而又喂乳不能按时，杂食不加限制，养出来的小孩，哪里能够强健？我还长不到十二个月，就因营养的不良患起肠胃病来了。一病年余，由衰弱而发热，由发热而痉挛；家中上下，竟被一条小生命而累得精疲力尽；到了我出生后第三年的春夏之交，父亲也因此以病以死；在这里总算是悲剧的序幕结束了，此后便只是孤儿寡妇的正剧的上场。

几日西北风一刮，天上的鳞云，都被吹扫到东海里去了。太阳虽则消失了几分热力，但一碧的长天，却开大了笑口。富春江两岸的乌桕树、槭树、枫树，振脱了许多病叶，显出了更疏匀更红艳的秋社后的浓妆；稻田割起了之后的那一种和平的气象，那一种洁净沉寂，欢欣干燥的农村气象，就是立在县城这面的江上，远远望去，也感觉得出来。那一条流绕在县城东南的大江哩，虽因无潮而杀了水势，比起春夏时候的水量来，要浅到丈把高的高度，但水色却澄清了，澄清得可以照见浮在水面上的鸭嘴的斑纹。从上江开下来的运货船只，这时候特别的多，风帆也格外的饱；狭长的白点，水面上一条，水底下一条，似飞云也似白象，以青红的山，深蓝的天和水做了背景，悠闲地无声地在江面上滑走。水边上在那里看船行，摸鱼虾，采被水冲洗得很光洁的白石，挖泥沙造城池的小孩们，都拖着了小小的影子，在这一个午饭之前的几刻钟里，鼓动他们的四肢，竭尽他们的气力。

离南门码头不远的一块水边大石条上，这时候也坐着一个五六岁的小孩，头上养着了一圈罗汉发，身上穿了青粗布的棉袍子，在太阳里张着眼望江中间来往的帆樯。就在他的前面，在贴近水际的一块青石上，有一位十五六岁像是人家的使婢模样的女子，跪着在那里淘米洗菜。这相貌清瘦的孩子，既不下来和其他的同年辈的小孩们去同玩,也不愿意说话似地只沉默着在看远处。等那女子洗完菜后,站起来要走,她才笑着问了他一声说:"你肚皮饿了没有?"他一边在石条上立起,预备着走,一边还在凝视着远处默默地摇了摇头。倒是这女子,看得他有点可怜起来了,就走近去握着了他的小手,弯腰轻轻地向他耳边说:"你在惦记着你的娘么?她是明后天就快回来了!"这小孩才回转了头,仰起来向她露了一脸很悲凉很寂寞的苦笑。

这相差十岁左右,看去又像姊弟又像主仆的两个人,慢慢走上了码头,走进了城垛;沿城向西走了一段,便在一条南向大江的小弄里走进去了。他们的住宅,就在这条小弄中的一条支弄里头,是一间旧式三开间的楼房。大门内的大院子里,长着些杂色的花木,也有几只大金鱼缸沿墙摆在那里。时间将近正午了,太阳从院子里晒上了向南的阶檐。这小孩一进大门,就跑步走到了正中的那间厅上,向坐在上面念经的一位五六十岁的老婆婆问说:

"奶奶,娘就快回来了么?翠花说,不是明天,后天总可以回来的,是真的么?"

老婆婆仍在继续着念经,并不开口说话,只把头点了两点。小孩子似乎是满足了,歪了头向他祖母的扁嘴看了一息,看看这一篇她在念着的经正还没有到一段落,祖母的开口说话,是还有几分钟好等的样子,他就又跑入厨下,去和翠花作伴去了。

午饭吃后,祖母仍在念她的经,翠花在厨下收拾食器;随时有几声洗锅子泼水碗相击的声音传过来外,这座三开间的大楼和大楼外的大院子里,静得同在坟墓里一样。太阳晒满了东面的半个院子,有几匹寒蜂和耐得起冷的蝇子,在花木里微鸣蠢动。靠阶檐的一间南房内,也照进了太阳光,那小孩只静悄悄地在一张铺着被的藤榻上坐着,翻看几本刘永福镇台

湾，日本蛮子桦山总督被擒的石印小画本。

等翠花收拾完毕，一盆衣服洗好，想叫了他再一道的上江边去敲濯的时候，他却早在藤榻的被上，和衣睡着了。

这是我所记得的儿时生活。两位哥哥，因为年纪和我差得太远，早就上离家很远的书塾去念书了，所以没有一道玩的可能。守了数十年寡的祖母，也已将人生看穿了，自我有记忆以来，总只看见她在动着那张没有牙齿的扁嘴念佛念经。自父亲死后，母亲要身兼父职了，入秋以后，老是不在家里；上乡间去收租谷是她，将谷托人去砻成米也是她，雇了船，连柴带米，一道运回城里来也是她。

在我这孤独的童年里，日日和我在一处，有时候也讲些故事给我听，有时候也因我脾气的古怪而和我闹，可是结果终究是非常疼爱我的，却是那一位忠心的使婢翠花。她上我们家里来的时候，年纪正小得很，听母亲说，那时候连她的大小便，吃饭穿衣，都还要大人来侍候她的。父亲死后，两位哥哥要上学去，母亲要带了长工到乡下去料理一切，家中的大小操作，全赖着当时只有十几岁的她一双手。

只有孤儿寡妇的人家，受邻居亲戚们的一点欺凌，是免不了的；凡我们家里的田地盗卖了，堆在乡下的租谷等被窃去了，或祖坟山的坟树被砍了的时候，母亲去争夺不转来，最后的出气，就只是在父亲像前的一场痛哭。母亲哭了，我是当然也只有哭，而将我抱入怀里，时用柔和的话来慰抚我的翠花，总也要泪流得满面，恨死了那些无赖的亲戚邻居。

我记得有一次，也是将近吃中饭的时候了，母亲不在家，祖母在厅上念佛，我一个人从花坛边的石阶上，站了起来，在看大缸里的金鱼。太阳光漏过了院子里的树叶，一丝一丝的射进了水，照得缸里的水藻与游动的金鱼，和平时完全变了样子。我于惊叹之余，就伸手到了缸里，想将一丝一丝的日光捉起，看它一个痛快。上半身用力过猛，两只脚浮起来

了,心里一慌,头部胸部就颠倒浸入到了缸里的水藻之中。我想叫,但叫不出声来,将身体挣扎了半天,以后就没有了知觉。等我从梦里醒转来的时候,已经是晚上了,一睁开眼,我只看见两眼哭得红肿的翠花的脸伏在我的脸上。我叫了一声"翠花!"她带着鼻音,轻轻的问我:"你看见我了么?你看得见我了么?要不要水喝?"我只觉得身上头上像有火在烧,叫她快点把盖在那里的棉被掀开。她又轻轻的止住我说:"不,不,野猫要来的!"我举目向煤油灯下一看,眼睛里起了花,一个一个的物体黑影,都变了相,真以为是身入了野猫的世界,就哗的一声大哭了起来。祖母、母亲,听见了我的哭声,也赶到房里来了,我只听见母亲吩咐翠花说;"你去吃饭饭去,阿官由我来陪他!"

　　翠花后来嫁给了一位我小学里的先生去做填房,生了儿女,做了主母。现在也已经有了白发,成了寡妇了。前几日,我回家去,看见她刚从乡下挑了一担老玉米之类的土产来我们家里探望我的老母。和她已经有二十几年不见了,她突然看见了我,先笑了一阵,后来就哭了起来。我问她的儿子,就是我的外甥有没有和她一起进城来玩,她一边擦着眼泪,一边还向布裙袋里摸出了一个烤白芋来给我吃。我笑着接过来了,边上的人也大家笑了起来,大约我在她的眼里,总还只是五六岁的一个孤独的孩子。

(原载1934年12月5日《人间世》半月刊第17期)

书塾与学堂

从前我们学英文的时候,中国自己还没有教科书,用的是一册英国人编了预备给印度人读的同纳氏文法是一路的读本。这读本里,有一篇说中国人读书的故事。插画中画着一位年老背曲拿烟管带眼镜拖辫子的老先生坐在那里听学生背书,立在这先生前面背书的,也是一位拖着长辫的小后生。不晓为什么原因,这一课的故事,对我印象特别的深,到现在我还约略谙诵得出来。里面曾说到中国人读书的奇习,说:"他们无论读书背书时,总要把身体东摇西扫,摇动得像一个自鸣钟的摆。"这一种读书背书时摇摆身体的作用与快乐,大约是没有在从前的中国书塾里读过书的人所永不能了解的。

我的初上书塾去念书的年龄,却说不清楚了,大约总在七八岁的样子;只记得有一年冬天的深夜,在烧年纸的时候,我已经有点朦胧想睡了,尽在擦眼睛,打呵欠,忽而门外来了一位提着灯笼的老先生,说是来替我开笔的。我跟着他上了香,对孔子的神位行了三跪九叩之礼;立起来就在香案前面的一张桌上写了一张上大人的红字,念了四句"人之初,性本善"的《三字经》。第二年的春天,我就夹着绿布书包,拖着红丝小辫,摇摆着身体,成了那册英文读本里的小学生的样子了。

经过了三十余年的岁月,把当时的苦痛,一层层地摩擦干净,现在回想起来,这书塾里的生活,实在是快活得很。因为要早晨坐起一直坐到晚的缘故,可以助消化,健身体的运动,自然只有身体的死劲摇摆与放大喉咙的高叫了。大小便,是学生们监禁中暂时的解放,故而厕所就变作了乐园。我们同学中间的一位最淘气的,是学官陈老师的儿子,名叫陈方;书塾就系附设在学宫里面的。陈方每天早晨,总要大小便十二三次。后来弄得先生没法,就设下了一支令签,凡须出塾上厕所的人,一定要持签而出;于是两人同去,在厕所里捣鬼的弊端革去了,但这令签的争夺,又成了一般学生们的唯一的娱乐。

  陈方比我大四岁,是书塾里的头脑;像春香闹学似的把戏总是由他发起,由许多虾兵蟹将来演出的,因而先生的挞伐,也以落在他一个人的头上者居多。不过同学中间的有几位狡猾的人,委过于他,使他冤枉被打的事情也着实不少;他明知道辩不清的,每次替人受过之后,总只张大了两眼,滴落几滴大泪点,摸摸头上的痛处就了事。我后来进了当时由书院改建的新式的学堂,而陈方也因他父亲的去职而他迁,一直到现在,还不曾和他有第二次见面的机会;这机会大约是永也不会再来了,因为国共分家的当日,在香港仿佛曾听见人说起过他,说他的那一种惨死的样子,简直和杜格纳夫所描写的卢亭,完全是一样。

  由书塾而到学堂!这一个转变,在当时的我的心里,比从天上飞到地上,还要来得大而且奇。其中的最奇之处,是我一个人,在全校的学生当中,身体年龄,都属最小的一点。

  当时的学堂,是一般人的崇拜和惊异的目标。将书院的旧考棚撤去了几排,一间像鸟笼似的中国式洋房造成功的时候,甚至离城有五六十里路远的乡下人,都成群结队,带了饭包雨伞,走进城来挤看新鲜。在校舍改造成功的半年之中,"洋学堂"的三个字,成了茶店酒馆,乡村城市里的谈话的中

心；而穿着奇形怪状的黑斜纹布制服的学堂生，似乎都是万能的张天师，人家也在侧目而视，自家也在暗鸣得意。

一县里唯一的这县立高等小学堂的堂长，更是了不得的一位大人物，进进出出，用的是蓝呢小轿；知县请客，总少不了他。每月第四个礼拜六下午作文课的时候，县官若来监课，学生们特别有两个肉馒头好吃；有些住在离城十余里的乡下的学生，于文课作完后回家的包裹里，往往将这两个肉馒头包得好好的，带回乡下去送给邻里尊长，并非想学颍考叔的纯孝，却因为这肉馒头是学堂里的东西，而又出于知县官之所赐，吃了是可以驱邪启智的。

实际上我的那一班学堂里的同学，确有几位是进过学的秀才，年龄都在三十左右；他们穿起制服来，因为背形微驼，样子有点不大雅观，但穿了袍子马褂，摇摇摆摆走回乡下去的态度，却另有着一种堂皇严肃的威仪。

初进县立高等小学堂院那一年年底，因为我的平均成绩，超出了八十分以上，突然受了堂长和知县的提拔，令我和四位其他的同学跳过了一班，升入了高两年的级里；这一件极平常的事情，在县城里居然也耸动了视听，而在我们的家庭里，却引起了一场很不小的风波。

是第二年春天开学的时候了，我们的那位寡母，辛辛苦苦，调集了几块大洋的学费书籍费缴进学堂去后，我向她又提出了一个无理的要求，硬要她去为我买一双皮鞋来穿。在当时的我的无邪的眼里，觉得在制服下穿上一双皮鞋，挺胸伸脚，得得得得地在石板路上走去，就是世界上最光荣的事情；跳过了一班，升进了一级的我，非要如此打扮，才能够压服许多比我大一半年龄的同学的心。为凑集学费之类，已经罗掘得精光的我那位母亲，自然是再也没有两块大洋的余钱替我去买皮鞋了,不得已就只好老了面皮,带着了我,上大街上的洋广货店里去赊去;当时的皮鞋,是由上海运来,在洋广货店里寄售的。

一家,两家,三家,我跟了母亲,从下街走起,一直走到了上街尽处的那一家隆兴字号。店里的人,看我们进去,先都非常客气,摸摸我的头,一双一双的皮鞋拿出来替我试脚;但一听到了要赊欠的时候,却同样地都白了眼,作一脸苦笑,说要去问账房先生的。而各个账房先生,又都一样地板起了脸,放大了喉咙,说是赊欠不来。到了最后那一家隆兴里,惨遭拒绝赊欠的一瞬间,母亲非但涨红了脸,我看见她的眼睛,也有点红起来了。不得已只好默默地旋转了身,走出了店;我也并无言语,跟在她的后面走回家来。到了家里,她先掀着鼻涕,上楼去了半天;后来终于带了一大包衣服,走下楼来了,我晓得她是将从后门走出,上当铺去以衣服抵押现钱的;这时候,我心酸极了,哭着喊着,赶上了后门边把她拖住,就绝命的叫说:

"娘,娘!您别去罢!我不要了,我不要皮鞋穿了!那些店家!那些可恶的店家!"

我拖住了她跪向了地下,她也呜呜地放声哭了起来。两人的对泣,惊动了四邻,大家都以为是我得罪了母亲,走拢来相劝。我愈听愈觉得悲哀,母亲也愈哭愈是厉害,结果还是我重赔了不是,由间壁的大伯伯带走,走上了他们的家里。

自从这一次的风波以后,我非但皮鞋不着,就是衣服用具,都不想用新的了。拼命的读书,拼命的和同学中的贫苦者相往来,对有钱的人,经商的人仇视等,也是从这时候而起的。当时虽还只有十一二岁的我,经了这一番波折,居然有起老成人的样子来了,直到现在,觉得这一种怪癖的性格,还是

改不转来。

到了我十三岁的那一年冬天，是光绪三十四年，皇帝死了；小小的这富阳县里，也来了哀诏，发生了许多议论。熊成基的安徽起义，无知幼弱的溥仪的入嗣，帝室的荒淫，种族的歧异等等，都从几位看报的教员的口里，传入了我们的耳朵。而对于我印象最深的，是一位国文教员拿给我们看的报纸上的一张青年军官的半身肖像。他说，这一位革命义士，在哈尔滨被捕，在吉林被满清的大员及汉族的卖国奴等生生地杀掉了；我们要复仇，我们要努力用功。所谓种族，所谓革命，所谓国家等等的概念，到这时候，才隐约地在我脑里生了一点儿根。

（原载1935年1月5日《人间世》半月刊第19期）

水样的春愁

洋学堂里的特殊科目之一,自然是伊利哇拉的英文。现在回想起来,虽不免有点觉得好笑,但在当时,杂在各年长的同学当中,和他们一样地曲着背,耸着肩,摇摆着身体,用了读《古文辞类纂》的腔调,高声朗诵着皮衣啤,皮哀排的精神,却真是一点儿含糊苟且之处都没有的。初学会写字母之后,大家所急于想一试的,是自己的名字的外国写法;于是教英文的先生,在课余之暇就又多了一门专为学生拼英文名字的工作。有几位想走捷径的同学,并且还去问过先生,外国百家姓和外国三字经有没有得买的?先生笑着回答说,外国百家姓和三字经,就只有你们在读的那一本泼剌玛的时候,同学们于失望之余,反更是皮哀排,皮衣啤地叫得起劲。当然是不用说的,学英文还没有到一个礼拜,几本当教科书用的《十三经注疏》《御批通鉴辑览》的黄封面上,大家都各自用墨水笔题上了英文拼的歪斜的名字。又进一步,便是用了异样的发音,操英文说着"你是一只狗""我是你的父亲"之类的话,大家互讨便宜的混战;而实际上,有几位乡下的同学,却已经真的是两三个小孩子的父亲了。

因为一班之中,我的年龄算最小,所以自修室里,当监课的先生走后,另外的同学们在密语着哄笑着的关于男女的问题,我简直一点儿也感不到兴趣。从性知识发育落后的一点上说,我确不得不承认自己是一个最低能的人。又因自小就习于孤独,困于家境的结果,怕羞的心,畏缩的性,更使我的胆

量，变得异常的小。在课堂上，坐在我左边的一位同学，年纪只比我大了一岁，他家里有几位相貌长得和他一样美的姊妹，并且住得也和学堂很近很近。因此，在校里，他就是被同学们苦缠得最厉害的一个；而礼拜天或假日，他的家里，就成了同学们的聚集的地方。当课余之暇，或放假期里，他原也恳切地邀过我几次，邀我上他家里去玩去；促形秽之感，终于把我的向往之心压住，曾有好几次想决心跟了他上他家去，可是到了他们的门口，却又同罪犯似的逃了。他以他的美貌，以他的财富和姊妹，不但在学堂里博得了绝大的声势，就是在我们那小小的县城里，也赢得了一般的好誉。而尤其使我羡慕的，是他的那一种对同我们是同年辈的异性们的周旋才略，当时我们县城里的几位相貌比较艳丽一点的女性，个个是和他要好的，但他也实在真胆大，真会取巧。

当时同我们是同年辈的女性，装饰入时，态度豁达，为大家所称道的，有三个。一个是一位在上海开店，富甲一邑的商人赵某的侄女；她住得和我最近。还有两个，也是比较富有的中产人家的女儿，在交通不便的当时，已经各跟了她们家里的亲戚，到杭州上海等地方去跑跑了；她们俩，却都是我那位同学的邻居。这三个女性的门前，当傍晚的时候，或月明的中夜，老有一个一个的黑影在徘徊；这些黑影的当中，有不少却是我们的同学。因为每到礼拜一的早晨，没有上课之先，我老听见有同学们在操场上笑说在一道，并且时时还高声地用着英文作了隐语，如"我看见她了！""我听见她在读书"之类。而无论在什么地方于什么时候的凡关于这一类的谈话的中心人物，总是课堂上坐在我的右边，年龄只比我大一岁的那一位天之骄子。

赵家的那位少女，皮色实在细白不过，脸形是瓜子脸；

更因为她家里有了几个钱,而又时常上上海她叔父那里去走动的缘故,衣服式样的新异,自然可以不必说,就是做衣服的材料之类,也都是当时未开通的我们所不曾见过的。她们家里,只有一位寡母和一个年轻的女仆,而住的房子却很大很大。门前是一排柳树,柳树下还杂种着些鲜花;对面的一带红墙,是学宫的泮水围墙,泮池上的大树,枝叶垂到了墙外,红绿便映成着一色。当浓春将过,首夏初来的春三四月,脚踏着日光下石砌路上的树影,手捉着扑面飞舞的杨花,到这一条路上去走走,就是没有什么另外的奢望,也很有点像梦里的游行,更何况楼头窗里,时常会有那一张少女的粉脸出来向你抛一眼两眼的低眉斜视呢!此外的两个女性,相貌更是完整,衣饰也尽够美丽,并且因为她俩的住址接近,出来总在一道,平时在家,也老在一处,所以胆子也大,认识的人也多。她们在二十余年前的当时,已经是开放得很,有点像现代的自由女子了,因而上她们家里去鬼混,或到她们门前去守望的青年,数目特别的多,种类也自然要杂。

我虽则胆量很小,性知识完全没有,并且也有点过分的矜持,以为成日地和女孩子们混在一道,是读书人的大耻,是没出息的行为;但到底还是一个亚当的后裔,喉头的苹果,怎么也吐它不出咽它不下,同北方厚雪地下的细草萌芽一样,到得冬来,自然也难免得有些望春之意;老实说将出来,我偶尔在路上遇见她们中间的无论哪一个,或凑巧在她们门前走过一次的时候,心里也着实有点儿难受。

住在我那同学邻近的两位,因为距离的关系,更因为她们的处世知识比我长进,人生经验比我老成得多,和我那位同学当然是早已有过纠葛,就是和许多不是学生的青年男子,也各已有了种种的风说,对于我虽像是一种含有毒汁的妖艳的花，诱惑性或许格外的强烈，但明知我自己决不是她们的对手，平时不过于遇见的时候有点难以为情的样子，此外倒也没有什么了不得的思慕，可是那一位赵家的少女，却整整地恼乱了我两年的童心。

我和她的住处比较得近，故而三日两头，总有着见面的机会。见面的时候，她或许是无心，只同对于其他的同年辈的男孩子打招呼一样，对我微笑一下，点一点头，但在我却感得同犯了大罪被人发觉了的样子，和她见面一次，马上要变得头昏耳热，胸腔里的一颗心突突地总有半个钟头好跳。因此，我上学去或下课回来；以及平时在家或出外去的时候，总无时无刻不在留心，想避去和她的相见。但遇到了她，等她走过去后，或用功用得很疲乏把眼睛从书本子举起的一瞬间，心里又老在盼望，盼望着她再来一次，再上我的眼面前来立着对我微笑一脸。

有时候从家中进出的人的口里传来，听说"她和她母亲又上上海去了，不知要什么时候回来？"我心里会同时感到一种像释重负又像失去了什么似的忧虑，生怕她从此一去，将永久地不回来了。

同芭蕉叶似地重重包裹着的我这一颗无邪的心，不知在什么地方，透露了消息，终于被课堂上坐在我左边的那位同学看穿了。一个礼拜六的下午，落课之后，他轻轻地拉着了我的手对我说："今天下午，赵家的那个小丫头，要上倩儿家去，你愿不愿意和我同去一道玩儿？"这里所说的倩儿，就是那两位他邻居的女孩子之中的一个的名字。我听了他的这一句密语，立时就涨红了脸，喘急了气，嗫嚅着说不出一句话来回答他，尽在拼命的摇头，表示我不愿意去，同时眼睛里也水汪汪地想哭出来的样子；而他却似乎已经看破了我的隐衷，得着了我的同意似地用强力把我拖出了校门。

到了倩儿她们的门口,当然又是一番争执,但经他大声的一喊,门里的三个女孩,却同时笑着跑出来了;已经到了她们的面前,我也没有什么别的办法了,自然只好俯着首,红着脸,同被绑赴刑场的死刑囚似地跟她们到了室内。经我那位同学带了滑稽的声调将如何把我拖来的情节说了一遍之后,她们接着就是一阵大笑。我心里有点气起来了,以为她们和他在侮辱我,所以于羞愧之上,又加了一层怒意。但是奇怪得很,两只脚却软落来了,心里虽在想一溜跑走,而腿神经终于不听命令。跟她们再到客房里去坐下,看他们四人捏起了骨牌,我连想跑的心思也早已忘掉,坐将在我那位同学的背后,眼睛虽则时时在注视着牌,但间或得着机会,也着实向她们的脸部偷看了许多次数。等她们的输赢赌完,一餐东道的夜饭吃过,我也居然和她们伴熟,有说有笑了。临走的时候,倩儿的母亲还派了我一个差使,点上灯笼,要我把赵家的女孩送回家去。自从这一回后,我也居然入了我那同学的伙,不时上赵家和另外的两女孩家去进出了;可是生来胆小,又加以毕业考试的将次到来,我的和她们的来往,终没有像我那位同学似的繁密。

正当我十四岁的那一年春天(一九〇九,宣统元年己酉),是旧历正月十三的晚上,学堂里于白天给予了我以毕业文凭及增生执照之后,就在大厅上摆起了五桌送别毕业生的酒宴。这一晚的月亮好得很,天气也温暖得像二三月的样子。满城的爆竹,是在庆祝新年的上灯佳节,我于喝了几杯酒后,心里也感到了一种不能抑制的欢欣。出了校门,踏着月亮,我的双脚,便自然而然地走向了赵家。她们的女仆陪她母亲上街去买蜡烛水果等过元宵的物品去了,推门进去,我只见她一个人拖着了一条长长的辫子,坐在大厅上的桌子边上洋灯底下练习写字。听见了我的脚步声音,她头也不朝转来,只曼声地问了一声"是谁?"我故意屏着声,提着脚,轻轻地走上了她的背后，一使劲一口就把她面前的那盏洋灯吹灭了。月光如潮水似地浸满了这一座朝南的大厅，她于一声高叫之后，马上就把头朝了转来。我在月光里看见了她那张大理石似的嫩脸，和黑水晶似的眼睛，觉得怎么也熬忍不住了，顺势就伸出了两只手去，捏住了她的手臂。两人的中间，她也不发一语，我也并无一言，她是扭转了身坐着，我是向她立着的。她只微笑着看看我看看月亮，我也只微笑着看看她看看中庭的空处，虽然此处的动作，轻薄的邪念，明显的表示，一点儿也没有，但不晓怎样一般满足，深沉，陶醉的感觉，竟同四周的月光一样，包满了我的全身。

两人这样的在月光里沉默着相对，不知过了多久，终于她轻轻地开始说话了："今晚上你在喝酒？""是的，是在学堂里喝的。"到这里我才放开了两手，向她边上的一张椅子里坐了下去。"明天你就要上杭州去考中学去么？"停了一会，她又轻轻地问了一声。"嗳，是的，明朝坐快班船去。"两人又沉默着，不知坐了几多时候，忽听见门外头她母亲和女仆说话的声音渐渐儿的近了，她于是就忙着立起来擦洋火，点上了洋灯。

她母亲进到了厅上，放下了买来的物品，先向我说了些道贺的话，我也告诉了她，明天将离开故乡到杭州去；谈不上半点钟的闲话，我就匆匆告辞出来了。在柳树影里披了月光走回家来，我一边回味着刚才在月光里和她两人相对时的沉醉似的恍惚，一边在心的底里，忽儿又感到了一点极淡极淡，同水一样的春愁。

一月五日

（原载1935年1月20日《人间世》半月刊第20期）

我的梦，我的青春！

不晓得是在哪一本俄国作家的作品里，曾经看到过一段写一个小村落的文字，他说："譬如有许多纸折起来的房子，摆在一段高的地方，被大风一吹，这些房子就歪歪斜斜地飞落到了谷里，紧挤在一道了。"前面有一条富春江绕着，东西北的三面尽是些小山包住的富阳县城，也的确可以借了这一段文字来形容。

虽则是一个行政中心的县城，可是人家不满三千，商店不过百数；一般居民，全不晓得做什么手工业，或其他新式的生产事业，所靠以度日的，有几家自然是祖遗的一点田产，有几家则专以小房子出租，在吃两元三元一月的租金；而大多数的百姓，却还是既无恒产，又无恒业，没有目的，没有计划，只同蟑螂似地在那里出生，死亡，繁殖下去。

这些蟑螂的密集之区，总不外乎两处地方；一处是三个铜子一碗的茶店，一处是六个铜子一碗的小酒馆。他们在那里从早晨坐起，一直可以坐到晚上上排门的时候；讨论柴米油盐的价格，传播东邻西舍的新闻，为了一点不相干的细事，譬如说罢，甲以为李德泰的煤油只卖三个铜子一提，乙以为是五个铜子两提的话，双方就会得争论起来；此外的人，也马上分成甲党或乙党提出证据，互相论辩；弄到后来，也许相打起来，打得头破血流，还不能够解决。

因此，在这么小的一个县城里，茶店酒馆，竟也有五六十家之多；于是大部分的蟑螂，就家里可以不备面盆手巾，桌椅板凳，饭锅碗筷等日常用具，而悠悠地生活过去了。离我们家里不远的大江边上，就有这样的两处蟑螂之窟。

在我们的左面，住有一家砍砍柴，卖卖菜，人家死人或娶亲，去帮帮忙跑跑腿的人家。他们的一族，男女老少的人数很多很多，而住的那一间屋，却只比牛栏马槽大了一点。他们家里的顶小的一位苗裔年纪比我大一岁，名字叫阿千，冬天穿的是同伞似的一堆破絮，夏天，大半身是光光地裸着的；因而皮肤黝黑，臂膀粗大，脸上也像是生落地之后，只洗了一次的样子。他虽只比我大了一岁，但是跟了他们屋里的大人，茶店酒馆日日去上，婚丧的人家，也老在进出；打起架吵起嘴来，尤其勇猛。我每天见他从我们的门口走过，心里老在羡慕，以为他又上茶店酒馆去了，我要到什么时候，才可以同他一样的和大人去夹在一道呢！而他的出去和回来，不管是在清早或深夜，我总没有一次不注意到的，因为他的喉音很大，有时候一边走着，一边在绝叫着和大人谈天，若只他一个人的时候哩，总在噜苏地唱戏。

当一天的工作完了，他跟了他们家里的大人，一道上酒店去的时候，看见我欣羡地立在门口，他原也曾邀约过我；但一则怕母亲要骂，二则胆子终于太小，经不起那些大人的盘问笑说，我总是微笑着摇摇头，就跑进屋里去躲开了，为的是上茶酒店去的诱惑性，实在强不过。

有一天春天的早晨，母亲上父亲的坟头去扫墓去了，祖母也一清早上了一座远在三四里路外的庙里去念佛。翠花在灶下收拾早餐的碗筷，我只一个人立在门口，看有淡云浮着的青天。忽而阿千唱着戏，背着钩刀和小扁担绳索之类，从他的家里出来，看了我的那种没精打采的神气，他就立了下来和我谈

天,并且说:

"鹳山后面的盘龙山上,映山红开得多着哩;并且还有乌米饭(是一种小黑果子),彤管子(也是一种刺果),刺莓等等,你跟了我来罢,我可以采一大堆给你。你们奶奶,不也在北面山脚下的真觉寺里念佛么?等我砍好了柴,我就可以送你上寺里去吃饭去。"

阿千本来是我所崇拜的英雄,而这一回又只有他一个人去砍柴,天气那么的好,今天侵早祖母出去念佛的时候,我本是嚷着要同去的,但她因为怕我走不动,就把我留下了。现在一听到了这一个提议,自然是心里急跳了起来,两只脚便也很轻松地跟他出发了,并且还只怕翠花要出来阻挠,跑路跑得比平时只有得快些。出了弄堂,向东沿着江,一口气跑出了县城之后,天地宽广起来了,我的对于这一次冒险的惊惧之心就马上被大自然的威力所压倒。这样问问,那样谈谈,阿千真像是一部小小的自然界的百科大辞典,而到盘龙山脚去的一段野路,便成了我最初学自然科学的模范小课本。

麦已经长得有好几尺高了,麦田里的桑树,也都发出了绒样的叶芽。晴天里舒叔叔的一声飞鸣过去的,是老鹰在觅食;树枝头吱吱喳喳,似在打架又像是在谈天的,大半是麻雀之类;远处的竹林丛里,既有抑扬,又带余韵,在那里歌唱的,才是深山的画眉。

上山的路旁,一拳一拳像小孩子的拳头似的小草,长得很多;拳的左右上下,满长着了些绛黄的绒毛,仿佛是野生的虫类,我起初看了,只在害怕,走路的时候,若遇到一丛,总要绕一个弯,让开它们,但阿千却笑起来了,他说:

"这是薇蕨,摘了去,把下面的粗干切了,炒起来吃,味道是很好的哩!"

渐走渐高了，山上的青红杂色，迷乱了我的眼目。日光直射在山坡上，从草木泥土里蒸发出来的一种气息，使我呼吸感到了困难；阿千也走得热起来了，把他的一件破夹袄一脱，丢向了地下。教我在一块大石上坐下息着，他一个人穿了一件小衫唱着戏去砍柴采野果去了；我回身立在石上，向大江一看，又深深地深深地得到了一种新的惊异。

这世界真大呀！那宽广的水面！那澄碧的天空！那些上下的船只，究竟是从哪里来，上哪里去的呢？

我一个人立在半山的大石上，近看看有一层阳炎在颤动着的绿野桑田，远看看天和水以及淡淡的青山，渐听得阿千的唱戏声音幽下去远下去了，心里就莫名其妙的起了一种渴望与愁思。我要到什么时候才能大起来呢？我要到什么时候才可以到这像在天边似的远处去呢？到了天边，那么我的家呢？我的家里的人呢？同时感到了对远处的遥念与对乡井的离愁，眼角里便自然而然地涌出了热泪。到后来，脑子也昏乱了，眼睛也模糊了，我只呆呆的立在那块大石上的太阳里做幻梦。我梦见有一只揩擦得很洁净的船，船上面张着了一面很大很饱满的白帆，我和祖母母亲翠花阿千等都在船上，吃的东西，唱着戏，顺流下去，到了一处不相识的地方。我又梦见城里的茶店酒馆，都搬上山来了，我和阿千便在这山上的酒馆里大喝大嚷，旁边的许多大人，都在那里惊奇仰视。

这一种接连不断的白日之梦，不知做了多少时候，阿千却背了一捆小小的草柴，和一包刺莓映山红乌米饭之类的野果，回到我立在那里的大石边来了；他脱下了小衫，光着了脊肋，那些野果就系包在他的小衫里面的。

他提议说，时候不早了，他还要砍一捆柴，且让我们吃着野果，先从山腰走向后山去罢，因为前山的草柴，已经被人砍完，第二捆不容易采刮拢来了。

慢慢地走到了山后，山下的那个真觉寺的钟鼓声音，早就从春空里传送到了我们的耳边，并且一条青烟，也刚从寺后的厨房里透出了屋顶。向寺里看了一眼，阿千就放下了那捆柴，对我说："他们在烧中饭了，大约离吃饭的时候也不很远，我还是先送你到寺里去罢！"

我们到了寺里，祖母和许多同伴者的念佛婆婆，都张大了眼睛，惊异了起来。阿千走后，她们就开始问我这一次冒险的经过，我也感到了一种得意，将如何出城，如何和阿千上山采集野果的情形，说得格外的详细。后来坐上桌去吃饭的时候，有一位老婆婆问我："你大了，打算去做些什么？"我就毫不迟疑地回答她说："我愿意去砍柴！"

故乡的茶店酒馆，到现在还在风行热闹，而这一位茶店酒馆里的小英雄，初次带我上山去冒险的阿千，却在一年涨大水的时候，喝醉了酒，淹死了。他们的家族，也一个个地死的死，散的散，现在没有生存者了；他们的那一座牛栏似的房屋，已经换过了两三个主人。时间是不饶人的，盛衰起灭也绝对地无常的：阿千之死，同时也带去了我的梦，我的青春！

（原载1934年12月20日《人间世》第18期）

远一程,再远一程!

　　自富阳到杭州,陆路驿程九十里,水道一百里;三十多年前头,非但汽车路没有,就是钱塘江里的小火轮,也是没有的。那时候到杭州去一趟,乡下人叫做充军,以为杭州是和新疆伊犁一样的远,非犯下流罪,是可以不去的极边。因而到杭州去之先,家里非得供一次祖宗,虔诚祷告一番不可,意思是要祖宗在天之灵,一路上去保护着他们的子孙。而邻里戚串,也总都来送行,吃过夜饭,大家手提着灯笼,排成一字,沿江送到夜航船停泊的埠头,齐叫着"顺风!顺风!"才各回去。摇夜航船的船夫,也必在开船之先,沿江绝叫一阵,说船要开了,然后再上舵梢去烧一堆纸帛,以敬神明,以赂恶鬼。当我去杭州的那一年,交通已经有一点进步了,于夜航船之外,又有了一次日班的快班船。

　　因为长兄已去日本留学,二兄入了杭州的陆军小学堂,年假是不放的,祖母母亲,又都是女流之故,所以陪我到杭州去考中学的人选,就落到了一位亲戚的老秀才的头上。这一位老秀才的迂腐迷信,实在要令人吃惊,同时也可以令人起敬。他于早餐吃了之后,带着我先上祖宗堂前头去点了香烛,行了跪拜,然后再向我祖母母亲,作了三个长揖,虽在白天,也点起了一盏仁寿堂郁的灯笼,临行之际,还回到祖宗堂面前去拔起了三株柄香和灯笼一道捏在手里。祖母为忧虑着我这一个最小的孙子,也将离乡别井,远去杭州之故,三日前就愁眉不展,不大吃饭不大说话了;母亲送我们到了门口,

"一路要……顺风……顺风！……"地说了半句未完的话，就跑回到了屋里去躲藏，因为出远门是要吉利的，眼泪决不可以教远行的人看见。

船开了，故乡的城市山川，高低摇晃着渐渐儿退向了后面；本来是满怀着希望，兴高采烈在船舱里坐着的我，到了县城极东面的几家人家也看不见的时候，鼻子里忽而起了一阵酸溜。正在和那老秀才谈起的作诗的话，也只好突然中止了，为遮掩着自己的脆弱起见，我就从网篮里拿出了几册《古唐诗合解》来读。但事不凑巧，信手一翻，恰正翻到了"离家日趋远，衣带日趋缓，心思不能言，肠中车轮转"的几句古歌，书本上的字迹模糊起来了，双颊上自然止不住地流下了两条冷冰冰的眼泪。歪倒了头，靠住了舱板上的一卷铺盖，我只能装作想睡的样子。但是眼睛不闭倒还好些，等眼睛一闭拢来，脑子里反而更猛烈地起了狂飙。我想起了祖母母亲，当我走后的那一种孤冷的情形；我又想起了在故乡城里当这一忽儿的大家的生活起居的样子，在一种每日习熟的周围环境之中，却少了一分"我"了，太阳总依旧在那里晒着，市街上总依旧是那么热闹的；最后，我还想起了赵家的那个女孩，想起了昨晚上和她在月光里相对的那一刻的春宵。

少年的悲哀，毕竟是易消的春雪；我躺下身体，闭上眼睛，流了许多暗泪之后，弄假成真，果然不久就呼呼地熟睡了过去。等那位老秀才摇我醒来，叫我吃饭的时候，船却早已过了渔山，就快入钱塘的境界了。几个钟头的安睡，一顿饱饭的快咉，和船篷外的山水景色的变换，把我满抱的离愁，洗涤得干干净净；在孕实的风帆下引领远望着杭州的高山，和老秀才谈谈将来的日子，我心里又鼓起了一腔勇进的热意："杭州在望了，以后就是不可限量的远大的前程！"

当时的中学堂的入学考试，比到现在，着实还要容易；我考的杭府中学，还算是杭州三个中学——其他的两个，是宗文和安定——之中，最难考的一个，但一篇中文，两三句英文的翻译，以及四题数学，只教有两小时的工夫，就可以缴卷了事的。等待发榜之前的几日闲暇，自然落得去游游山玩玩水，杭州自古是佳丽的名区，而西湖又是可以比得西子的消魂之窟。

三十年来，杭州的景物，也大变了；现在回想起来，觉得旧日的杭州，实在比现在，还要可爱得多。

那时候，自钱塘门里起，一直到涌金门内止，城西的一角，是另有一道雉墙围着的，为满人留守绿营兵驻防的地方，叫作旗营；平常是不大有人进去，大约门禁总也是很森严的无疑，因为将军以下，千总把总以上，参将，都司，游击，守备之类的将官，都住在里头。游湖的人，只有换了轿子，出钱塘门，或到涌金门外去船的两条路；所以涌金门外临湖的颐园三雅园的几家茶馆，生意兴隆，座客常常挤满。而三雅园的陈设，实在也精雅绝伦，四时有鲜花的摆设，墙上门上，各有咏西湖的诗词屏幅联语等贴的贴挂的挂在那里。并且还有小吃，像煮空的豆腐干，白莲藕粉等，又是价廉物美的消闲食品。其次为游人所必到的，是城隍山了。四景园的生意，有时候比三雅园还要热闹，"城隍山上去吃酥油饼"这一句俗话，当时是无人不晓得的一句隐语，是说乡下人上大菜馆要做洋盘的意思。而酥油饼的价钱的贵，味道的好，和吃不饱的几种特性，也是尽人皆知的事实。

我从乡下初到杭州，而又同大观园里的香菱似地刚在私私地学做诗词，一见了这一区假山盆景似的湖山，自然快活极了；日日和那位老秀才及第二位哥哥喝喝茶，爬爬山，等到榜发之后，要缴学膳费进去的时候，带来的几个读书资本，却早已消费了许多，有点不足了。在人地生疏的杭州，借是当然借不到的；二哥哥的陆军小学里每月只有二元也不知三元钱的津贴，自己做零用，还很勉强，更哪里有余钱来为我弥补？

在旅馆里唉声叹气，自怨自艾，正想废学回家，另寻出路的时候，恰巧和我同班毕业的三位同学，随从富阳到杭州来了；他们是因为杭府中学难考，并且费用也贵，预备一道上学膳费比较便宜的嘉兴去进府中的。大家会聚拢来一谈一算，觉着我手头所有的钱，在杭州果然不够读半年书，但若上嘉兴去，则连来回的车费也算在内，足可以维持半年而有余。穷极计生，胆子也放大了，当日我就决定和他们一道上嘉兴去读书。

第二天早晨，别了哥哥，别了那位老秀才，和同学们一起四个，便上了火车，向东的上离家更远的嘉兴府去。在把杭州已经当作极边看了的当时，到了言语风习完全不同的嘉兴府后，怀乡之念，自然是更加的迫切。半年之中，当寝室的油灯灭了，或夜膳刚毕，操场上暗沉沉没有旁的同学在的地方，我一个人真不知流尽了多少的思家的热泪。

忧能伤人，但忧亦能启智；在孤独的悲哀里沉浸了半年，暑假中重回到故乡的时候，大家都说我长成得像一个大人了。事实上，因为在学堂里，被怀乡的愁思所苦扰，我没有别的办法好想，就一味的读书，一味的做诗。并且这一次自嘉兴回来，路过杭州，又住了一日；看看袋里的钱，也还有一点盈余，湖山的赏玩，当然不再去空费钱了，从梅花碑的旧书铺里，我竟买来了一大堆书。

这一大堆书里，对我的影响最大，使我那一年的暑假期，过得非常快活的，有三部书，一部是黎城靳氏的《吴诗集览》，因为吴梅村的夫人姓郁，我当时虽则还不十分懂得他的诗的好坏，但一想到他是和我们郁氏有姻戚关系的时候，就莫名其妙地感到了一种亲热。一部是无名氏编的《庚子拳匪始末记》，这一部书，从戊戌政变说起，说到六君子的被害，李莲英的受宠，联军的入京，圆明园的纵火等地方，使我满肚子激起了义愤。还有一部，是署名曲阜鲁阳生孔氏编定的《普天忠愤集》，甲午前后的章奏议论，诗词赋颂等慷慨激昂的文章，收集得很多；读了之后，觉得中国还有不少的人才在那里，亡国大约是不会亡的。而这三部书读后的一个总感想，是恨我出世得太迟了，前既不能见吴梅村那样的诗人，和他去做个朋友，后又不曾躬逢着甲午庚子的两次大难，去冲锋陷阵地尝一尝打仗的滋味。

这一年的暑假过后，嘉兴是不想再去了；所以秋期始业的时候，我就仍旧转入了杭府中学的一年级。

（原载1935年2月5日《人间世》第21期）

孤独者

里外湖的荷叶荷花,已经到了凋落的初期,堤边的杨柳,影子也淡起来了。几只残蝉,刚在告人以秋至的七月里的一个下午,我又带了行李,到了杭州。

因为是中途插班进去的学生,所以在宿舍里,在课堂上,都和同班的老学生们,仿佛是两个国家的国民。从嘉兴府中,转到了杭州府中,离家的路程,虽则是近了百余里,但精神上的孤独,反而更加深了!不得已,我只好把热情收敛,转向了内,固守着我自己的壁垒。

当时的学堂里的课程,英文虽也是重要的科目,但究竟还是旧习难除,中国文依旧是分别等第的最大标准。教国文的那一位桐城派的老将王老先生,于几次作文之后,对我有点注意起来了,所以进校后将近一个月光景的时候,同学们居然赠了我一个"怪物"的绰号;因为由他们眼里看来,这一个不善交际,衣装朴素,说话也不大会说的乡下蠢才,做起文章来,竟也会得压倒侪辈,当然是一份非怪物不能的天大的奇事。

杭州终于是一个省会,同学之中,大半是锦衣肉食的乡宦人家的子弟。因而同班中衣饰美好,肉色细白,举止娴雅,谈吐温存的同学,不知道有多少。而最使我惊异的,是每一个这样的同学,总有一个比他年长一点的同学,附随在一道的那一种现象。在小学里,在嘉兴府中里,这一种风气,并不是说没有,可是决没有像当时杭州府中那么的风行普遍。而有几个这样的同学,非但不以被视作女性为可耻,竟也有熏香傅

粉，故意在装腔作怪，卖弄富有的。我对这一种情形看得真有点气，向那一批所谓Face的同学，当然是很明显地表示了恶感，就是向那些年长一点的同学，也时时露出了敌意；这么一来，我的"怪物"之名，就愈传愈广，我与他们之间的一条墙壁，自然也愈筑愈高了。

在学校里既然成了一个不入伙的孤独的游离分子，我的情感，我的时间与精力，当然只有钻向书本子去的一条出路。于是几个由零用钱里节省下来的仅少的金钱，就做了我的唯一娱乐积买旧书的源头活水。

那时候的杭州的旧书铺，都聚集在丰乐桥，梅花碑的两条直角形的街上。每当星期假日的早晨，我仰卧在床上，计算计算在这一礼拜里可以省下来的金钱，和能够买到的最经济最有用的册籍，就先可以得着一种快乐的预感。有时候在书店门前徘徊往复，稽延得久了，赶不上回宿舍来吃午饭，手里夹了书籍上大街羊汤饭店间壁的小面馆去吃一碗清面，心里可以同时感到十分的懊恨与无限的快慰。恨的是一碗清面的几个铜子的浪费，快慰的是一边吃面一边翻阅书本时的那一刹那的恍惚；这恍惚之情，大约是和哥伦布当发现新大陆的时候所感到的一样。

真正指示我以做诗词的门径的，是《留青新集》里的《沧浪诗话》和《白香词谱》。《西湖佳话》中的每一篇短篇，起码我总读了两遍以上。以后是流行本的各种传奇杂剧了，我当时虽则还不能十分欣赏它们的好处，但不知怎么，读了之后的那一种朦胧的回味，仿佛是当三春天气，喝醉了几十年陈的醇酒。

既与这些书籍发生了暧昧的关系，自然不免要养出些不自然的私生儿子！在嘉兴也曾经试过的稚气满幅的五七言诗句，接二连三地在一册红格子的作文簿上写满了；有时候兴奋得厉害，晚上还妨碍了睡觉。

模仿原是人生的本能，发表欲，也是同吃饭穿衣一样地强的青年作者内心的要求。歌不像歌诗不像诗的东西积得多了，第二步自然是向各报馆的匿名的投稿。

一封信寄出之后，当晚就睡不安稳了，第二天一早起来，就溜到阅报室去看报有没有送来。早餐上课之类的事情，只能说是一种日常行动的反射作用；舌尖上哪里还感得出滋味？讲堂上更哪里还有心思去听讲？下课铃一摇，又只是逃命似地向阅报室的狂奔。

第一次的投稿被采用的，记得是一首模仿宋人的五古，报纸是当时的《全浙公报》。当看见了自己缀联起来的一串文字，被植字工人排印出来的时候，虽然是用的匿名，阅报室里也决没有人会知道作者是谁，但心头正在狂跳着的我的脸上，马上就变成了朱红。洪的一声，耳朵里也响了起来，头脑摇晃得像坐在船里。眼睛也没有主意了，看了又看，看了又看，虽则从头至尾，把那一串文字看了好几遍，但自己还在疑惑，怕这并不是由我投去的稿子。再狂奔出去，上操场去跳绕一圈，回来重新又拿起那张报纸，按住心头，复看一遍，这才放心，于是乎方始感到了快活，快活得想大叫起来。

当时我用的假名很多很多，直到两三年后，觉得投稿已经有七八成的把握了，才老老实实地用上了我的真名实姓。大约旧报纸的收藏家，圈起二十几年前的《全浙公报》《之江日报》以及上海的《神州日报》来，总还可以看到我当时所做的许多狗屁不通的诗句。现在求非但旧稿无存，就是一联半句的字眼也想不起来了，与当时的废寝忘食的热心情形来一对比，进步当然可以说是进了步，但是老去的颓唐之感，也着实可以催落我几滴自伤的眼泪。

就在那一年（一九〇九年）的冬天，留学日本的长兄回到了北京，以小京官的名义被派上了法部去行走。入陆军小学的第二位哥哥，也在这前后毕了业，入了一处隶属于标统底下的旁系驻防军队，而任了排长。

一文一武的这两位芝麻绿豆官的哥哥，在我们那小小的县里，自然也耸动了视听；但因家里的经济，稍稍宽裕了一点的结果，在我的求学程序上，反而促生了一种意外的脱线。

在外面的学堂里住足了一年，又在各报上登载了几次诗歌之后，我自以为学问早就超出了和我同时代的同年辈者，觉得按部就班的和他们在一道读死书，是不上算也是不必要的事情。所以到了宣统二年（一九一〇）的春期始业的时候，我的书桌上竟收集起了一大堆大学中学招考新生的简章！比较着，研究着，我真想一口气就读完了当时学部所定的大学及中学的学程。

中文呢，自己以为总可以对付的了；科学呢，在前面也曾经说过，为大家所不重视的；算来算去，只有英文是顶重要而也是我所最欠缺的一门。"好！就专门去读英文罢！英文一通，万事就好办了！"这一个幼稚可笑的想头，就是使我离开了正规的中学，去走教会学堂那一条捷径的原动力。

清朝末年，杭州的有势力的教会学校，有英国圣公会和美国长老会浸礼会的几个系统。而长老会办的育英书院，刚在山水明秀的江干新建校舍，改称大学。头脑简单，只知道崇拜大学这一个名字的我这毛头小子，自然是以进大学为最上的光荣，另外更还有什么奢望哩？但是一进去之后，我的失望，却比在省立的中学里读死书更加大了。

每天早晨，一起床就是祷告，吃饭又是祷告；平时九点到十点是最重要的礼拜仪式，末了又是一篇祷告。《圣经》，是每年级都有的必修重要课目；礼拜天的上午，除出了重病，不能行动者外，谁也要去做半天礼拜。礼拜完后，自然又是祷告，又是查经。这一种信神的强迫，祷告的叠来，以及校内枝节细目的窒塞，想是在清朝末年曾进过教会学校的人，谁都晓得的事实，我在此地落得可以不说。

这种叩头虫似的学校生活，过上两月，一位解放的福音宣传者，竟从免费读书的候补牧师中间，揭起叛旗来了；原因是为了校长偏护厨子，竟被厨子殴打了学膳费全纳的不信教的学生。

学校风潮的发生，经过，和结局，大抵都是一样的；起始总是全体学生的罢课退校，中间是背盟者的出来复课，结果便是几个强硬者的开除。不知是幸呢还是不幸，在这一次的风潮里，我也算是强硬者的一个。

一九三五年二月十九日

（原载1935年3月5日《人间世》第23期

海 上

　　大暴风雨过后，小波涛的一起一伏，自然要继续些时。民国元年二月十二，满清的末代皇帝宣统下了退位之诏，中国的种族革命，总算告了一个段落。百姓剪去了辫发，皇帝改作了总统。天下骚然，政府惶惑，官制组织，尽行换上了招牌，新兴权贵，也都改穿了洋服。为改订司法制度之故，民国二年（一九一三）的秋天，我那位在北京供职的哥哥，就拜了被派赴日本考察之命，于是我的将来的修学行程，也自然而然的附带着决定了。

　　眼看着革命过后，余波到了小县城里所惹起的是是非非，一半也抱了希望，一半却拥着怀疑，在家里的小楼上闷过了两个夏天，到了这一年的秋季，实在再也忍耐不住了，即使没有我那位哥哥的带我出去，恐怕也得自己上道，到外边来寻找出路。

　　几阵秋雨一落，残暑退尽了，在一天晴空浩荡的九月下旬的早晨，我只带了几册线装的旧籍，穿了一身半新的夹服，跟着我那位哥哥离开了乡井。

　　上海街路树的洋梧桐叶，已略现了黄苍，在日暮的街头，那些租界上的熙攘的居民，似乎也森岑地感到了秋意，我一个人呆立在一品香朝西的露台栏里，才第一次受到了大都会之夜的威胁。

　　远近的灯火楼台，街下的马龙车水，上海原说是不夜之城，销金之窟，然而国家呢？社会呢？像这样的昏天黑地般过

· 240 ·

生活，难道是人生的目的么？金钱的争夺，犯罪的公行，精神的浪费，肉欲的横流，天虽则不会掉下来，地虽则也不会陷落去，可是像这样的过去，是可以的么？在仅仅阅世十七年多一点的当时我那幼稚的脑里，对于帝国主义的险毒，物质文明的糜烂，世界现状的危机，与夫国计民生的大略等明确的观念，原是什么也没有，不过无论如何，我想社会的归宿，做人的正道，总还不在这里。

正在对了这魔都的夜景，感到不安与疑惑的中间，背后房里的几位哥哥的朋友，却谈到了天蟾舞台的迷人的戏剧；晚餐吃后，有人做东道主请去看戏，我自然也做了花楼包厢里的观众的一人。

这时候梅博士还没有出名，而社会人士的绝望胡行，色情倒错，也没有像现在那么的彻底，所以全国上下，只有上海的一角，在那里为男扮女装的旦角而颠倒；那一晚天蟾舞台的压台名剧，是贾璧云的全本《棒打薄情郎》，是这一位色艺双绝的小旦的拿手风头戏；我们于九点多钟，到戏院的时候，楼上楼下观众已经是满坑满谷，实实在在的到了更无立锥之地的样子了。四周的珠玑粉黛，鬓影衣香，几乎把我这一个初到上海的乡下青年，窒塞到回不过气来；我感到了眩惑，感到了昏迷。

最后的一出贾璧云的名剧上台的时候，舞台灯光加了一层光亮，台下的观众也起了动摇。而从脚灯里照出来的这一位旦角的身材，容貌，举止与服装，也的确是美，的确足以挑动台下男女的柔情。在几个钟头之前，那样的对上海的颓废空气，感到不满的我这不自觉的精神主义者，到此也有点固持不住了。这一夜回到旅馆之后，精神兴奋，直到了早晨的三点，方才睡去，并且在熟睡的中间，也曾做了色情的迷梦。性

的启发，灵肉的交哄，在这次上海的几日短短逗留之中，早已在我心里，起了发酵的作用。

为购买船票杂物等件，忙了几日；更为了应酬来往，也着实费去了许多精力与时间，终于在一天清早，我们同去者三四人坐了马车向杨树浦的汇山码头出发了，这时候马路上还没有行人，太阳也只出来了一线。自从这一次的离去祖国以后，海外飘泊，前后约莫有十余年的光景。一直到现在为止，我在精神上，还觉得是一个无祖国无故乡的游民。

太阳升高了，船慢慢地驶出了黄浦，冲入了大海；故国的陆地，缩成了线，缩成了点，终于被地平的空虚吞没了下去；但是奇怪得很，我鹄立在船舱的后部，西望着祖国的天空，却一点儿离乡去国的悲感都没有。比到三四年前，初去杭州时的那种伤感的情怀，这一回仿佛是在回国的途中。大约因为生活沉闷，两年来的蛰伏，已经把我的恋乡之情，完全割断了。

海上的生活开始了，我终日立在船楼上，饱吸了几天天空海阔的自由的空气。傍晚的时候，曾看了伟大的海中的落日；夜半醒来，又上甲板去看了天幕上的秋星。船出黄海，驶入了明蓝到底的日本海的时候，我又深深地深深地感受到了海天一碧，与白鸥水鸟为伴时的被解放的情趣。我的喜欢大海，喜欢登高以望远，喜欢遗世而独处，怀恋大自然而嫌人的倾向，虽则一半也由于天性，但是正当青春的盛日，在四面是海的这日本孤岛上过去的几年生活，大约总也发生了不可磨灭的绝大的影响无疑。

船到了长崎港口，在小岛纵横，山青水碧的日本西部这通商海岸，我才初次见到了日本的文化，日本的习俗与民风。后来谈到了法国罗底的记载这海港的美文，更令我对这位海洋作家，起了十二分的敬意。嗣后每次回国经过长崎心里总要跳跃半天，仿佛是遇见了初恋的情人，或重翻到了几十年前写过的情书。长崎现在虽则已经衰落了，但在我的回忆里，它却总保有着那种活泼天真，像处女似地清丽的印象。

半天停泊，船又起锚了，当天晚上，就走到了四周如画，明媚到了无以复加的濑户内海。日本艺术的清淡多趣，日本民族的刻苦耐劳，就是从这一路上的风景，以及四周月海上的果园垦植地看来，也大致可以明白。蓬莱仙岛，所指的不知是否就在这一块地方，可是你若从中国东游，一过濑户内海，看看两岸的山光水色，与夫岸上的渔户农村，即使你不是秦朝的徐福，总也要生出神仙窟宅的幻想来，何况我在当时，正值多情多感，中国岁是十八岁的青春期哩！

由神户到大坂，去京都，去名古屋，一路上且玩且行。到东京小石川区一处高台上租屋住下，已经是十月将终，寒风有点儿可怕起来了。改变了环境，改变了生活起居的方式，言语不通，经济行动，又受了监督没有自由，我到东京住下的两三个月里，觉得是入了一所没有枷锁的牢狱，静静儿的回想起来，方才感到了离家去国之悲，发生了不可遏止的怀乡之病。

在这郁闷的当中，左思右想，唯一的出路，是在日本语的早日的谙熟，与自己独立的经济的来源。多谢我们国家文化的落后，日本与中国，曾有国立五校，开放收受中国留学生的约定。中国的日本留学生，只教能考上这五校的入学试验，以后一直到毕业为止，每月的衣食零用，就有官费可以领得；我于绝望之余，就于这一年的十一月，入了学日本文的夜校，与补习中学功课的正则预备班。

早晨五点钟起床，先到附近的一所神社的草地里去高声朗诵着"上野的樱花已经开了"，"我有着许多的朋友"等日

文初步的课文，一到八点，就嚼着面包，步行三里多路，走到神田的正则学校去补课。以二角大洋的日用，在牛奶店里吃过午餐与夜饭，晚上就是三个钟头的日本文的夜课。

天气一日一日的冷起来了，这中间自然也少不了北风的雨雪。因为日日步行的终果，皮鞋前开了口，后穿了孔。一套在上海做的夹呢学生装，穿在身上，仍同裸着的一样；幸亏有了几年前一位在日本曾入过陆军士官学校的同乡，送给了我一件陆军的制服，总算在晴日当作了外套，雨日当作了雨衣，御了一个冬天的寒。这半年中的苦学，我在身体上，虽则种下了致命的呼吸器的病根，但在智识上，却比在中国所受的十余年的教育，还有一程的进境。

第二年的夏季招考期近了，我为决定要考入官费的五校去起见，更对我的功课与日语，加紧了速力。本来是每晚于十一点就寝的习惯，到了三月以后，也一天天的改过了；有时候与教科书本茕茕相对，竟会到了附近的炮兵工厂的汽笛，早晨放五点钟的夜工时，还没有入睡。

必死的努力，总算得到了相当的酬报，这一年的夏季，我居然在东京第一高等学校的入学考试里占取了一席。到了秋季始业的时候，哥哥因为一年的考察期将满，准备回国来复命，我也从他们的家里，迁到了学校附近的宿店。于八月底边，送他们上了归国的火车，领到了第一次的自己的官费，我就和家庭，和戚属，永久地断绝了联络。从此野马缰弛，风筝线断，一生中潦倒飘浮，变成了一只没有舵楫的孤舟，计算起时日来，大约与第一次世界大战的开始，差不多是在同一的时候。

（原载1935年7月5日《人间世》第31期）